Auteur inconnu

Bulletin de la Société Académique de Laon

Tome 10

Anatiposi

Auteur inconnu

Bulletin de la Société Académique de Laon

Tome 10

Réimpression inchangée de l'édition originale de 1860.

1ère édition 2023 | ISBN: 978-3-38270-213-7

Anatiposi Verlag est une marque de Outlook Verlagsgesellschaft mbH.

Verlag (Éditeur): Outlook Verlag GmbH, Zeilweg 44, 60439 Frankfurt, Deutschland
Vertretungsberechtigt (Représentant autorisé): E. Roepke, Zeilweg 44, 60439 Frankfurt, Deutschland
Druck (Imprimerie): Books on Demand GmbH, In de Tarpen 42, 22848 Norderstedt, Deutschland

BULLETIN

DE LA

SOCIÉTÉ ACADÉMIQUE

DE LAON.

TOME X.

ON SOUSCRIT :

A LAON, chez Mme PADIEZ, libraire, rue du Bourg, 7.

PARIS.

Librairie archéologique de DIDRON, rue St-Dominique-St-Germain, 23.

1860.

RAPPORT

SUR

LES VOLUMES 7, 8 ET 9

DES MÉMOIRES DE LA SOCIÉTÉ ACADÉMIQUE

DE LAON.

Messieurs,

La tâche que vous m'avez imposée est doublement lourde, d'abord à cause de la longue lacune de deux ans qui sépare ce compte-rendu de celui qui vous a été présenté sur vos travaux de l'année 1855-1856, ensuite et surtout en raison de la perfection des précédents rapports que vous avez enteudus depuis que notre Compagnie a été fondée. Vous vous rappellerez longtemps les qualités diverses qui présidèrent à leur rédaction : leur forme littéraire et vraiment académique; la pureté élégante de leur style et sa simplicité de bon goût; leur bienveillance qui n'excluait pas l'esprit de critique; l'oubli de soi-même, l'abnégation la plus complète de la part de l'auteur habile de ces rapports, et le souvenir empressé de tout ce qu'avaient fait ou même voulu faire ses collègues; la méthode excellente qui les guidait sûrement à travers des travaux forcément manquant d'homogénéité et ne se reliant entre eux que par un sentiment commun, l'amour du pays.

Ces rapports que nous a laissés M. Rouit sont donc des modèles du genre, excellents à suivre, mais d'autant plus dangereux qu'ils sont plus parfaits.

Pour les écrire tels qu'ils figurent en tête des sept premiers volumes de notre collection déjà nombreuse, il fallait toutes les qualités de l'homme regrettable que nous avons perdu il y a quelques mois et dont l'absence laissera parmi nous un vide que nous ne verrons jamais combler.

Au moment où M. Rouit disparut, enlevé par une longue et cruelle maladie, plusieurs causes retardèrent ou firent manquer nos réunions habituelles. Bien que la perte que nous fîmes fût vivement sentie, la Société perdit l'occasion de donner alors à l'un de ses fondateurs, au membre utile, consciencieux et laborieux qu'elle voyait partir pour toujours, un témoignage et de son affection, et de son estime, et de ses longs regrets. Il m'a semblé qu'en me choisissant pour le remplacer dans les fonctions qu'il avait si bien remplies, vous me confiiez la mission d'exprimer notre pensée commune, à vous qui l'aviez si bien apprécié comme collègue et comme l'un de vos dignitaires, à moi qu'il avait honoré de son amitié et souvent favorisé de ses conseils.

Nul plus que lui ne fut assidu à nos séances. Il continuait ainsi par son exemple, et en faveur de la durée de notre œuvre, l'action utile qu'il avait su prendre à temps au moment de la naissance de la Société académique de Laon. Il comprenait que pour être viable, une association scientifique doit être nombreuse, et que pour conquérir le droit d'être écouté, il faut savoir écouter les autres et les encourager par son attention. Nos soirées de séance, il les attendait comme des soirées de plaisir. Elles l'étaient réellement pour nous lorsqu'il devait nous présenter quelqu'une de ces communications que ses occupations nombreuses rendirent malheureusement trop rares et que le plus souvent il avait élaborées soit avec le regrettable M. Bretagne, soit avec M. Matton auquel on n'a qu'à demander un sujet d'études locales pour qu'il ouvre généreusement à tous le trésor de ses inépuisables recherches. Les nous apportant de précieux matériaux toujours inédits, lui sa science de mise en œuvre et ses qualités littéraires, il en résultait ces notices remarquables et remarquées sur les premières trouvailles de Nizy-le-Comte, sur la croix de l'abbé Hugues partie pour les musées impériaux et qui ne laissera bientôt plus de souvenir sur son existence et sur sa perfection que dans nos annales, sur Montreuil et la Ste-Face, et ces préfaces qui précèdent des inventaires dressés, depuis cinq ans, par l'archiviste départemental des richesses historiques préparées pour les travailleurs de l'avenir.

Quoiqu'il ne fût arrivé que depuis peu d'années dans notre ville, M. Rouit l'avait bientôt aimée comme elle eût été aimée par un de ses propres enfants. Il avait vite eu l'intelligence et l'appréciation de tout ce que nos contrées possédent de richesses au point de vue multiple de l'histoire et de l'archéologie, de l'art et du pittoresque. Aucun de nos hommes illustres ne lui était inconnu. Il avait lu tous les livres écrits sur la contrée et dans la contrée. Aussi, en voyant s'ouvrir devant les travailleurs une mine si riche et qu'il jugea inépuisable, avait-il compris qu'il ne fallait pas aller chercher ailleurs un but et des motifs d'étude. Il s'identifia avec sa nouvelle patrie; il jeta par sa famille, par son affection et par ses idées, de profondes racines dans ce sol qu'il savait bien ne plus devoir quitter. C'est ce qui nous explique comment et pourquoi, dans chacun des intéressants rapports qu'il nous présenta successivement, il nous conseillait de persévérer dans la voie que nous nous étions choisie et tracée, où nous trouverions notre raison d'être et notre utilité comme Société locale, où le labeur, souvent aimable pour celui qui étudie, qui observe et écrit, toujours profitable pour ceux qui veulent connaître la contrée où la naissance, le sort et les emplois les ont jetés, où le labeur, dis-je, puise sa récompense en lui-même, tout en enrichissant le trésor déjà si vaste des notions acquises. C'est ce qui explique comment et pourquoi M. Rouit, qui, par la nature de ses études et de ses fonctions, eût pu traiter pour nous des sujets généraux ou de littérature ou d'histoire, se fit modeste comme notre Société et ne s'occupa plus que de ce dont elle voulait plus spécialement et presque exclusivement s'occuper, c'est-à-dire du milieu où nous vivions, de notre sphère d'action immédiate et utile.

Dans son dernier rapport il nous disait que, vouée à des études que limite naturellement l'étendue d'un diocèse ou d'un département, une Société comme la nôtre ne prétend ni à traiter complétement, encore moins à refaire l'histoire nationale. Elle doit chercher à intéresser ses concitoyens en découvrant, en précisant un évènement qui enrichisse leur souvenir, un nom dont ils s'honorent. Le plus souvent elle se contente de recueillir ou de raviver un souvenir qui s'efface. Alors votre secrétaire vous disait dans son bon sens, et peut-être avec trop de modestie pour lui et pour vous, qu'il ne faut pour cela que du jugement, de la persévérance et l'amour du sol natal. Il oubliait le talent dont il fesait preuve et qui ne dépare jamais les œuvres les plus modestes.

Il oubliait cet art de bien dire qu'il possédait à fond et qui restera comme une marque indélébile des travaux qu'il a donnés à nos sept premiers volumes où devront aller les consulter même les plus patients chercheurs des bribes du passé, même les plus féconds producteurs qui ne doivent pas oublier que la vie d'un livre se fonde à la fois sur la nouveauté des documents et sur la forme donnée au résultat des investigations. C'est là surtout, pensait notre regrettable collègue, que l'on peut dire avec raison : la forme emporte le fond.

Cette idée : que le rôle des Sociétés savantes et des Académies de province est de s'occuper avant tout et surtout du pays au milieu duquel elles ont été fondées, cette idée à laquelle obéissait M Rouit dans ses travaux intellectuels, cette idée qu'il mettait si bien en relief dans ses comptes-rendus, on nous en a fait sinon un crime, du moins un sujet de reproche. Nous avons entendu autour de nous crier à l'exclusivisme. On a prétendu que cette volonté systématique prouvait des tendances étroites et pouvait éloigner de nous des hommes laborieux et intelligents dont la présence et le concours nous eussent été profitables si notre programme, qui mentait à notre nom, n'eût point imposé la nécessité à nos coopérateurs de s'occuper de sujets qui leur étaient étrangers, eux qui étaient étrangers au pays; les sources où ils pourraient puiser leur étaient inconnues; comment s'éprendraient-ils d'un si ardent et si sincère amour pour une contrée qu'ils habitaient depuis si peu de temps et qu'ils quitteraient probablement bientôt? D'ailleurs, la mine était épuisée; d'autres en avaient extrait toutes les richesses. Alors, ou l'on ne venait point à nous, ou bien l'on nous quittait.

A ceux qui invoquent leur origine étrangère, on pourrait citer ceux de nos collègues appelés dans nos murs par leurs fonctions et qui n'ont traité pour nous que des sujets du pays. M. Bretagne ne nous a donné de notices que sur les monnaies de nos rois, de nos barons, ou de nos abbayes, que sur les objets d'art de nos monastères. En venant nous demander une place que nous étions heureux de leur donner, MM. Grellet, Guyon et Desmazes écrivaient pour la Société les biographies de quelques-uns de nos artistes et de nos hommes célèbres. Votre vice-président, reprenant les études préférées du savant P. Cotte, vous retrace annuellement la marche des variations climatologiques de la montagne de Laon.

L'histoire d'un département aussi étendu que le département de l'Aisne et qui a joué un si grand rôle dans nos grandes annales, sa géographie, sa géologie, sa statistique, son industrie, la biographie de ses enfants célèbres à divers titres, quels sujets d'études à peine ébauchées! Il y a là du travail pour plusieurs générations. Il y a là en même temps un grand ensemble et d'innombrables détails. L'érudition, l'investigation, la patience et la pensée peuvent se trouver à l'aise dans cette sphère qui n'est pas si étroite qu'on veut le croire et le dire. Il y a tel livre ou tel traité spécial à une contrée qui laissera plus de traces et fera plus d'honneur à celui qui l'a écrit que tel et tel gros livre d'histoire, ou de philosophie, ou de littérature générales. Je ne crains pas de prédire une longue vie au livre de patience que nous a donné M. Piette sur l'ensemble des voies romaines dans le département de l'Aisne, et la science le feuilletera encore quand elle aura depuis longtemps oublié l'œuvre ambitieuse et qui se sera crue éternelle de certains généralisateurs ou sur la morale, ou sur l'art, ou sur la littérature.

Je le répète : cette idée, c'est la vôtre. Ce n'est donc pas pour la semer, la faire germer et naître, mais pour la constater, mais pour propager le mouvement et le continuer, qu'il est bon de faire des efforts, puisque vous êtes dans le vrai, puisque vous avez compris votre milieu. Mais permettez-moi, dans l'intérêt de notre pensée commune, d'invoquer un témoignage plus éloquent, plus probant que le mien. Ce témoignage aura pour double effet de vous encourager par votre propre exemple à rester dans la voie où vous marchez, et de vous montrer qu'ailleurs et plus haut on pense comme vous.

Un de nos recueils périodiques les plus importants, les plus accrédités, la *Revue Contemporaine*, a, dans sa revue critique du 15 octobre 1857, tracé de main de maître le programme des études auxquelles doivent se livrer les académies de province. Elles ont produit beaucoup depuis quelque temps, disait M. Larchey (1) ; leurs travaux, dont la circulation est peut-être encore trop restreinte, ne craignent plus de faire appel à la critique, et ce n'est pas pour celle-ci un mince sujet d'attention. « Ces Sociétés, ajoutait M. Larchey que nous citons textuellement, composées d'hommes que leur position, leurs goûts et leurs connaissances rendent presque toujours capables de rendre des services réels à l'histoire de leurs provinces, subvenant sans effort aux conditions onéreuses d'une publication périodique qui assure leur influence, ces associations libérales ont déjà considérablement accru le répertoire de nos richesses historiques, et plus d'une s'est montrée digne de continuer l'œuvre savante des anciennes congrégations de Bénédictins. »

Vous le voyez : voilà le but clairement indiqué. M. Larchey

(1) *Revue Contemporaine*, 133e livraison, 15 octobre 1857, p. 171-172.

développe ensuite son idée : « Là gît pour nous tout l'avenir des Sociétés savantes de nos départements : c'est en faisant revivre les annales de chaque ville, de chaque bourg, de chaque hameau, c'est en sauvegardant autant qu'il est en elles, c'est en constituant des musées, c'est en encourageant des études ingrates sinon par leur caractère, du moins par leurs profits, que chacune se créera des titres sérieux à la reconnaissance publique. »

Passant de la théorie à l'application du principe proclamé en termes si précis et qui donnent à penser, M. Larchey étudie les *Mémoires de l'Académie impériale de Lyon*, tome 5, *les Mémoires de l'Académie Stanislas de Nancy*, et le cinquième volume du *Bulletin* de notre propre Société académique. « La profession de foi que nous venons d'écrire, dit-il alors, nous empêche de louer sans réserve les publications de l'Académie impériale de Lyon. Il y a de tout et il n'y a rien dans ce beau et garnd volume, c'est-à-dire beaucoup trop de généralités. On peut trouver assurément de fort bonnes choses dans un coup-d'œil sur la décadence des belles-lettres chez les Romains, dans une dissertation sur l'utilité de l'étude des antiquités ecclésiastiques, dans une étude nouvelle sur la notion de l'infini, dans un fragment sur l'histoire de la littérature médicale au moyen-âge, dans des considérations sur la poésie et le style au 18e siècle, dans une légende indienne traduite par M. Eichoff, dans un traité de la philosophie de l'histoire par M. Gilardin ; mais, encore une fois, ce n'est point assez lyonnais pour nous. Nous ne voudrions pas non plus y voir intercaler des comptes-rendus de livres comme l'article critique de M. Darette de la Chavanne, intitulé : *la Turquie et les puissances occidentales au commencement du 16e siècle*. Les mêmes raisons nous font approuver l'*Essai sur l'histoire de la Chirurgie à Lyon*, par M. Pétrequin, l'article à propos de l'*Influence des beaux-arts sur l'industrie lyonnaise* par le célèbre peintre de fleurs Saint-Jean, et enfin un morceau remarquable de M. Rouillier sur l'*Académie de Lyon au siècle dernier*. Malheureusement ces derniers travaux sont dans une déplorable minorité.

» La même confusion se fait remarquer, poursuit M. Larchey, dans les Mémoires de l'Académie Stanislas de Nancy. Ici du moins, nous avons quelques études biographiques, la continuation d'un catalogue curieux et détaillé de l'œuvre de Callot, et un supplément à la *Bibliographie lorraine* de M. Clesse.

» Encore un pas, et les travaux de l'Académie de Nancy, qui renferme d'ailleurs dans son sein de vrais éléments d'avenir, seront à la hauteur du *Bulletin* de la Société académique de Laon. La modestie de ce titre nous encourage encore à louer le contenu. Sur vingt-cinq notices plus ou moins étendues et dont plusieurs sont accompagnées de dessins, nous en trouvons vingt-quatre intéressant directement l'histoire du Laonnois : fouilles archéologiques, fragments d'histoire littéraire, études paléographiques, observations de météorologie locale, etc., etc. On en doit savoir d'autant plus de gré à leurs auteurs, que le nombre des membres de la Société archéologique de Laon est relativement fort restreint. »

S'il fallait appuyer ces conseils, ces encouragements et ces éloges d'une autorité plus élevée encore, je pourrais citer les paroles que j'ai entendu prononcer au ministère de l'instruction publique, chaque fois que j'ai eu l'occasion de me présenter dans les bureaux où se concentrent les publications semblables à la nôtre. « Restez, m'y disait-on, dans cette voie ; c'est la bonne ; c'est celle où les Sociétés de département ont à rendre des services. » C'est ce que, dans chacun des comptes-rendus des volumes publiés par les Sociétés savantes, chaque rapporteur auprès du comité attaché à ce même ministère, répète afin que le mouvement se généralise.

Ces jours derniers, un des membres d'une Société toute jeune et notre voisine, celle de Noyon, disait avec raison dans un journal (1) : « Ce que les Sociétés des départements ne feront pas pour l'histoire des provinces, ne sera jamais fait. Paris ne travaille qu'à l'ensemble : il a raison. La mission des

(1) L'*Ami de l'Ordre*, de Chauny, numéro du dimanche 13 novembre, 1859.

Sociétés académiques de province n'est pas de lutter contre Paris, siège impérissable des monuments du génie et des trophées des beaux-arts, mais de l'éclairer sur ce qu'il ne peut bien savoir que par elles. »

Vous le voyez : la pensée que vous n'avez pas trouvée, mais que les premiers peut-être vous avez appliquée aussi largement, aussi sérieusement, sans en dévier pendant neuf ans, a conquis l'approbation générale et se vulgarise. Chaque année, vous avez apporté quelques matériaux de plus à un ensemble déjà bien riche. Vos travaux ne sont pas demeurés infructueux, et vos volumes se lisent plus souvent et plus loin que vous ne sembliez être en droit de l'espérer. On les connait ; on s'en sert, on les étudie, et plus tard on les appréciera mieux encore. Rien de ce vous avez tenté dans l'intérêt du pays ne sera perdu pour son histoire. Déjà précieuse à l'heure qu'il est, leur collection, indépendamment de tout mérite littéraire et de mise en œuvre, vivra désormais, et l'on y puisera plus tard à pleines mains les détails que vous y avez accumulés, pour y prendre les éléments d'une histoire générale de la contrée, pour restituer même à la grande histoire nationale des faits ou qu'elle ignorait, ou qu'elle n'avait fait qu'entrevoir, ou que peut-être même elle avait dédaignés.

La seule étude des tables de nos trois derniers volumes prouve, à mon avis, que je ne rêve pas pour eux un trop long avenir et une utilité exagérée. Si l'écrivain de la *Revue contemporaine* avait à analyser ces trois tables, il y verrait que, depuis notre Bulletin de 1855, nous n'avons pas failli à notre programme ; que, dans ces trois volumes, tous les mémoires, toutes les communications, toutes les discussions ont trait à notre département, à une ou deux exceptions près, et dans le cours de ces deux dernières années, ces mémoires et ces communications ont été nombreux. Ils dépassent le chiffre de soixante, et vingt-sept personnes, ou associées, ou étrangères à notre Compagnie, figurent sur la liste de ceux qui ont pensé, travaillé et écrit pour vous ; car c'est une preuve de plus en faveur de vos tendances qu'un certain nombre d'étrangers sont venus ajouter leurs efforts aux vôtres, et parmi eux il en est dont les noms sont bien connus dans les hautes sphères des généralités de la science.

Si vous le voulez bien, nous suivrons, dans notre étude analytique, l'ordre qui présidait aux comptes-rendus de M. Rouit. L'histoire locale, dans celles des notices qui la rattachent intimement à la grande histoire nationale, l'histoire plus spécialement locale, la biographie, la numismatique, l'archéologie pure et les sciences, telles sont les divisions bien tranchées entre lesquelles se répartissent inégalement nos travaux de trois ans.

I.

A la séance d'honneur du Congrès tenu à Laon par la Société des Antiquaires de Picardie, M. l'abbé Poquet a lu une notice sur la question si controversée de l'introduction du christianisme dans nos contrées. Préciser au juste l'époque où la vraie lumière a jailli sur elles, n'est pas chose facile. S'il s'agit de penser avec quelques auteurs que, dès le premier siècle de notre ère, la foi fut probablement prêchée par les apôtres anonymes qui jetèrent les premières semences de la vérité dans un terrain mal préparé encore, nous croyons que tout le monde sera d'accord. Si, au contraire, on veut que les envoyés apostoliques, dont les noms vénérés illustrent notre ancienne et regrettée lithurgie locale, soient arrivés dans nos pays peu d'années après la mort du Christ, y aient immédiatement vulgarisé la sainte doctrine et aient divisé administrativement le pays en diocèses calqués sur les Pagi romains, le doute alors arrive. Premier siècle, ou troisième siècle, qui tranchera la question? Les traditions locales qui ne sont pas toujours d'accord entre elles, le langage d'un archevêque de Reims, d'un historien du dixième siècle, des chroniques et de certains manuscrits, les martyrologes locaux ne serviront peut-être pas de preuves assez péremptoires pour que les opinions se condensent en une conviction que rien n'ébranlera plus désormais. Les savants des deux siècles passés ne se sont point mis d'accord sur cette question que le débat sommaire engagé devant le Congrès scientifique de Laon, laissera exactement dans le même état où l'avait trouvée M. l'abbé Poquet avant le 31 août 1858. Est-ce à dire qu'il ne fallait pas toucher à cet insoluble problème et qu'il eût mieux valu ne pas le soulever publiquement, parce qu'on n'avait pas de chance d'en dégager l'inconnue? Ce n'est pas ce que nous voulons dire. Ce sont, au contraire, de hardies curiosités de chercheurs qu'il faut encourager, parce que souvent leur main parvient à lever un coin du voile qui couvre la vérité, et nous devons savoir gré à M. l'abbé Poquet de n'avoir pas craint de nous dire toute sa pensée, quand peut-être il savait lui-même qu'il ne forcerait pas nos convictions. Ce que nous devons regretter, c'est que les fonctions trop actives de son ministère lui fassent maintenant garder un silence dont la science et notre Société se plaignent vivement.

Un sujet qui s'appuie sur une notoriété mieux établie, quoique les documents qui l'étayent soient trop peu nombreux, c'est celui qu'a traité M. Matton dans une seconde lecture sur *l'Autorité des Evêques de Laon au Moyen-Age*. A part les noms propres et les faits, il aurait pu écrire : *l'Autorité des Evêques au Moyen-Age*; car l'histoire du clergé laonnois dans ces siècles reculés, c'est l'histoire du clergé français. Partout, même effort pour grandir en influence morale, en influence politique, aux dépens de la royauté qui cherche, elle aussi, l'unité, ne la trouvera pas de sitôt et se voit obligée de compter, non pas seulement avec des vassaux turbulents et puissants, non pas avec l'élément bourgeois et populaire qui n'apparaîtra qu'au 12e siècle, mais avec des prélats que leur illustre origine, que leur richesse, que les malheurs des temps ont grandis démésurément et qui ne sont pas des adversaires à dédaigner. Chefs spirituels et membres du corps féodal, ils cumulent toutes les forces vitales d'alors. Ainsi, au moment où les Carlovingiens tombent du trône, l'évêque Adalbéron s'empare de sa ville de

Laon qui était alors une clé de position ; il la défend contre le roi Robert qu'il repousse ; il s'y cache et y attend les décisions d'un concile qu'on assemble uniquement pour le juger. On le somme de comparaître, et il met la main sur ceux qui viennent s'emparer de lui. Il s'agite ; il essaie même de préparer une révolution politique. Sa haute et vaste intelligence lui dicte des poëmes, une histoire de son temps. Son influence s'étend sur tous les évêques de la province. C'est une grande figure enfin qui mériterait une étude toute spéciale.

Si l'évêque Elinand favorise le mouvement de rénovation religieuse qui marqua le milieu du onzième siècle ; si Enguerrand de Coucy, qui lui succède, affiche les passions les plus incompatibles en apparence avec sa position et sa qualité de prêtre, voici qu'apparaît le brutal, le sanguinaire Gaudry préludant par le meurtre des nobles à la destruction des libertés communales qui viennent de naître. Ce n'est plus le récit de la vie d'un évêque quelconque qu'a tracé la plume de l'abbé de Nogent ; c'est un épisode de la grande histoire des libertés françaises, de la conquête d'un progrès immense, d'une de ces révolutions qui datent dans la vie d'un peuple, dans la marche d'une civilisation.

Gaudry est devenu le type et la victime de la résistance au progrès à une époque donnée, comme l'évêque Barthélemy de Laon est aussi le type d'une réaction littéraire et religieuse, d'une renaissance intellectuelle et morale. Il a déserté la politique où l'influence personnelle d'un homme sur une époque se gagne ou se perd, pour donner le signal des pensées nouvelles vers la réalisation desquelles le clergé va désormais marcher, sinon sans broncher et sans s'arrêter parfois en chemin, du moins avec la ferme volonté d'y persévérer. Le spirituel se dégage plus clairement du temporel. Les prêtres, oubliant qu'ils ont manié le pouvoir féodal, s'inspireront dès lors de plus de sympathies pour la royauté et l'aideront dans sa mission sociale d'unification. Les esprits s'apaisent ; le mouvement monastique, qui est alors une tendance à la civilisation, à l'adoucissement des mœurs, reçoit une impulsion vigoureuse ; on invente et on réglemente la discipline et la régularité ; on essarte les immenses forêts, et la campagne se repeuple autour des abbayes qui surgissent dans les solitudes maintenant vivantes ; l'architecture se régénère ; les sciences retrouvent de l'attention ; l'école de Laon se fonde et prospère. C'est l'évêque Barthélemy qui montre au clergé français sa route et sa mission nouvelles. Tous ces prêtres, grands les uns par leurs défauts, quelquefois par leurs crimes, d'autres par leurs vertus éminentes et par leur initiative, tels sont les sujets du tableau qu'a dessiné pour nous M. Matton, en mettant à profit ce qui nous reste de matériaux d'une époque ou qui n'a pas assez écrit, ou dont les écrits ne nous ont pas été conservés. Un critique parisien, en s'occupant de nos volumes d'annales, a dit de M. Matton qu'il n'avait pas assez usé des correspondances du temps. Bien venu serait celui qui nous ferait connaître ces correspondances précieuses, et ce n'est pas M. Matton qui les aurait dédaignées.

Mais l'histoire des évêques de Laon ne serait pas complète si l'on ne voulait, à partir de Barthélemy, ne considérer en eux désormais que des pasteurs d'âmes. Nous allons les voir figurer à droite du trône comme conseillers politiques. L'évêque de Laon fut duc et pair de France.

A quelle époque faut-il faire remonter le moment où ce prélat devint un des douze pairs du royaume ? a demandé le programme du Congrès. Au neuvième siècle probablement, a répondu le savant M. Taillart, mais pour sûr à l'année 1179 où le roi Louis VII, frappé de paralysie, entrevoyant sa mort prochaine, voulut donner à son fils, ce grand prince qui devait se nommer Philippe-Auguste, un conseil capable de le diriger dans la voie difficile où son père ne pourra bientôt plus le guider. Louis VII réorganise l'ancienne institution de la pairie. Il y fait entrer six pairs laïcs et six pairs ecclésiastiques. Trois de ceux-ci sont faits ducs et trois comtes. A ces évêques-pairs le roi donne la prédominance hiérarchique dans le conseil. L'archevêque de Reims est le premier pair, et le second c'est l'évêque de Laon, rang éminent dont notre ancien diocèse s'honore et que méritait par ses vertus et son caractère l'illustre prélat qui le dirigeait alors, Roger de Rozoy.

Le programme des questions posées au Congrès de Laon a amené aussi l'un de nos plus actifs et persévérants collaborateurs, M. Melleville, à débattre les grandes questions du socialisme et de la politique au moyen-âge. Il a fourni une ample étude sur la condition des serfs au moment où éclata, au sein de nos contrées, la révolution communale dont l'épisode le plus dramatique fut l'assassinat de l'évêque Gaudry dont nous parlions tout à l'heure. Si l'on en croit M. Melleville à l'opinion duquel nous sommes tout disposé à donner notre approbation, dans le mouvement communal il faut moins voir une aspiration d'émancipation sociale, une tendance éthérée vers la liberté, qu'un besoin d'améliorations matérielles, un désir de bien-être, la volonté d'échapper à la profonde misère où les classes inférieures de la société étaient systématiquement tenues depuis longtemps. La souffrance a enfanté la colère et la lutte d'où l'idée sort radieuse et quelquefois inattendue. Le despotisme sait toujours qu'il est un principe ; la brutalité du fait engendre la liberté qui ne se reconnaît, ne se raisonne et ne se dogmatise que plus tard. Ce n'est peut-être pas d'une philosophie très élevée ; mais c'est très sincère et cela doit être vrai dans bien des cas.

Quoi qu'il en soit de la cause du mouvement communal, il se fit avec entraînement et ensemble, intelligence et opiniatreté. Le bénéfice conquis ici enseignait ce qu'il fallait faire plus loin pour le conquérir. L'exemple du bien et du progrès fut contagieux, la souffrance étant partout la même. Nous ne referons pas après M. Melleville le triste tableau de l'état du servage au douzième siècle. Son sujet comportait la sombre couleur qu'il a prodiguée, parfois avec excès, disent ceux de ses contradicteurs qui le taxent d'exagération systématique, qui lui reprochent d'avoir appelé à son aide des faits mal prouvés et qu'avec plus de sévérité de critique il eût répudiés parce qu'ils n'apportent pas une preuve de plus à ce qu'il a suffisamment prouvé.

La nomenclature des serfs dressée par M. Melleville est effrayante. On était serf d'origine et dans le ventre de sa mère, serf par la force des évènements, épave, aubain, bâtard, gens de manse muable, commant, moine à secours, serf-chevalier et serf-bourgeois. Le serf était soumis à des charges sans nombre dont les noms sont aussi sans nombre : chevage ou capitation qu'on payait à la Saint-Remi d'octobre ; morte-main, droit en vertu duquel les biens meubles et immeubles d'un serf devenaient à sa mort, partiellement, ou en totalité, la propriété du seigneur ; fors-mariage ou défense au serf d'épouser soit une femme de condition supérieure à la sienne, soit la sujette d'un autre seigneur ; droit d'assises ou de plaids, droit de chevauchée et de tournois, droit d'expédition et de l'ost ; banalité des moulins, fours, pressoirs, tordoirs et rouissoirs ; corvées, etc., etc.

M. Taillard, l'éloquent et savant conseiller de la cour de Douai, a bien affirmé que souvent certains de ces droits n'étaient pas exigés, que certaines dispositions étaient mitigées dans leur rigueur, et que le servage, sous l'empire du christianisme qui déclare tous les hommes égaux devant Dieu, s'allégea par degrés. S'il s'adoucit et enfin s'éteignit, il fallut, pour préparer ce résultat dont la civilisation s'applaudit à juste titre, que le mal fût arrivé à ce point extrême d'excès qu'il en était devenu intolérable. C'est l'honneur du peuple et de la royauté d'avoir compris que cet horrible état devait prendre fin et de s'être entr'aidés pour préparer une ère de progrès et de liberté.

Mais ce progrès, mais cette liberté seront plus d'une fois noyés encore dans des flots de sang. L'idée d'unité dans le pouvoir a bien grandi du 12e au 17e siècles. Il lui sera livré une dernière lutte terrible où le peuple va souffrir le martyre. Votre secrétaire vous a donné un *Chapitre inédit de l'histoire du diocèse de Laon pendant la Fronde*. Les enquêtes qui ont été retrouvées dans les archives départementales de l'Aisne, sont toute une restitution historique dont l'analyse, qui est impossible, atténuerait l'horreur et la portée. Les populations, écrasées, opprimées, décimées, — ce n'est pas assez dire, —

par le roi, par les princes, par l'ami et par l'ennemi, ont souffert là des maux que nos pères n'ont peut-être pas endurés pendant les invasions des Huns et des Normands. La *Vie de saint Vincent-de-Paul* par Abelly avait ébauché une révélation que les enquêtes laonnoises ont complétée à la honte d'une époque trop voisine de nous.

L'histoire, c'est toujours le drame, souvent l'horreur. En 1686, et en vertu des mesures prises à l'occasion de la révocation de l'édit de Nantes, cet attentat contre le libre arbitre et la liberté de conscience, on informe contre le cadavre d'une femme Josset, mulquinière à Proisy; on lui fait son procès; le tribunal criminel du bailliage de Ribemont la déclare atteinte et convaincue d'être morte dans la religion prétendue réformée, et la condamne à être traînée nue sur une claie derrière une charrette, et le corps qui se décompose, car la mort date de six jours, est promené par les rues du village déjà livré à une épidémie. Mais la religion sort pure et étincelante de ces ignominies, pardonnant à ceux qui compromettraient son principe divin s'il n'était supérieur à ce que les hommes peuvent faire de mal, même au nom de la vérité. Cet épisode de nos derniers troubles religieux est extrait d'un travail présenté au Congrès par M. de Marsy, procureur impérial à Compiègne et intitulé : *Quelques procès faits à des cadavres dans les bailliages de Marle et de Ribemont.*

II.

Les travaux sur l'histoire que nous appellerons purement locale sont nombreux et intéressants. Nous en commencerons l'étude aussi rapide que possible par l'examen du patient et consciencieux travail de M. Piette sur l'ensemble des voies romaines qui sillonnaient le département de l'Aisne. Les grandes routes de Reims à Arras, de Reims à Amiens, les chaussées secondaires de Reims à Terrouane, de Soissons à Senlis, de l'Aisne à la Marne ou de Soissons à Troyes, de Soissons à

Paris, de Reims à Paris, de Condren à Amiens, de St-Quentin à Amiens et de St-Quentin à Nesles, telle est la part importante de collaboration que nous a apportée M. Piette. En ce moment où les antiquaires, longtemps rejetés au second plan, paraissent reprendre le pas sur les archéologues; en ce moment où l'on essaie de fonder enfin sur des bases définitives la géographie de la Gaule, où le gouvernement presse activement la confection d'une bonne carte de notre patrie sous la domination romaine, le travail de M. Piette a tout le mérite de l'à-propos et d'une actualité qu'il a devancée et pour laquelle il a préparé avec conscience et dévouement des matériaux qui trouveront parfaitement leur place dans le monument que l'Empereur veut dresser en l'honneur de la vieille Gaule.

Les chemins romains conduisent naturellement aux Cités et Pagi. M. Melleville a essayé de les déterminer. Il a tracé pour nous une carte où un trait rouge marque les limites actuelles du département, tandis qu'un trait noir indique celles des anciens diocèses de Laon, de Soissons et de Noyon. Cette carte sert d'explication parlante à un mémoire sur la géographie ancienne des contrées qui ont été réunies pour former le département de l'Aisne. Le VERMANDOIS, *Veromandensis* ou *Veromanduorum Pagus*, le LAONNOIS, *Laudunensis Pagus*, le SOISSONNAIS, *Suessonum Civitas*, le VALOIS, *Vadensis Pagus*, l'OURXOIS, *Urcensis Pagus*, le TARDENOIS, *Tardanensis* ou *Tardenensis Pagus*, l'OTMOIS, *Otmensis Pagus*, ainsi que la partie du NOYONNAIS et du CAMBRESIS qui nous ont cédé un plus ou moins grand nombre de villages, sont là décrits, en attendant les détails et preuves à l'appui que M. Melleville promet pour le travail d'ensemble d'où il n'a fait qu'extraire le résumé écrit par lui pour le Congrès.

Est-ce bien là les vrais *Pagi* et les anciennes Cités, *civitates*, tels que les entendait le programme du Congrès? s'est demandé M. Peigné-Delacourt qui sait si bien sa géographie ancienne parce qu'il en a fait une à son usage. N'est-ce pas là plutôt une description des archidiaconés du moyen-âge? M. Poquet, entrant alors aussi en lutte avec M. Melleville, ne veut pas faire remonter au-delà du neuvième siècle la création des circonscriptions et des appellations qui figurent dans le mémoire de M. Melleville, débat intéressant et à armes courtoises dont la science profite, en attendant qu'elle dise elle-même son opinion sur ces questions difficiles et qu'elle l'écrive en corps de doctrine.

Si l'on n'est pas mieux d'accord sur les grandes divisions politiques, administratives et géographiques du pays ancien, combien d'occasions n'aura-t-on pas de se diviser aussi sur les questions de détails ? Où est le *Noviodunum* de César ? Est-ce Nouvion-le-Vineux, Soissons, Noyon, ou le *Mont-de-Noyon* auprès de Chevincourt (Oise) ? M. Peigné-Delacourt vote en faveur du Mont-de-Noyon, en attendant qu'un autre hardi novateur place *Noviodunum* ailleurs encore ; car on ne s'entend pas mieux sur ce *Noviodunum* que sur l'introuvable *Bibrax* que l'on cherche partout et que l'on ne découvre nulle part. Où est le vrai *Chemin de la Barbarie* ? Passait-il à Pontarcy, à Lafaux (Lucofao), en suivant le tracé que lui impose M. Peigné-Delacourt ? Ou bien, avec M. Piette dont la compétence est rassurante, franchissait-il la Vesle à Breuil, l'Aisne à Maizy, l'Ailette à Chamouille, l'Ardon à Laon, pour se diriger de là sur St-Quentin ? Trosly-Loire est-il *Liger* avec M. Peigné-Delacourt, ou *Loira* avec M. Melleville ? Que d'énigmes dont nous n'avons pas le mot, ce mot que nous n'aurons jamais, peut-on affirmer sans grande crainte d'être démenti.

Si, en suivant l'ordre chronologique, nous abandonnons les temps gallo-romains et leurs mystères pour entrer avec M. Melleville en plein moyen-âge, les éclaircies sont plus larges et laissent arriver plus de lumière jusqu'à nous. Le nom de nos localités célèbres s'est francisé et ne permet plus qu'on discute indéfiniment sur leur situation topographique. Depuis le sixième siècle, on connaît Roucy qui a gardé son admirable position sur la rive gauche de l'Aisne. Il n'y a là rien de modifié, si ce n'est l'importance des maîtres de ce domaine et du domaine lui-même. Le *Travail historique et généalogique sur les comtes de Roucy* est une de ces amples et laborieuses études comme vous en devez déjà plusieurs à M. Melleville. C'est un travail de bénédictin et d'autant plus méritoire que l'auteur n'y a trouvé ni l'attrait du drame, ni le charme des détails historiques. Les dates de naissances ou de décès; les longues nomenclatures des seigneurs, de leurs femmes et de leurs enfants, qui tous ont pu jouer leur rôle plus ou moins important dans les évènements contemporains, mais dont l'histoire ne sait rien ou presque rien; des donations pieuses souvent et souvent aussi des déprédations et des violences, telle est cette histoire d'une des plus grandes familles de nos pays, histoire d'où émerge cependant un petit nombre de faits vraiment importants : l'origine normande attribuée à la première famille de Roucy; la création, si elle est établie et prouvée par des textes, d'un service de barque publique sur l'Aisne en 1143; le *congrès judiciaire* où dut comparaître un comte de Roucy pour témoigner de sa virilité; la capture de Jean VI de Roucy par ses propres paysans dans son château de Pontarcy, pendant les luttes des Armagnacs et des Bourguignons; l'érection par les La Rochefoucault, devenus comtes de Roucy, d'un temple protestant dans leur seigneurie d'où la religion réformée se répandit dans la contrée. Privées d'un éclat sur lequel elles ne comptent pas, fruit d'une patience qui ne semble plus appartenir à notre époque, ce sont ces œuvres qui honorent les annales des Sociétés départementales et leur impriment leur cachet d'utilité.

Ce n'est point à de semblables notices d'ensemble que vise M. de La Fons baron de Mélicocq. Les archives de nos villes du nord n'ont pas de secret pour cet infatigable chercheur de pièces originales et que n'effraient ni la poussière des vieux papiers, ni les hiéroglyphes de leur écriture souvent indéchiffrable. Des innombrables trouvailles historiques qui se sont accumulées entre ses mains, il a bien voulu extraire quelques documents qu'il a copiés pour nous, avec une complaisance dont nous devons lui savoir gré, dans des chroniques manuscrites conservées à la bibliothèque de Lille, documents qui ont trait à un épisode du siège de Laon par les Anglais en 1336, au siège de Crépy par le duc Philippe de Bourgogne en 1449, à celui de Guise en 1423 et à la prise de cette ville par Jean de Luxembourg, à la lutte des royalistes et des partisans du roi d'Angleterre dans nos contrées, détails importants qui viennent s'ajouter à ceux que nos historiens départementaux avaient publiés déjà.

M. Vallet de Viriville a improvisé devant vous au Congrès toute une théorie très-poétique pour expliquer ce fait curieux du salut apporté à des condamnés à mort par des jeunes filles qui consentaient à épouser ces malheureux. En des termes choisis et un peu dogmatiques, il a voulu donner à ce qui ne paraît être qu'une coutume locale une cause toute mystique et légendaire, une origine puisée dans la brume de la mythologie allemande. La licorne, qui est le symbole de la pureté, pressée par les chasseurs, rencontre une jeune vierge qui la prend sous sa protection et la sauve. Voilà l'ancienne croyance en la puissance de la virginité ; voilà le christianisme qui élève à son tour la virginité en dogme ; de conséquence en conséquence, voilà l'ancien sentiment payen qui passe dans les mœurs brutales, mais chevaleresques du moyen-âge ; voilà enfin pourquoi Person Sureau, qu'on allait pendre à Parfondeval pour avoir tué son ami Bertrand Duchemin dans une querelle, fut sauvé par une jeune fille qui déclara qu'elle était vierge et qu'elle prétendait l'épouser. Le malheur, c'est que la lettre de rémission publiée par M. Vallet de Viriville lui-même dans nos propres annales en 1856, ne dit pas un mot de la déclaration de la jeune fille qu'elle était vierge, et M. Melleville, qui ne croit guères à la poésie, nous montre, dans un autre cas, le droit de grâce exercé par une vieille femme en faveur d'un condamné dont la femme venait d'être pendue la première.

S'il faut se garder des excès d'imagination, il faut cependant reconnaître qu'elle joue un grand rôle dans les anciennes coutumes de nos pères. On n'inventerait pas aujourd'hui un *Roi des Brayes* ou des *Culottes*, et cependant des monnaies frappées au nom de ce prince d'une de nos fêtes locales, viennent incontestablement prouver qu'à Laon une assez longue série de *Rois des mauvaises Brayes*, dont M. Matton nous a conservé les noms glorieux et maintenant impérissables, présida à des solennités pantagruéliques où l'on convoquait, pour se donner *des culottes*, dit M. Matton en jouant sur le mot *Brayes*, les joyeux compagnons des sociétés semblables et qui se chargeaient d'entretenir dans les villes voisines les traditions du plaisir et de la ripaille.

Si le coup d'œil que nous jetons sur le contingent fourni par le seizième siècle nous montre le fou rire dominant à Laon, chaque année, le jour de Noël, anniversaire de la fête des *Brayes*, le rôle des dépenses faites en 1551, sur les ordres du roi Henri II pour établir sur la porte de Coucy vers Laon des plateformes destinées à recevoir de l'artillerie, nous ramène vers des idées plus sombres. Les guerres de religion désolent toute la France. La féodalité va jouer son va-tout en endossant le sombre manteau du protestantisme. C'est l'avant-dernier assaut qu'elle livrera, sous le drapeau d'une réforme religieuse, à la royauté qui représente l'idée d'unité. Le rôle que nous a donné M. Prioux nous montre les ouvriers à l'œuvre du terrassement, à Coucy; il compte et nomme les *hostiers* et *hostières* qui, à l'aide des échafaudages coupés dans la forêt voisine, ont accumulé sur les voûtes de la porte de Laon cet énorme amas de terre qui les a écrasées, ouvertes, désagrégées, et que le travail intelligent de déblaiement qui vient de se terminer n'évalue pas à moins de dix à douze mille mètres cubes répandus maintenant devant la porte sur son terre-plain qui s'en est accru de moitié. La communication de M. Prioux est arrivée parfaitement à temps comme prolégomène de la restauration qui commence et comme explication d'une énigme qu'on ne comprenait pas : l'accumulation d'une telle masse de terre sur la fortification du treizième siècle.

La publication d'une courte notice sur une pierre tombale de l'église de Ribemont a reporté vos souvenirs sur un drame judiciaire où l'on voit un des hommes les plus éclairés du seizième siècle, Jean Bodin, préluder à son livre de la *Démonomanie* par des conclusions données contre la sorcière Jeanne

Harvilliers. Si le magistrat philosophe a sérieusement cru à la culpabilité de cette folle hystérique que l'on brûla en grande cérémonie à Ribemont, pourquoi le barbier-chirurgien qui la tortura préalablement n'aurait-il pas tiré aussi sérieusement honneur de sa coopération secondaire dans cette tragédie funèbre ? Votre secrétaire vous a montré le chirurgien Langallerie, dans un blason qu'il s'improvisa de sa propre autorité sans doute, étalant comme armes parlantes les instruments de sa profession et l'image de la sorcière de Ribemont. Ce petit monument sépulcral lui a fourni aussi l'occasion de faire apercevoir sur l'inscription gravée la lutte de deux écritures, la gothique qui domine encore, et la capitale romaine qui prépare l'envahissement qu'elle parfera pendant le siècle suivant.

On ne peut quitter le moyen-âge sans dire un mot de ses pélerinages et de ses léproseries, de ses misères et de ses aspirations vers celui-là seul qui peut les soulager.

Le premier de ces sujets a été traité par un de vos correspondants, M. l'abbé Palant, curé de Cilly. Il est à regretter que, pressé par le temps, il ne nous ait guères donné qu'une nomenclature où cependant l'on trouve d'intéressants détails de mœurs et de coutumes locales. Au sujet des fontaines autour desquelles se font encore la plupart des pélerinages, il s'est élevé une discussion qui a menacé de tourner à l'hydrothérapie. On a dit que la plupart des fontaines sont des sources ferrugineuses qui sortent des argiles plastiques ; leurs eaux avaient donc des qualités médicinales que les populations anciennes avaient reconnues, et les apôtres de nos contrées, rencontrant là les habitants en foule, se sont emparé de ces sources en les consacrant. L'eau de la fameuse fontaine de Liesse est légèrement acidulée, et celle de la source d'Arcy-Sainte-Restitue a des qualités ferrugineuses ; à quoi il a été répondu que, dans l'arrondissement de Château-Thierry, plusieurs fontaines évidemment ferrugineuses n'ont jamais été le centre d'aucun rassemblement pieux.

C'est aux sources de l'hygiène et surtout de la charité que l'horrible maladie de la lèpre a demandé des moyens de guérison. Un autre de nos correspondants, M. le docteur Mouret, de Marle, a présenté au Congrès un travail sur les *Maladreries et léproseries de nos contrées*, et M. Matton, allant plus avant dans le détail, vous a parlé d'abord du *grand hostel Saint-Ladre soulz Laon* et du *Jury médical* de cette ville. Il nous a montré comment, dans notre cité où la charité de jadis explique la charité d'aujourd'hui, on constituait, au moyen de quêtes annuelles chez tous les *chiefs d'hostel* (chefs de ménage), une *dot* à chaque lépreux qu'on retranchait de la société. Pour *parfaire* ce qu'on appelait *leur droit à la dot*, les lépreux devaient faire leurs preuves devant le *jury du Vermandois* composé d'un docteur ès-médecine, d'un chirurgien-juré et d'un apothicaire; car bien des malades de paresse eussent voulu se faire passer pour des malades de la lèpre *Iria*. Notre corps médical actuel, si savant et si digne, saura gré à M. Matton de lui avoir appris que le jury médical de Laon passait alors pour le plus habile de la contrée, et que les cités voisines envoyaient à Laon leurs malades à l'examen. Si au 15e et au 16e siècles nos médecins étaient nombreux et renommés pour leur savoir, nous allons dans un instant montrer que la situation n'était plus à beaucoup près aussi bonne deux cents ans plus tard.

M. Prioux a donné une curieuse pièce concernant la police rurale au dix-septième siècle : ce sont les *Bans d'aoust*, *ordonnances et deffenses politiqz* pour la commune de Limé.

Vous devez à la collaboration trop tôt interrompue de M. Matton et de M. Rouit de *Nouveaux documents sur la maladrerie de La Neuville et la translation au même lieu de l'abbaye de Montreuil-en-Thiérache*. Les recherches de M. Matton dans les archives de l'hôtel-Dieu de Laon ont fourni ce complément au premier travail publié il y a quelques années par M. Rouit dans vos annales.

Votre vénérable président a continué pour vous ses études laonnoises, par un travail sur la *Situation du corps médical à Laon pendant la première moitié du dernier siècle*. Il y a là des anecdotes originales sur un temps si peu éloigné du nôtre et qui en diffère néanmoins si profondément. En 1721, on ne voit à Laon qu'un seul médecin et si vieux que la santé publique court des dangers ; le corps de ville est obligé de faire appel public au zèle de praticiens jeunes et habiles, auxquels il sera accordé « des marques de distinction. » On voit venir, deux fois par semaine, comme le font aujourd'hui les dentistes, un chirurgien auquel le conseil municipal accorde une indemnité de voyage. Pour fixer en ville ce chirurgien, on lui vote exemption de taille et de logement de gens de guerre, indemnité de logement ; mais s'il accepte, c'est à la condition que son fils, « qui est encore en apprentissage, » conservera après lui la survivance de toutes ces concessions. En ce temps là, la ville n'avait pour sages-femmes que ces effrontées routinières dont l'inexpérience se prouvait par la quantité d'infirmes qu'il y a quarante ans seulement, on rencontrait dans nos villes et nos campagnes.

Au moment où s'accomplissait à St-Vincent de Laon un essai de maison de retraite pour les prêtres pauvres, âgés ou infirmes, M. Thillois a cru à juste titre qu'il était bon de jeter un coup d'œil rétrospectif sur un établissement semblable créé aussi à Laon par l'évêque Jean d'Estrées en 1687. L'idée fut excellente au dernier siècle, comme elle l'était au nôtre. Pourquoi n'a-t-elle réussi ni autrefois, ni tout à l'heure, puisqu'elle répondait à des besoins évidents ? M. Thillois, qui n'a voulu faire que l'histoire d'une de nos institutions locales, n'a pas cherché les causes de décadence et d'insuccès que nous trouverions peut-être dans un besoin d'achever dans l'indépendance, et même au prix de grandes privations, une vie qui n'avait pas été soumise aux règles, ou si l'on veut aux nécessités de la discipline et d'une communauté trop immédiate et que l'on ne pouvait plus supporter.

Le chapitre que nous consacrons à l'histoire locale va se terminer par la mention que nous devons à une *Introduction historique, chronologique et statistique aux rues anciennes et modernes de la ville de Saint-Quentin* par M. Gomart. Ce que notre laborieux collègue appelle avec trop de modestie une esquisse rapide est, au contraire, un travail plein de recherches et de faits minimes sans doute pour la plupart; mais ne forment-ils pas en majorité l'histoire de nos villes qui, pour leur bonheur, ont eu rarement à traverser des époques mouvementées et dramatiques comme la révolte communale à Laon, l'invasion espagnole à St-Quentin, les guerres de religion et leurs désastres à Soissons. L'étude des rues d'une ville, c'est l'étude de ses transformations matérielles, a dit avec raison M. Gomart au début de son mémoire; c'est la constatation de ses aspirations au progrès. Heureuses les cités dont on peut dire, comme conclusion de semblables travaux, qu'elles n'ont pas subi de temps d'arrêt dans leur progression vers le bien-être, la prospérité et l'agrandissement, car celles qui ne s'accroissent plus sont fatalement condamnées à décroître.

III.

L'archéologie pure, c'est encore de l'histoire locale, quoique à un degré inférieur : un détail dans un détail. Mais quel vaste champ ouvert à toutes les curiosités, à toutes les investigations, à toutes les capacités, à tous les amateurs du beau et de l'art, depuis le monument le plus grandiose jusqu'au bijou presque imperceptible ! Chacun peut trouver un sujet à sa guise et à sa portée dans cette longue série de siècles qui commence même avant les temps historiques et ne sait pas si elle s'arrêtera même au moment où la science de l'archéologie devient ce que l'on appelle la *curiosité*.

Je vous disais que l'archéologie s'agite dans le champ presque de l'infini. Vous allez la voir empiéter sur le domaine de ce que je n'appellerai point une science exacte, car il s'agit de la géologie. En ce moment les archéologes, à la suite de M. Boucher de Perthes, fouillent les entrailles de la terre à côté des géologues et avec plus d'ardeur peut-être, pour trouver *dans* ou *sur* le diluvium ces instruments de silex dont l'homme s'est servi pendant l'âge de pierre. Si les hâches de Saint-Acheul et d'Abbeville, si celle qui nous vient à nous-mêmes de Blérancourt, si celles du Soissonnais étaient enfouies dans les gisements supérieurs au diluvium, elles donnent raison à l'ancienne géologie qui nie l'existence de la race humaine à une époque où la science n'avait pas encore trouvé traces de l'homme. Si, au contraire, elles reposaient au sein du diluvium, elles sembleraient donner droit au système qui pense que l'homme préexistait à l'époque diluvienne, et doit donc être classé parmi les êtres vivants, j'allais dire les animaux anté-diluviens. Devant le Congrès s'est soulevée une discussion brillante qui a mis en présence M. Melleville, M. Valès et M. de Saulcy. Ils ont cherché et cru trouver des explications sérieuses et des causes locales à la présence dans le diluvium des instruments de silex qui, selon les sceptiques, ne sont que d'informes cailloux avec lesquels un art quelconque n'a jamais rien eu à voir, qui, selon les ennemis du surnaturel, ont pénétré jusqu'au diluvium par leur propre poids et à travers des couches rendues perméables par un excès d'humidité. Tous ont conclu contre la présence de l'homme sur la terre pendant les périodes géologiques qui ont précédé la nôtre. Mais combien de fois des faits inattendus ne sont-ils pas venus tout-à-coup détruire les conclusions de la science et la forcer à refaire ses formules en même temps que ses croyances ?

Si nous sortons de ces temps mystérieux sur lesquels le jour commence à peine à se faire, il ne faut pas croire qu'immédiatement la lumière va briller bien intense. Abordons l'époque qu'on nomme celtique, appellation trop vague, en attendant qu'on précise mieux qu'on ne l'a fait jusqu'ici le passé des peuples qui ont occupé la Gaule avant la domination romaine; et nous trouverons au *Tombois* de Barbonval des sépulcres taillés en plein rocher, et dans ces sépultures des ossements auxquels on n'ose pas assigner d'âge. Quels sont les peuplades qui avaient cru se coucher là dans un repos éternel ? Si maintenant nous pénétrons dans les carrières de Colligis, nous y trouvons une fabrique de ces cercueils de pierre tendre comme on en trouve partout dès que l'on fouille notre sol, dont les uns ne contiennent aucune poterie, ce qui leur assure un droit à l'ancienneté la plus reculée, dont les autres renferment ces vases funéraires qu'on fabriqua jusqu'au douzième et treizième siècles, plus tard encore à en croire certains écrivains.

Les pierres levées, ces témoins historiques de grands évènements qui ne nous seront jamais connus, sont-elles plus vieilles que les plus vieux tombeaux et ne sont-elles pas même des tombeaux ? Ces monolithes, qu'on pourrait presque appeler d'éternels points d'interrogation, ne figurent pas en grand nombre dans nos pays et n'en sont que plus intéressants. M. Gomart a décrit pour nous les *Menhirs du Vermandois*, les *Hautes-Bornes* de Gouy, la *Haute-Borne* de Beaurevoir, la *Haute-Bonde* de La Bouteille, tous aujourd'hui disparus, la *Haute-Bonde* de Bois-lès-Pargny qui avait une sœur il y a vingt ans, les *Pierres jumelles* de Cambrai, et la *Pierre qui pousse* de Ham, dont il nous a donné un dessin très pittoresque.

De ces grossières ébauches de monuments à l'art exquis du mosaïste romain qui décora d'un chef-d'œuvre la villa de Blanzy, il y a tout un abyme. D'un côté, c'est la barbarie; de l'autre, c'est la civilisation avec ce qu'elle a de plus raffiné dans les arts de la couleur et de la patience. Votre dernier volume n'a pu que vous signaler la précieuse trouvaille faite à Blanzy, et votre prochain Bulletin vous réserve une étude plus complète sur le tableau dont un premier rapport, daté de la fin d'août 1858, n'avait fait entrevoir qu'une portion d'encadrement.

Les fouilles de Blanzy ont rappelé celles qui avaient été faites avec tant de fruit, sous votre direction, à une autre extrémité du département de l'Aisne, dans le village historique de Nizy-le-Comte. Vous avez eu connaissance de l'article qui a été consacré aux peintures de Nizy par un savant dont l'opinion fait loi, M. Beulé de l'Institut. Avec un peu plus d'entregent, avec plus de mouvement qu'on se fût donné, la découverte de ces panneaux eût fait plus promptement époque ; il y avait là des procédés de peinture qu'on n'avait jamais trouvés ailleurs ; il y avait là pour l'histoire de l'art des indications nouvelles et inattendues. L'œuvre accomplie, vous ne l'avez pas soufflée, mise en vif relief; vous avez attendu patiemment que l'effet se produisît. L'attention accordée par M. Beulé a donné raison à cette patience : les peintures de Nizy sont et resteront un morceau unique dont la dégradation n'affaiblit pas la valeur, et un jour viendra où ce précieux débri, si tant est qu'on le puisse conserver, vous sera envié et peut-être disputé.

L'étude de M. Prioux sur la *Villa d'Ancy* vous a fait entrevoir tout ce que le canton de Braine, si riche en monuments de toutes les époques, contient de débris précieux de la période romaine. Carlier, au dernier siècle, avait vu à Limé, sur le bord de la Vesle, les traces d'un grand établissement, les vases, les tuiles gigantesques, les statues mutilées, les cubes de mosaïque, les fragments de marbres précieux. L'abbé Lecomte, en 1848, avait aussi fait un voyage archéologique à la Villa d'Ancy. M Prioux complète l'œuvre de ses savants devanciers et vous a décrit les richesses de la collection réunie à Limé par M. de Saint-Marceaux ; puis il a étudié avec un amour filial sa chère Villa d'Ancy jusque dans le moyen-âge.

L'antiquité romaine nous est parfaitement connue ; elle a laissé de son art éminent tant de types classiques qu'à première vue on peut affirmer, sans crainte d'erreur, que tel et tel objet trouvé chez nous appartient à la période de la conquête et même à tel siècle de cette période. L'archéologie n'est pas davantage exposée à errer aujourd'hui lorsqu'elle met la main sur certaines sépultures, et elle attribue en toute sécurité les objets qui en sortent à l'art franc, quand il y a trente ans, tous ces tombeaux ensablés, toutes ces poteries brisées, toutes ces armes mangées par la rouille, toutes ces verroteries, tous ces bijoux émaillés appartenaient, disait-on, à l'âge celtique. Aussi à son travail sur la nécropole de Vendhuile, M. Gomart attache-t-il sans hésiter ce titre : *Le Cimetière mérovingien de Vendhuile*, et tout le monde savant est d'accord avec lui. Peut-être faudrait-il préciser encore davantage et attribuer ces sépultures aux premiers temps de l'invasion des Francs, car le mot : *mérovingien* embrasse une période de trois siècles à la fin desquels l'art avait incontestablement subi des transformations plus ou moins profondes.

Quelles sont ces transformations? Peut-on les déterminer dans l'état actuel de la science? Une certaine école croit qu'elles furent très sérieuses, puisqu'elle attribue à Chilpéric le cirque ou théâtre de Champlieu dans lequel une autre école croit reconnaître tous les caractères de l'architecture et des habitudes romaines. M. Prioux, au nom des premiers qui marchent sous la bannière de l'éminent architecte M. Viollet-Leduc, a soutenu devant vous la cause mérovingienne, et M. Peigné-Delacourt a vaillamment rompu une lance en faveur des Romains.

M. Prioux va même plus loin quand il date de l'époque mérovingienne un chapiteau trouvé, il y a trente ans, sous les fondations du regrettable portail de la collégiale de Braine. D'autres archéologues n'y veulent voir qu'un chapiteau roman des neuvième ou dixième siècles au plus tôt; selon eux, il provient de ces monuments élégants, bâtis à l'imitation des églises curieuses que les Français, sous les rois carlovingiens, avaient visitées et admirées dans le nord de l'Italie et dont ils avaient rapporté le souvenir qui domina en France pendant la période que nous appelons romane. Ces édifices remarquables avaient succédé aux églises grossières fondées dans les premiers âges du christianisme triomphant dans nos contrées, et dont on ne pourrait guères citer de spécimen incontestable que dans le canton de Braine, sur les chapiteaux des piliers trapus d'une travée de l'église de Saint-Thibaut, et peut-être aussi sur un chapiteau de Jouaignes.

Ces questions d'âge des monuments sont intéressantes à soulever. La controverse, surtout celle qui s'appuie sur des faits, menace les systèmes et les partis pris en archéologie. On a créé, il y a vingt ans, des classifications et des divisions qui ne tiendront pas longtemps, et surtout on a trop rajeuni nos monuments. Ainsi, parce qu'on a trouvé pour des églises romanes des dates précises, on a affirmé que toutes les églises romanes ne datent que du onzième siècle. Parce que la reconstruction d'une partie de la cathédrale de Laon fut entreprise après le soulèvement des communes, on dit : L'ogive est née au douzième siècle. Ces aphorismes ne sont point acceptables. Ce sont les Carlovingiens qui ont bâti les premières églises romanes dont ils ont trouvé les types en Italie, et l'influence romane s'est perpétuée jusqu'en plein douzième siècle, ayant ainsi une durée de près de quatre cents ans. Il n'y a peut-être pas une église des cantons de Laon, de Craonne, de Braine, de Soissons, d'Oulchy, de Vic-sur-Aisne, etc., où l'on ne retrouverait aisément quelque débri des églises préexistantes à celles que nous connaissons aujourd'hui. Partant de ce principe qu'un art qui naît n'enfante pas son chef-d'œuvre pour son début, on ne peut accepter que l'église semi-ogivale de Laon n'ait pas été précédée de quelques édifices où l'ogive avait été, soit par hasard, soit systématiquement, inaugurée par un architecte novateur et dont l'exemple bien inspiré trouva des imitateurs et créa la forme architectonique qui persistait encore en pleine renaissance artistique, c'est-à-dire jusqu'au milieu du seizième siècle.

C'est la conséquence qui découle forcément d'une courte note donnée par notre collègue, M. Hidé, sur une inscription en lettres gothiques trouvée, en 1858, dans l'église de Nouvion-le-Vineux sur un pilier soutenant la tour du clocher, et qui est ainsi conçue : *Chochier baati en l'an 1051 sous Henry I roy et Hellinand évesque* (de Laon). Evidemment, vous a-t-on dit alors, l'âge épigraphique de cette inscription n'accuse pas un caractère d'écriture propre au onzième siècle ; ce sont des lettres du quinzième et peut-être même du seizième siècle. Mais de ce qu'elles ne sont pas contemporaines du clocher sur les parois duquel une main anonyme les a gravées, faut-il induire qu'elles aient menti en donnant à l'édification de ce clocher la date de 1051 ? Non pas ; elles reproduisaient ou une tradition, ou un document authentique alors existant et perdu pour nous. Faut-il vous dire que ce clocher que tous vous avez admiré est pur roman et qu'il n'appartient donc pas à ce genre bâtard qu'on peut appeler roman d'imitation et qui est la fin d'un style qui expire ? Voilà donc enfin fixée une date plus vieille que celle qu'on assigne généralement aux monuments similaires, et soyez certain que ce millésime 1051 n'est pas la date de naissance de l'art roman. De même que pour l'art ogival et la cathédrale de Laon, nous affirmons que ce clocher, typique aujourd'hui, n'était qu'une copie, ou une imitation, ou un perfectionnement d'autres clochers qui avaient été pris pour modèles dans la contrée.

Voyez encore : un savant archéologue de la Touraine, M. le comte de Galembert, visite nos environs. L'église de Chevregny frappe son attention par sa physionomie de haute antiquité et d'ensemble ; il y trouve « tous les caractères des édifices car- » lovingiens. » C'est la basilique primitive dans toute sa simplicité ; le peu de sculptures qui s'y voient portent les traces d'un goût rudimentaire et simple jusqu'à l'excès. L'idée se fait ; elle marche, et un jour elle se condensera en formule. Dès à présent, la science admet que nous avons conservé des fragments, et plus nombreux qu'on ne croit, de l'architecture carlovingienne. C'est qu'en effet il n'est pas possible d'admettre qu'en ces temps si riches, si puissants, si pleins d'initiative et de tendances de rénovation, au sein d'un pays où l'on trouve partout des carrières inépuisables de belles pierres faciles à tailler et à fouiller, dans ce pays que la présence des rois vivifia et stimula, on n'ait bâti, comme on l'a dit, que des édifices et des églises de bois, et pourquoi pas de terre?

La transition du plein-cintre carlovingien à l'ogive du moyen-âge nous a laissé un remarquable spécimen dans l'église de Vorges dont M. Hidé nous a montré le charmant effet dans la verdure. Ce n'est pas seulement l'élégance de ce monument qui a forcé l'attention de notre confrère ; il l'a étudié aussi au point de vue de la défense de nos villages en des temps profondément troublés par les guerres entre les rois et les barons et par les rivalités de commune à commune. Bruyères, Vorges, Laval, Mons-en-Laonnois, pour ne citer que quelques exemples, eurent anciennement des églises fortifiées. M. Hidé a publié, à la suite de son étude sur l'église de Vorges, une curieuse charte de Charles V où s'expose tout au long l'interminable querelle des communiers de Bruyères contre leurs voisins de Vorges dont « le moustier remparé et fortifié » portait ombrage au fier château qui enceignait l'église de la ville de Bruyères. De ce moustier que le roi ordonna « d'oster, abatre et démolir, » de ces « emparemens » qu'on renversa, de ces « fossez deument rempliz, » il ne reste aujourd'hui que la vieille tour de l'église qui resplendit le soir au soleil couchant entre les peupliers.

Bruyères, Vorges, Nouvion-le-Vineux, tels sont, avec les communes de Presles, Laval et Urcel, les villages où il faut aller étudier l'architecture ecclésiastique du Laonnois, lorsque l'on veut se faire une juste idée de ce que l'art au moyen-âge, et pendant plusieurs siècles, dépensa, prodigua plutôt de ressources comme imagination, variété dans les formes, pureté de goût, au profit de la religion, au sein même des plus modestes paroisses. Les étrangers savants qui ont assisté au Congrès de 1858 ne pouvaient, pour visiter les remarquables églises de ces six villages, trouver un meilleur guide que M. l'abbé Poquet. Il a refait une fois de plus avec eux et pour eux ce pélerinage archéologique dont il a retracé dans une notice intéressante toutes les stations, tous les incidents, toutes les surprises.

Je vous parlais tout à l'heure de Braine et de sa collégiale. M. Prioux vous a dit les légendes de cette belle église, celle d'abord des *Treize maçons* : toute la journée ils travaillent à treize, et le soir à la paie ils ne sont plus que douze ; c'est « le Seigneur « Dieu qui ampliait ledit nombre, » dit le prémontré Matthieu Herbelin dont M. Prioux cherche à mettre dans le relief qu'ils méritent la mémoire et les œuvres. C'est ensuite le *Miracle du vray Corps-Dieu* qui apparut à Braine pour la conversion des juifs de la ville.

Ces légendes naïves, ces rêves d'une foi ardente, les artistes d'alors les peignaient avec la même naïveté et la même foi sur les murailles des églises, à côté des mystères de notre religion et des images des saints. C'est une longue et belle étude, encore à faire, que celle de ces fresques qui furent souvent remarquables de composition et de style et où il faut chercher les origines de l'art français. Il n'est guères d'église où l'on n'en trouverait des lambeaux. M. Prioux nous en a signalé dans l'église de Limé ; malheureusement ce sont probablement les plus mauvaises de toutes celles qu'on connaisse en ce moment. M. Pierre Bénard, qui étudie avec une attention si patiente la collégiale de St-Quentin, a décrit pour le Congrès la décoration polychrome de cette église, et votre secrétaire n'a pu, dans la dernière séance de cette réunion qui datera, donner que quelques détails oraux sur les originales peintures murales de Jumigny, de Pargnan et de Coucy-la-Ville où les archéologues de la musique peuvent étudier une intéressante exposition d'instruments de musique appartenant au seizième siècle.

L'architecture civile appela aussi à son aide la peinture murale. La bourgeoisie de nos villes ne fut pas toujours assez riche pour tendre ses appartements de somptueuses étoffes et même de toiles peintes plus modestes. Il faut admettre que souvent les enduits de platre et de chaux furent décorés d'ornements en couleur qui précédèrent nos papiers peints modernes. Ainsi l'on vous a montré d'anciennes habitations laonnoises renfermant des restants de peintures appliquées sur leurs murailles. Cette indication sans nul doute recevra sa consécration par des découvertes qu'on fera dans d'autres villes. En attendant, votre secrétaire vous a signalé la curieuse peinture murale qui décore le pignon intérieur de l'étage haut de la vieille maison de la rue du Cloître, dont la façade attire l'attention des étrangers et qu'on nomme le grenier à sel, appellation qui rappelle la dernière destination de ce monument hybride où jadis l'opulent chapitre de la cathédrale de Laon recevait, dit-on, et emmagasinait ses redevances en nature. Sur ce pignon, dans un encadrement ogival, vingt écus armoriés et tous différents se déchiffrent plus ou moins facilement. Mystère héraldique, un des quatre émaux habituels y manque complètement ; l'azur ne s'y voit pas, et nous n'avons là que le jaune qui est *or*, le blanc qui est *argent* et le rouge qui s'appelle *gueules* en langue de blason.

L'archéologie est faite de ces énigmes dont certaines ne

seront jamais résolues, dont beaucoup n'ont reçu que de provisoires solutions, bien qu'en disent les plus habiles. De quel village était-il seigneur messire Hues d'Epagny, jadis chevalier et sire de...... dont la pierre tombale, gisant dans un marécage auprès de l'abbaye de Nogent, vous a été signalée et décrite par M. Grégoire, de Coucy? L'étude de l'art du graveur sur pierre au moyen-âge fournirait une ample et intéressante monographie à celui qui aurait la patience et le courage de rechercher, d'estamper et de décrire ces nombreuses et souvent magnifiques dalles tumulaires qui pavaient nos églises avant la révolution, sur lesquelles le vandalisme a trop sévi, mais dont il n'est pas rare de retrouver encore de beaux spécimens. Une notice avait été promise au Congrès; elle a dû céder la place à d'autres travaux que la courte durée de la session n'a pas même permis d'entendre tous.

Citons enfin une note donnée de vive voix par M. Hidé sur la trouvaille d'une sépulture assez ancienne trouvée, en mai 1857, dans le chœur de la cathédrale de Laon, pendant des fouilles entreprises pour déterminer l'emplacement de la primitive église Notre-Dame, et aussi les renseignements, si complets et si peu rassurants alors, que nous a envoyés de Coucy notre correspondant M. Grégoire, sur la facheuse situation de la porte fortifiée qui commande la route de Laon. Grâces en soient rendues au Gouvernement si sagement conservateur à tous les points de vue : le château de Coucy, intelligemment restauré par M. Viollet-Leduc, et la porte militaire qu'on déblaie en ce moment vivront longtemps encore pour attirer l'archéologue et le touriste.

Nous ne pouvons consacrer un chapitre spécial à la numismatique qui ne nous offre que peu de communications et forme d'ailleurs une sous-division de l'archéologie. C'est donc par quelques lignes d'attention accordées aux médailles que nous voulons terminer le paragraphe d'ensemble sur les communications archéologiques.

M. de Marsy a donné au Congrès une notice sur *un denier*

d'argent de Ste-Marie de Laon. Il est inédit et appartient au cabinet d'un amateur de Compiègne. C'est un des rares souvenirs de la célèbre abbaye de Notre-Dame de Laon, fondée par sainte Salaberge au 7e siècle et qui devint plus tard un couvent d'hommes sous le vocable de St-Jean.

A M. de Marsy vous apprenant que les filles de sainte Salaberge eurent jadis le privilège de battre monnaie, succédait immédiatement M. Thillois lisant un travail sur les *Monnaies frappées à Laon depuis l'époque de la monarchie française jusqu'en 1593.* Ce sont là des études abstraites, difficiles et qui, quelques complètes qu'elles paraissent, ne le seront jamais, heureusement peut-on dire pour les chercheurs des temps à venir qu'encourageront encore bien des trouvailles à faire.

Si les détails donnés par M. Grégoire sur une pièce de cuivre découverte en 1858 dans la grande cour d'entrée du château de Coucy, ne vous ont montré là qu'une de ces médailles russes que portaient les soldats de l'armée de Wintzingerode envahissant notre département en 1814, petit monument qui aura plus tard sa valeur, vous devrez applaudir à la pensée qu'à ce sujet a émise notre correspondant. En voyant vendre et perdre sans profit pour le pays tout ce qui s'y trouve de précieux, il regrette de ne pas voir établir dans chaque commune, à la mairie par exemple, des dépôts où se concentreraient le fruit de toutes ces trouvailles que plus tard on concentrerait dans les musées départementaux avec des désignations d'origine. Mais l'ignorance presque toujours, l'insouciance souvent et souvent aussi l'avidité rendront vains les efforts des hommes intelligents, et la science doit s'estimer heureuse encore quand par hasard ils sauvent pour elle quelques épaves du grand naufrage où périssent toutes les choses humaines, même les plus précieuses.

IV.

Nos trois derniers Bulletins, s'ils sont, vous l'avez vu, très riches en travaux d'histoire et d'archéologie, n'ont reçu que de rares communications biographiques sur les hommes célèbres qui ont illustré à des titres divers le pays où ils ont vu le jour. Aussi nous ne voulons pas passer sous silence la gracieuse surprise que nous réservait, pour la clôture de nos assises de 1858, M. Cocheris, le savant conservateur de la bibliothèque Mazarine. Il nous a tracé de main de maître le *tableau des Célébrités politiques*, *religieuses et littéraires de la ville de Laon au moyen-âge* : saint Remy dont le berceau nous est contesté par Lavergny et par Cerny-en-Laonnois ; l'évêque Roricon, *totiùs scientiæ lumen* ; l'évêque Didon qui par ses efforts aide à la renaissance littéraire dont le signal a été donné par Charlemagne ; Isaac de Laon, évêque de Langres ; Arnoul de Laon, fondateur de la secte des Nominaux ; l'évêque Hincmar ; l'évêque-poëte Adalbéron ; Anselme le scolastique qui porta si haut et si loin le renom de l'école de Laon ; le grand prélat Barthélemy de Vir ; Guy de Laon, chancelier de l'université ; Pierre de Laon, chambellan de saint Louis ; Adam de Courlandon ; Jean de Cherchemont, chancelier de France ; Bernard de Laon, général des Bernardins. J'en passe et des meilleurs, parce qu'il faudrait reprendre tout le travail de M. Cocheris que vous avez payé de sa bonne volonté par vos applaudissements et par le souvenir que vous lui donnez aujourd'hui.

C'est encore un étranger à notre Compagnie qui nous apporte quelques renseignements de plus sur le peintre Colart, Colin ou Nicolas de Laon, dont l'existence à la fin du quatorzième siècle vous avait été signalée, en 1852, par une étude sur le catalogue des pièces historiques qui formaient le cabinet de M. de Joursenvault. Notre compatriote Colart, qui peignit pour deux rois de France, pour les ducs Louis et Charles d'Orléans, pour le duc de Bourgogne, pour ces grands personnages enfin dont l'influence sur l'art de la peinture fut si puissante au moment de sa renaissance en France, nous apparaît, dans quelques quittances réunies par M. Vallet de Viriville, peignant en 1307 pour la reine Isabeau de Bavière une de ces armoiries compliquées qu'on appelait triptyque et dont les panneaux illustrés de splendides dorures, de peintures aussi fines que des miniatures de manuscrits, sont maintenant l'honneur de nos grandes collections de curiosités. Il peint pour le Dauphin un tableau qui sera attaché au chevet de son lit et où saint Louis de France et saint Louis de Marseille (un bourbon et un valois) veilleront sur le sommeil de l'enfant précieux. Il dessine en 1400 les cartons de grandes tapisseries dont la reine veut orner l'appartement qu'elle se prépare. Il dore, brunit et peint sur parchemin un écran probablement pour elle encore, en 1396. Il retouche en même temps, « avoir mis à poinct, » un tableau qui arrive d'Allemagne. Il peint des armoiries et des panneaux pour des tournois. Enfin on commence à avoir une idée de son œuvre, nous ne disons pas de son talent dont nous répondent les illustres patrons qui voulurent se l'attacher.

Jean Meschinot, dit *le banny de Liesse*, poëte de la fin du quinzième siècle, porte-t-il, comme cela se voyait si communément alors, le nom de sa patrie, ou ne se dit-il dans son œuvre que le banni de toute joie (liesse, liance), comme le pense M. Melleville qui conteste à la ville de Liesse l'honneur d'avoir donné naissance à Jean Meschinot ? M. Melleville pourrait bien avoir raison, car les quelques mots d'analyse consacrés par M. Lalanne, dans ses *Curiosités littéraires*, au recueil de poésies de Meschinot intitulé les *Lunettes des Princes*, commence par ces lignes : « La Raison, voyant l'auteur désespéré » d'avoir perdu sa fortune..... » Qu'il soit banni de *Liesse* ou de *liesse*, M. Rouit a voulu, dans le doute, lui donner un souvenir que méritait en tout cas son originalité.

Jean Meschinot a perdu sa fortune et il se console avec la poésie. Claude-Robert Jardel, de Braine, voit aussi sa fortune compromise et il se console avec l'étude des antiquités et des sciences naturelles. Tracer devant vous la biographie d'un antiquaire, c'était être sûr d'être bien reçu, et M. Prioux, dont les communications nombreuses ont enrichi nos trois derniers volumes, n'a pas hésité à vous montrer avec détails un de vos prédécesseurs étudiant le pays natal avec amour, persévérance, et sagacité. Retiré à Braine, au sein d'une contrée fertile en souvenirs de toutes les époques, Jardel y collectionne les manuscrits, les pierres gravées, les médailles romaines, les gravures, les tableaux. Il devance la géologie ; l'histoire naturelle de son pays n'a plus de mystère pour lui ; il décrit les tombes de Braine, publie des notices remarquées dans les recueils du temps, correspond avec les savants qu'il aide de ses renseignements, de son expérience, de ses livres. Ces livres, ces collections, le fruit de trente années de recherches, il faut voir avec quel regret douloureux il en rédige le catalogue, lorsque la maladie et l'infortune le forcent à les vendre pour vivre. L'époque n'était pas comme la nôtre favorable aux ventes de curiosités, de livres précieux et de collections, et Jardel mourut sans s'être défait de ses trésors qui se sont dispersés sans profit pour lui. Sans profit ! Est-ce le mot ? Leur possession, leur étude, le simple coup d'œil que l'amateur passionné jette sur tous ces objets qu'il a acquis à grande peine, au prix des plus grands sacrifices, souvent des dures privations, n'ont-ils pas adouci les derniers et tristes moments de ce savant modeste et utile dont grâce à M. Prioux vous savez maintenant le nom ?

Une courte note de M. Rouit a aussi rappelé le souvenir tout à fait éteint d'un de nos compatriotes dont l'invention utile à l'humanité souffrante a été mise à profit par un étranger qui lui a donné son nom. Ducarne de Blangy, d'Hirson, trouva, en 1799, le moyen de lancer à des vaisseaux en danger de sombrer en vue d'une côte, un cordeau de sauvetage avec une bombe et avec une fusée volante. Ses essais sont heureux, et c'est le nom de l'anglais Mamby qui est attaché à la bombe de sauvetage. Le *sic vos non vobis* sera toujours vrai.

La révolution ne sut pas tirer de l'oubli le nom de ce citoyen modeste ; elle avait fait bien d'autres victimes parmi les institutions et les hommes ! Qu'est-ce que l'indifférence pour le mérite qui se cache, à côté des rigueurs exercées contre la royauté, la noblesse et le clergé ? Parmi les membres de ce clergé qu'elle frappa violemment, nous trouvons un bon religieux dont M. Rouit nous a retracé la calme histoire sous ce titre : *Le dernier prieur de Benay*. Gérard Voilleraut, chanoine régulier de Ste-Geneviève et prieur-curé de Benay, nous a laissé son autobiographie toute faite dans un journal qu'il a tenu jour par jour de 1760 à 1794, et que possède notre collègue M. Piette qui l'a bienveillamment confié à M. Rouit. Le drame n'y manque pas, celui au moins qui agite sans dangers, mais non pas sans douleurs, la vie d'un pauvre curé de campagne d'autre fois ; il est obligé d'être à la fois pasteur et régisseur ; il dispute la dîme dont il a besoin pour vivre à ses paroissiens qui le trompent et le trichent. Les plus grands évènements de sa vie, c'est une discussion sur son droit d'abattre deux gros arbres qui assombrissent sa pauvre église ; c'est la translation d'un cimetière à propos de laquelle on le dénonce à son évêque, à l'intendant de la province, comme un brouillon, comme un ennemi de la paix de la paroisse. L'autorité supérieure lui donne raison ; alors il inaugure le nouveau champ des morts par la plantation d'un calvaire ; personne n'y assiste. On découvre à Benay, dans une terre de l'église, un banc de ces cendres pyriteuses que l'agriculture déjà progressive recherchait et employait ; il le fait extraire et veut en vendre les produits. Un petit quasi-seigneur le gêne par mille contrariétés. Son grand succès et sa grande gloire, c'est d'avoir empêché les filles d'aller au *cabaret*, et quels cabarets voyait-on alors dans ces contrées que ne surveillait aucune espèce de police ! Sa grande peine, c'est d'avoir un magister ignorant et incapable. Pour se distraire et se consoler, il plante des arbres, embellit son presbytère, restaure son église. Alors la Révolution le surprend comme tout le monde. Il donne d'abord dans le libéralisme des idées nouvelles ; peut-être bien a-t-il prêté le serment à la Constitution, car on veut le nommer officier municipal ; mais ses yeux s'ouvent ; il perd ses illusions, quand un arrêté du terrible André Dumont dépouille son église de ses vases sacrés, de son argenterie, de ses ornements. Alors il proteste, il parle d'adresser ses plaintes à la Convention et on l'emprisonne à St-Quentin. Qui sait, ou plutôt qui ne sait pas ce qui lui serait advenu, si Robespierre n'était tombé au 9 thermidor! Ce récit nous a été fait par M. Rouit avec cette charmante simplicité et cette élégance que malheureusement nous n'aurons plus l'occasion de constater, et l'on nous pardonnera cette longue analyse en pensant que c'est le dernier souvenir que nous aurons à donner à un collègue si cher et si utile.

V.

Les communications scientifiques tiennent d'habitude peu de place dans vos volumes. Il en est de cette année comme de toutes celles qui ont précédé. A l'avenir, leur contingent sera plus mince encore, car vous avez perdu le collaborateur assidu, l'ingénieur habile et qui, depuis plusieurs années, s'occupait pour vous d'observations météorologiques Ces notices annuelles, constatations patientes des phénomènes atmosphériques, n'apparaîtront plus que dans vos deux volumes de 1857 et de 1858, et les regrets que vous inspiraient la perte de M. Rouit s'augmenteront de ceux que vous laissera le départ de M. Vallès.

Sous ce titre de l'*Observation au point de vue médical et de l'utilité des Sociétés savantes*, un de vos correspondants, M. Plonquet, docteur en médecine à Ay, est trop bien et trop profondément entré dans vos idées sur les services que les Sociétés savantes sont appelées à rendre dans les départements, pour que vous n'ayez pas cru devoir donner place dans votre Bulletin à une analyse de son mémoire. Oui, c'est dans le sein de ces Sociétés modestes et utiles que doivent s'élaborer et se contrôler les observations de chacun, que devraient s'exposer les faits scientifiques et les théories qu'ils inspirent ; c'est de là que devraient sortir tous ces détails dont les grands Congrès s'empareraient ensuite pour les centraliser, les convertir en formules et les vulgariser.

M. Prioux vous a donné quelques *Recettes médicinales* du quatorzième siècle qu'il a trouvées dans un livre de justice de l'abbaye St-Yved de Braine. La même main copiant les sentences qui allaient rendre si malades les bourses des justiciables du couvent, voulait guérir leurs plaies et leurs maux corporels.

Le travail le plus considérable de tous ceux qui doivent figurer dans ce paragraphe est le mémoire consacré par M. Melleville à la *Bibliographie historique du département de l'Aisne*. Berceau de la monarchie française, nos pays ont été "un des foyers littéraires et intellectuels les plus actifs de France, dit M. Melleville, et il le prouverait par la liste nombreuse des écrivains distingués qu'ils ont enfantés à toutes les époques, même les plus barbares, s'il ne craignait d'entreprendre un travail trop long; alors il se borne à l'esquisse rapide des travaux exécutés en des temps différents par nos écrivains sur notre histoire locale.

Cette étude, il la commence par l'examen des richesses historiques des anciennes archives et des collections bibliographiques autrefois existantes dans nos contrées, collections privées et collections entreprises par les communautés ecclésiastiques.

Qui saura et dira jamais les richesses des archives soit des seigneurs, soit des abbayes, soit des villes ? Parmi celles-ci, Chauny, St-Quentin, Soissons, Laon, La Fère, Guise, Liesse, Bruyères, etc., etc., eurent des archives importantes que les guerres civiles et avec l'étranger, que les dissensions intestines, que l'incurie plus désastreuse encore décimèrent ou même détruisirent complètement au grand détriment de l'histoire. On voit, dans un inventaire dressé en 1609 par un intendant du Soissonnais, que les archives du comté de Marle et de La Fère renfermaient plus de dix sept cents pièces importantes, maintenant perdues.

M. Melleville nous montre un évêque de Laon former, dès 1100, une collection de manuscrits, et l'un de ses successeurs, Anselme de Mauny, réunir une *grosse* bibliothèque qu'en 1238 il laissa en mourant à son chapitre. Qu'était-ce qu'une *grosse* bibliothèque au commencement du treizième siècle ? Ce que l'on sait mieux, c'est que cent ans plus tard, la bibliothèque de St-Vincent était la plus belle et la plus nombreuse de toutes celles qui existaient en Europe. Commencée dès la fin du onzième siècle par l'abbé Adalbéron, continuée avec amour et persévérance par tous ses successeurs, elle renfermait, disent les anciens historiens, vingt-deux mille manuscrits, lorsque les Anglais s'en emparèrent, déchirant, brûlant, dispersant ou emportant ces trésors dont évidemment de nombreux débris se retrouveraient dans les bibliothèques de l'Angleterre. Si vous admettiez avec M. Melleville qu'au lieu de vingt-deux mille manuscrits, la bibliothèque de St-Vincent n'en contenait probablement que deux mille deux cents, quelle magnifique collection, vous écrieriez-vous, pour une époque que certains arriérés veulent encore appeler barbare, et que de sujets de regrets pour la science !

L'œuvre de collection détruite, le célèbre abbé de St-Vincent Jean de Guise la reprend et la poursuit avec la même ferveur, et à l'envi l'une de l'autre les abbayes de St-Martin et de St-Jean de Laon amassent les volumes parmi lesquels M. Melleville nous cite ceux qui passaient pour les plus précieux. Vauclerc avait 9,000 volumes avant la Révolution, et dans ce nombre on comptait de précieuses raretés bibliographiques. L'abbaye de Cuissy, voisine de Vauclerc, possédait une collection de manuscrits que ses moines, sur les ordres de Luc de Roucy, premier abbé, avaient copiés. Plus tard, les moines de Cuissy furent renommés par leur habileté dans l'art de la miniature sur parchemin.

Il faut lire tout le travail de M. Melleville et non l'analyser. Quand il sera terminé, car il ne vous en a donné que la première partie, ce sera certainement un des plus importants mémoires parmi tous ceux qu'il a déjà publiés.

Voilà ma tâche remplie. J'ai voulu ne rien omettre. J'ai essayé de montrer comment l'unité, c'est-à-dire une même pensée d'amour et de dévouement au pays, présidait, même quand elle n'apparaissait pas clairement, à ces efforts partis de divers points et tentés en divers sens.

Trois volumes en deux ans et trois volumes si bien remplis, c'est un précédent qui oblige, et vous ne failliriez point à l'engagement que votre passé vous force à prendre avec vous-mêmes, si vos rangs déjà trop clairsemés ne s'étaient encore malheureusement éclaircis depuis deux ans. Dans son compte-rendu de 1857, M. Rouit vous disait qu'en cette seule année académique, vous aviez perdu huit de vos membres, trois que la mort avait frappés au milieu de vous, et cinq qu'un changement de résidence ou de fonctions avait éloignés. Si vos pertes sont moins nombreuses, elles n'ont pas été moins douloureuses et moins profondément senties. Il en est qui resteront irréparables.

Quelle qu'en soit l'étendue, vous laisserez-vous abattre par elles ? Vous arrêteront-elles dans votre marche constamment progressive jusqu'ici ? A en juger par la multiplicité des communications que vous avez déjà reçues cette année, la réponse sera facile, et je pourrai clore ce compte-rendu par les paroles qui terminaient celui de M. Rouit en 1857 : « Les Sociétés, pas plus que les familles, ne sont à l'abri de ces tristes épreuves ; pas plus qu'elles non plus, elles ne se doivent laisser abattre. Continuer l'œuvre commune avec persévérance, suppléer au nombre par le zèle, c'est sur tous les champs de bataille le devoir de ceux qui restent. »

Ed. FLEURY.

Le 1er mars 1860.

BULLETIN

DE LA

SOCIÉTÉ ACADÉMIQUE

DE LAON.

PREMIÈRE SÉANCE.

(16 Novembre 1858.)

Présidence de M. **Dallès**, Vice-Président

Ouvrages reçus : Mémoires de la Société d'Agriculture, des Sciences, Arts et Belles-Lettres du département de l'Aube; Travaux de l'Académie impériale de Reims, 25e et 26e vol.; Mémoires de l'Académie des Sciences, Belles-Lettres, Arts, Agriculture et Commerce du département de la Somme; Mémoires de la Société des Antiquaires de Picardie, T. 5, 2e série; Mémoires de la Société impériale des Sciences, de l'Agriculture et des Arts de Lille; Annales de la Société d'émulation du département des Vosges; Un cahier des travaux de la Société archéologique de l'arrondissement d'Avesnes; Les Sœurs aveugles de Saint-Paul, par M. Bathild Bouniol. (Deux exemplaires.) *Envoi fait par M. Delvincourt*; Compte-rendu des travaux de l'Académie du Gard, par M. Nicot, secrétaire perpétuel; Tombeau de Saint-Dizier, évêque et martyr, par M. Anatole de Barthélemy.

M. Lefèvre, de Bruyères, membre correspondant, envoie sa démission qui est acceptée.

M. le Président donne lecture d'une circulaire récente où M. le Ministre de l'instruction publique entretient avec détails les sociétés savantes de l'intention du Gouvernemeut de publier un grand Dictionnaire géographique de la France. Ce livre contiendrait des notices sur tous les lieux, villes, villages, hameaux, montagnes, rivières, etc., etc. Il demande : 1° s'il existe, dans le département de l'Aisne, des nomenclatures manuscrites ou imprimées, des anciens noms de peuple, des circonscriptions antérieures à 1789, des lieux habités ou historiques, et quelle est la valeur de ces nomenclatures; 2° quels sont les ouvrages inédits ou imprimés, titres originaux, cartulaires et pouillés, qui indiquent les noms latins ou vulgaires sous lesquels les lieux habités, cours d'eaux, etc., du département étaient connus avant 1789; enfin si la Société voudrait se charger d'un semblable travail, s'il n'était pas encore fait.

Divers membres prennent part à une conversation d'où il résulte que plusieurs pouillés existent où l'on pourrait trouver des documents utiles au travail annoncé par M. le Ministre de 'instruction publique.

Un membre dit que le *Dictionnaire historique et géographique* édité l'an dernier par M. Melleville, réunit pour le département de l'Aisne presque toutes les conditions du livre qui se prépare pour toute la France. Son envoi, pur et simple, serait à l'heure qu'il est, la meilleure réponse à faire aux questions que renferme la circulaire ministérielle.

M. Melleville se met à la disposition de la Société et offre d'envoyer au Ministre de l'instruction publique un exemplaire de son Dictionnaire.

La Société accepte cette proposition.

Il est procédé par la voie du scrutin secret au renouvellement du bureau et de la commission de lecture.

Sont nommés :

Président,	M. DUCHANGE, par neuf voix.
Vice-Président,	M. VALLÈS, par huit voix.
Secrétaires,	M. ROUIT, par neuf voix. M. FLEURY, par huit voix.
Archiviste,	M. PIETTE, par huit voix.
Trésorier,	M. VINCHON, par sept voix.

M. Bouvenne, artiste dessinateur à Paris, et M. Breval, graveur sur bois à Paris, sont présentés et acceptés comme membres correspondants.

M. ÉD. FLEURY, au nom de M. Lecomte, de La Ferté-Milon, lit une notice généalogique que M. Lecomte a écrite sur la famille de notre illustre poëte dramatique, Jean Racine.

Le 22 décembre 1639, on présentait au curé de la paroisse Saint-Waast, de La Ferté-Milon, un enfant dont le jour de la naissance nous est resté inconnu.

Frère Nicolas Colletet répandait aussitôt sur le front chétif de ce nouveau-né l'onction sainte qui, semence première, devait engendrer *Athalie* : Jean Racine était chrétien. Toute la pompe qui a entouré cette cérémonie sacrée est dans ce souvenir écrit du curé Colletet :

« Le vingt-deuxiesme *decebre* 1639, fut baptisé Jehan, fils
» de Jehan Racine, procureur, et Jehanne Sconin, tenu sur
» les fonts par M. Pierre Sconin, comissaire, et Marie Des-
» moulins.

» N. COLLETET. »

Celui qui trouva là sa naissance et son baptême tout à la fois constatés, fut Jean Racine.

Sa vie est connue ; tous les éloges sont faits. Je bornerai ma notice à ceci : le 1er juin 1677, il épousa à Paris Catherine de Romanet, fille d'un trésorier de France, résidant à Montdidier, née en 1652.

Racine mourut le 21 avril 1699, et sa femme le 15 novembre 1732.

D'abord déposés à Port-Royal, les restes mortels de Racine furent transférés à Saint-Etienne-du-Mont. Auprès d'eux, furent placés ceux de la compagne fidèle de sa vie. «Il était uste, en effet, » dit M. de La Roque *(Vie de Louis Racine.* — Brochure in-8. Didot. 1852.), « que la mort rejoignît ce » qu'elle avait séparé, et ne fît qu'une même cendre de ces » deux époux, modèles d'une union si tendre et si constante, » malgré de frappants contrastes qui ne semblaient pas les » appeler à associer leurs destinées » (1).

ASCENDANTS.

PÈRE.

Jean Racine était fils de Racine, Jean, né à La Ferté-Milon le 28 juin 1615. Il se maria le 13 septembre 1638, à Jehanne Sconin. M. Boulard donne à tort à ce mariage la date du 12 septembre; c'est le contrat de mariage qui a été dressé à cette dernière date par un notaire de La Ferté-Milon, Me Crépin Fournier. (Voir la notice au *Bulletin des Sciences hist., philos.*, etc. Juillet 1824. N° 79.)

Jehanne Sconin était fille de Pierre Sconin, procureur du roi aux eaux-et-forêts du Valois, conseiller examinateur de la Ferté-Milon. Elle mourut le 29 janvier 1641, et non pas le 24, comme l'a dit M. Boulard, deux ans avant son mari, et cinq jours après avoir mis au monde une fille (Marie), depuis Mme Rivière.

Jean Racine, devenu veuf, se remaria à Madeleine Vol, fille de Jean Vol, notaire à La Ferté-Milon, et de Marie Madelein. François et Fournier, notaires au même lieu, rédigèrent le contrat de mariage le 3 novembre 1642.

Ce contrat de mariage ne rappelle rien d'une précédente union.

(1) On sait que Mme Racine n'a jamais lu les poésies de son mari. Jamais peut-être elle n'a eu conscience de l'éclat attaché au nom qu'elle portait.

Jean Racine avait, dans sa jeunesse, embrassé la carrière des armes par son entrée dans le corps des Cadets. Un revirement d'idée le fit se plonger dans l'étude du droit ; cette vocation dut être la véritable ; car nous voyons Racine devenir procureur, conseiller du roi et contrôleur du grenier à sel de La Ferté-Milon. Investi encore de ces charges, il mourut le 6 février 1643, laissant deux enfants très-jeunes : Marie, plus tard épouse de M. Rivière, et Jean, le premier et le héros de cette notice.

L'office de procureur dont il était titulaire, fut vendu à Jean Vol, notaire à La Ferté-Milon, par contrat du 30 décembre 1643.

Différents ouvrages, en rapportant l'exil des solitaires de Port-Royal, avancent que les moines vinrent chercher, en 1638, un refuge à La Ferté-Milon chez Jean Racine. De là vint, ajoute-t-on, que l'éducation du jeune Racine a été confiée à ces pieux et modestes savants. M. de La Roque admet sans contrôle cette allégation. Cependant il est à peu près certain que ce fait est inexact ; les religieux virent en effet La Ferté-Milon, lieu où devait naître leur illustre élève, mais c'est en se rendant à Bourgfontaine, couvent de Chartreux qui se trouve à deux kilomètres nord-ouest de cette ville, au fond d'une éclaircie pratiquée dans la forêt de Retz. Peut-être, à leur passage, furent-ils reçus par Racine qui était investi de fonctions élevées dans l'administration civile et judiciaire de la ville ; mais rien ne le fait connaître. Il est plus vrai de dire que les savants exilés allèrent chercher un asile, non pas en la demeure de Racine, mais bien sous les voûtes monastiques de Bourgfontaine. (Voyez notamment *Cours de Littérature* par Lamartine (13e livraison).

Louis Racine lui-même s'y rendait plus tard tous les ans au temps de Pâques. Une lettre, datée de Soissons du 22 mars 1739, qu'il adressait à sa femme, nous fait, par exemple, savoir qu'il s'y rendait ce jour-là pour n'en revenir que quatre jours après.

AÏEUL.

Le grand-père de Racine est Racine, Jean, d'abord greffier, puis contrôleur du grenier à sel de la Ferté-Milon, marié avant 1614, à Marie Desmoulins et mort en septembre 1650. Marie Desmoulins avait pour sœurs Suzanne Desmoulins, religieuse à Port-Royal, et Claude Desmoulins, mariée à Pierre Vitart dont on connaît le nom par la correspondance de Jean Racine. Veuve, elle se retira, en 1651, à Port-Royal-des-Champs où elle mourut le 12 août 1662.

BISAÏEUL.

Racine, Jean, receveur, pour le roi et la reine, du domaine et du duché de Valois, ainsi que du grenier à sel de la Ferté-Milon à Crespy, épousa Anne Gosset. Il mourut en 1593. M. de La Roque mentionne qu'au siècle dernier, on voyait encore sa tombe dans la principale église de la Ferté-Milon (Notre-Dame). Ce cénotaphe n'est plus apparent et doit être caché sous le dallage actuel.

C'est à ce personnage qu'il fut accordé de porter un blason dont Racine parle dans sa correspondance, blason qui nous est resté noté ainsi : « D'azur au cygne d'argent, becqué et membré de sable. » Primitivement, l'écusson était revêtu d'un second signe héraldique, un rat, ce qui a fait ranger les armes raciniennes dans la classe des armoiries parlantes : *Ra-cine*, *Rat-cygne*. On ne peut expliquer la présence du rat, pas plus que celle du cygne ; mais, sans avoir à rechercher la cause originelle de ce double attribut allégorique, on est heureux de trouver dans l'un d'eux un symbole touchant et vraiment prophétique du chantre harmonieux d'Esther et d'Athalie. Des armes primitives, Jean Racine a retranché le rat, « ce qui le choquait. »

M. de La Roque avance que Jean Racine, celui auquel le présent paragraphe est consacré, était le trisaïeul du grand poëte. « C'est une erreur, » il n'en était que le bisaïeul.

DESCENDANTS.

1re Génération.

Jean Racine, le poëte, eut sept enfants, qui sont :

1° RACINE, Jean-Baptiste, né à Paris le 11 novembre 1678. Il ne se maria point et mourut à Paris le 31 janvier 1747. M. de La Roque, dont j'aurai souvent à emprunter le témoignage, a tracé sur Jean-Baptiste Racine les lignes suivantes que je suis d'autant plus heureux de reproduire qu'elles sont l'expression simple et touchante du plus pur sentiment filial :

« Il reçut les leçons des plus habiles maîtres de son temps, » et surtout celles d'un père, qui, après son salut, n'avait de » plus grande sollicitude que l'éducation de ce fils. Racine » avait obtenu pour lui la survivance de sa charge de gen- » tilhomme ordinaire du roi, et dès l'âge de seize ans, Jean- » Baptiste en remplissait les fonctions à la cour. Il travaillait » aux affaires étrangères, sous les yeux du marquis de » Torcy qui lui portait beaucoup d'affection et l'attacha » successivement aux ambassades de Hollande et de Rome. » Racine cherchait surtout à prémunir son fils contre les » dangers et les entraînements de la jeunesse, en lui inspirant » les grands sentiments de la religion dont il était pénétré lui- » même. Son inquiète tendresse semblait profiter de toutes » les occasions qui s'offraient, pour appeler son attention » sur un sujet si important. On ne peut lire sans attendriss- » ement ces nobles et touchantes paroles d'une lettre qu'il » lui adressait à La Haye, où Jean-Baptiste résidait alors avec » l'ambassade de France : « Je n'ai osé, lui écrit-il, demander » à M. de Bonald si vous pensiez un peu au bon Dieu, et j'ai » eu peur que la réponse ne fût pas telle que je l'aurais » souhaitée ; mais enfin, je veux me flatter que, faisant votre » possible pour devenir un parfait honnête homme, vous con- » cevrez qu'on ne le peut être sans rendre à Dieu ce » qu'on lui doit. Vous connaissez la religion, je puis même » dire que vous la connaissez belle et noble comme elle est,

» et il n'est pas possible que vous ne l'aimiez. Pardonnez » si je vous mets quelquefois sur ce chapitre : vous savez com» bien il me tient à cœur ; et je vous puis assurer que plus » je vais en avant, plus je trouve qu'il n'y a rien de si doux » au monde que le repos de ma conscience, et de regarder » Dieu comme un père qui ne nous manquera pas dans tous » nos besoins. M. Despréaux, que vous aimez tant, est plus que » jamais dans ces sentiments, surtout depuis qu'il a fait son » *Amour de Dieu*; et je vous puis assurer qu'il est très-bien » persuadé lui-même des vérités dont il a voulu persuader » les autres. Vous trouvez quelquefois mes lettres trop » courtes, mais je crains bien que vous ne trouviez celle-ci » trop longue. » Tant d'exhortations à la vertu, si éloquentes » dans la bouche d'un père qui prêchait d'exemple, ne furent » pas perdues, et faillirent même dépasser le but, car » celui à qui elles s'adressaient songea un moment à se » faire chartreux.

» On sait que Racine avait eu la même pensée, lorsqu'il prit » la résolution de quitter le théâtre ; mais de sages conseils » le détournèrent alors de ce parti extrême. Il ne suffisait pas » à un père si tendre de préserver l'objet de sa sollicitude des » décevantes illusions de la jeunesse, il voulait encore lui faire » éviter une passion dont lui-même n'avait pas trop connu le » danger. L'amour de la poésie l'avait subjugué une partie de » sa vie ; mais si cette passion avait été la source de sa gloire, » elle l'avait été aussi d'amers chagrins qui avaient empoi» sonné ses plus beaux jours et ses plus beaux triomphes. » Eclairé par son expérience, il redoutait extrêmement d'avoir » un fils qui, à son exemple, eût envie de faire des tragédies. » Il eut encore la satisfaction de voir Jean-Baptiste renoncer, » pour lui plaire, à son goût naissant pour les vers. Boileau » portait l'affection la plus vive au jeune fils de son ami et » avait une opinion très-favorable de son mérite. Fénélon, de » son côté, partageait cette opinion et ces sentiments. Les » belles qualités de Jean-Baptiste le rendaient digne, en effet » d'amitiés si flatteuses et de toute la tendresse de son père.

» Sa famille avait été sur le point de le marier de bonne heure ; » mais la crainte qu'inspirait le caractère de la jeune personne » qui aimait, dit-on, le faste, le monde et les plaisirs, goûts si » contraires au bonheur domestique, fit rompre prudemment » ce projet. Mme Racine ne put dissimuler la joie que lui causait » cette rupture et avouait naïvement qu'elle avait de plus, pour » s'en réjouir, une raison qui lui tenait bien au cœur ; c'est » que la demoiselle était rousse. Cette délicatesse de mère » pouvait être permise à celle qui avait le droit de se glorifier » d'une si belle famille. »

« Jean-Baptiste fut proposé, en 1698, pour une des deux » places de gentilhomme de la manche, près du duc de Bour- » gogne. Mais ce jeune prince étant sur le point de commander » les armées, on se décida à choisir des hommes d'un âge plus » avancé, et qui eussent surtout l'expérience de la guerre. » Jean-Baptiste avait su se faire à la cour des amis puissants, » par l'agrément de son esprit et la douceur de son caractère. » Les ducs de Beauvilliers et de Noailles, le comte d'Ayen, fils » de ce dernier, et qui devint plus tard maréchal de France » comme son père, ainsi que beaucoup d'autres personnages » de marque, lui portaient un affectueux intérêt. Cependant » tous ces avantages et la protection du marquis de Torcy, qui » voulait l'avancer, ne purent le retenir à la cour. Trompant » ainsi l'attente des amis de son père et des siens, il se défit » de sa charge de gentillhomme ordinaire du roi, et renonça » aux espérances que lui offrait la diplomatie, pour vivre dans » une retraite absolue. « Sitôt qu'il est devenu son maître, a » dit, en parlant de lui, son frère Louis, il a fui le monde, quoi- » qu'il y fût fort aimable quand il était obligé d'y paraître. » Sans aucune ambition, et même sans celle de devenir savant, » son seul plaisir fut de parcourir toutes les sciences, s'atta- » chant particulièrement aux belles-lettres, et s'étant toujours » contenté de lire, sans avoir jamais rien écrit, ni en vers, ni » en prose, quoiqu'il fût très-capable d'écrire, et par ses con- » naissances, et par son style. »

» Racine craignait que son fils Jean-Baptiste ne devînt un

» trop grand acheteur de livres, et ne prît ainsi, avec le goût » des dépenses inutiles, celui des études superficielles. Ses » craintes étaient fondées ; et l'âge ne corrigea pas son fils de » ce goût, ou, si l'on veut, de ce défaut. Il consacra sa vie et » une partie de sa fortune à augmenter sa bibliothèque, à la- » quelle il donnait une valeur de trente mille livres, et qui » renfermait un grand nombre d'ouvrages rares et précieux. » On y remarquait surtout une belle collection de livres grecs » et hébreux, langues qui lui étaient familières. Aussi modeste » que savant, Jean - Baptiste n'a rien voulu faire imprimer. Il » s'est contenté de laisser des notes sur la vie et les ouvrages » de son père, et quelques manuscrits dont Fréron a publié des » fragments dans son journal l'*Année Littéraire*. On a inséré » une lettre de lui, dans les Œuvres de son frère Louis, laquelle » montre qu'il était également versé dans la littérature ancienne » et moderne. Il existe encore un extrait d'une autre de ses » lettres, où se trouvent quelques détails intéressants sur l'in- » trépidité toute chrétienne que fit paraître son père à ses » derniers moments. C'est à lu que sont adressées les *Lettres » de Racine à son Fils*. Jean-Baptiste Racine mourut à Paris, » sans avoir été marié, le 31 janvier 1747, dans la soixante- » dix-neuvième année de son âge. »

2° RACINE, Marie - Catherine, née vers 1680, mariée à Pierre - Claude Colin de Moraïmbert, avocat au Parlement, directeur - général des fermes à Paris. Veuve depuis 1746, elle mourut le 6 décembre 1751. D'après M. de La Roque (1), le mariage aurait eu lieu le 5 juin 1699, à l'hôtel des Trésoriers de France. C'est une erreur. La célébration est du 7 janvier précédent, à l'église Saint - Sulpice. Jean Racine, son père, y assistait, ce qu'il n'aurait pu faire le 5 juin, puisqu'il était mort dès le 21 avril.

C'est de Mme de Morambert que Racine, dans une lettre à

(1) *Vie de L. Racine* qui précède ses *Œuvres*. Didot. 1853, et d'autres notices.

son fils Jean-Baptiste, du 12 septembre 1698, parle en ces termes : « Nous songeons aussi à marier votre sœur ; et si une » affaire dont on nous a parlé réussit, cela pourra se faire cet » hiver, sinon nous attendrons quelqu'autre occasion. Elle est » fort tranquille là-dessus et n'a ni vanité ni ambition, et » j'ai tout lieu d'être content d'elle. »

3° RACINE, Elisabeth, dite *Babet*, entra en 1700 au couvent de Notre-Dame de Variville, où elle éleva avec elle sa nièce (n° 9. — Anne). Elle y mourut en 1745. Ici encore je laisse parler M. de La Roque :

« .... se fit religieuse au couvent de Notre-Dame » de Variville, maison de l'Ordre de Fontevrault, au diocèse » de Senlis. « Babet m'écrit les plus jolies lettres du monde » et les plus vives, sans beaucoup d'ordre, comme vous » pouvez croire, mais entièrement conformes au caractère » que vous lui connaissez. » C'est ainsi que Racine, dans une » lettre à Jean-Baptiste alors à La Haye, peint en peu de mots » sa troisième fille qui avait quitté récemment le logis pour » le couvent de Variville. Elisabeth était belle, spirituelle et » vive. Ainsi, malgré le désir qu'elle avait témoigné d'em» brasser la vie religieuse, Racine, craignant qu'elle ne s'en» gageât trop légèrement, voulait qu'elle examinât mûrement » sa vocation dans la maison paternelle. Elle y persévéra ce» pendant et fit profession l'année qui suivit la mort de son » père, la dernière du XVIIe siècle. Elisabeth Racine sut » rester dans le cloître ce que la nature l'avait faite, pour l'es» prit et pour le cœur, et protesta hautement par son exemple » contre le reproche d'égoïsme et de petitesse d'esprit qu'on » adresse trop souvent avec injustice aux personnes de sa pro» fession. Elle avait élevé auprès d'elle l'aînée de ses nièces, » Anne Racine qui ne voulait plus la quitter. Mais elle, au » contraire, tout en l'aimant avec tendresse, désirait son » éloignement par un motif bien puissant que Racine (Louis) » nous révèle dans une lettre qu'il écrivait à sa femme, le 4 » juin 1745, au retour d'un voyage qu'il venait de faire à Vari-

» ville. « Elle ne m'a point demandé ma cadette, dit-il en » parlant de sa sœur, et je devine ses raisons. Quoique je l'ai » trouvée en assez bon état, elle se croit frappée d'un mal » dont elle mourra, et toute sa crainte est que sa nièce soit » témoin de sa mort. Elle m'a dit que, dans sa maladie, c'é- » tait sa grande frayeur. Par tendresse pour elle, je crois » qu'elle ne voudrait plus l'avoir avec elle. »

» En lisant ces notes simples et touchantes, ne semble-t-il » pas entendre une dernière vibration du cœur du tendre » Racine? Les tristes pressentiments d'Elisabeth Racine ne » tardèrent pas à se réaliser et sa mort eut lieu dans le pieux » asile où elle était venue abriter sa jeunesse, cette même » année 1745, ou la suivante. »

4° RACINE, Anne, dite *Nanette*, vit le jour en 1680. Le 6 novembre 1698, elle fit profession au couvent des Ursulines de Melun, sous le nom de mère Sainte-Scholastique. Elle mourut la première de ses frères et sœurs.

A Nanette, M. de La Roque a consacré la notice que je transcris tout au long, afin de ne point la dénaturer : « .... » fit profession au couvent des Ursulines .... L'arche- » vêque de Sens voulut présider à la cérémonie; l'abbé Boi- » leau, frère de Despréaux, y prononça un beau sermon; et, » de son exil de Cambrai, Fénelon faisait féliciter l'illustre » ami (c'est ainsi qu'il désigne Racine), de ce que Dieu » avait daigné choisir dans son petit troupeau une jeune vic- » time pour lui être consacrée, et faisait assurer cet heureux » père qu'il avait offert sa victime à l'autel. Hélas! ce jour-là, » l'heureux père ne sentait que la douleur d'une cruelle sépa- » ration. Il ne pouvait assister à aucune profession religieuse » sans fondre en larmes; aussi, à celle de sa fille, ne cessa- » t-il de sangloter, au point que sa santé, alors très-affaiblie, » en fut dérangée. A l'époque où Anne Racine fit profession, » son esprit et son jugement étaient extrêmement formés; » elle avait une mémoire prodigieuse et aimait passionnément » les bons livres. Mais ce qu'il y avait de plus charmant en

» elle, c'était une douceur et une égalité d'esprit merveil-
» leuses. Tel est le jugement que Racine portait de sa fille,
» ou plutôt de l'ange dont il venait de faire le sacrifice :
» Excusez un peu ma tendresse, écrivait - il à la mère Agnès
» de Sainte - Thècle Racine, sa tante (1) ; excusez un peu ma
» tendresse pour une enfant dont je n'ai jamais eu le moindre
» sujet de plainte et qui s'est donnée à Dieu de si bon cœur,
» quoiqu'elle fût asurément la plus jolie de tous nos enfants
» et celle que le monde aurait le plus attirée par ses dange-
» reuses caresses. » Depuis le jour où la religion l'avait reçue
» dans son sein avec tant d'éclat et de pompe, la vie d'Anne
» Racine s'est écoulée dans la paisible obscurité du cloître, et
» l'on ignore la date précise de sa mort. Toutefois il est certain
» qu'elle n'a pas vécu longtemps et qu'elle a précédé dans
» la tombe tous les autres enfants de Racine. Elle a eu le sort
» des choses avancées, sort triste, si on mesure le bonheur
» au nombre des années. »

Jean Racine rend compte à son fils Jean-Baptiste de la profession de Nanette, dans une lettre du 10 novembre 1698.

5° RACINE, Jeanne-Nicole-Françoise, dite *Fanchon*, née en 1687, ne se maria point. De bonne heure, elle eut l'idée de partager l'existence monacale de sa sœur aux Ursulines de Melun ; mais elle préféra rester auprès de sa mère dont elle recueillit le suprême et dernier soupir le 15 novembre 1732. Libre dès lors, elle adopta définitivement la vie religieuse et entra aussitôt à l'abbaye de Malnoue, diocèse de Paris. C'est là qu'elle mourut le 22 septembre 1739.

6° RACINE, Madeleine, dite *Madelon*, naquit en 1688 et mourut célibataire le 7 janvier 1741. Je laisse encore la parole à M. de La Roque : « Madeleine Racine n'avait pas
» les mêmes impatiences que ses sœurs de quitter sa famille
» pour se faire religieuse et semblait, au contraire, annoncer

(1) Agnès Racine, née à La Ferté-Milon le 30 août 1626, d'abord religieuse, puis abbesse triennale de Port-Royal-des-Champs, morte en 1699.

» beaucoup de goût pour le monde. « Elle raisonne sur » toutes choses avec un esprit qui vous surprendrait, et est » fort railleuse ; de quoi je lui fais souvent la guerre, » » écrivait Racine à son fils. Les sages remontrances de son » père la corrigèrent de ce défaut, et elle se dégoûta elle- » même du monde qu'elle avait paru aimer dans ses pre- » mières années. Sans le quitter entièrement, elle passa sa » vie dans une retraite volontaire et la pratique des bonnes » œuvres, s'occupant beaucoup aussi de son frère Louis et » de sa famille, pour lesquels elle avait une vive affection. Cœur » tendre, esprit charmant, Madeleine Racine n'a vécu que pour » le bonheur des autres ; c'est le seul qu'ambitionne la vertu. » Que ce souvenir protège la faible trace qu'elle a laissée » en traversant la vie, et défende sa mémoire de l'oubli! » Louis Racine, écrivant, le 18 avril 1728, à Marie Presle de » l'Ecluse, qui allait devenir sa femme quelques jours après, » lui parlait ainsi de cette sœur de prédilection : « Ma » sœur m'a chargé de vous remettre de sa part quelques » pièces d'argenterie utiles dans un ménage ; et comme elle » ne songe pas moins au spirituel qu'au temporel, elle m'a » chargé de vous remettre un petit livre intitulé : *Conduite* » *d'une dame chrétienne*. C'est dommage qu'il n'y ait pas un » pareil livre sur la conduite des hommes, elle me l'aurait » aussi donné ; mais elle prétend que si vous pratiquez bien » tout ce qui est dans ce livre, je n'aurai qu'à vous prendre » pour modèle, et que votre exemple me fera plus d'im- » pression que tous les livres du monde. »

» Madeleine Racine et Jeanne-Nicole-Françoise, qui venait » immédiatement avant elle, n'avaient que dix à douze ans » lorsqu'elles perdirent leur illustre père.

» Les quatre dernières filles de Racine ne sont connues dans » ses lettres que sous les noms de Nanette, Babet, Fanchon et » Madelon, noms familiers et vulgaires, mais embellis par les » grâces naïves et consacrés par le génie. Si l'éclat qui envi- » ronne le noble et sublime poëte nous éblouit, un charme » indéfinissable nous attire vers le père de famille si simple et

» si tendre, qui met son bonheur à se voir entouré de Nanette, « Babet, Fanchon et Madelon. Filles charmantes, aimables » sœurs, à présent que la tâche de votre biographe est finie, » reprenez ces noms qui font votre gloire : vous les conserve- » rez toujours ! Oui, toujours, vos noms modestes et aimés » brilleront à côté de ceux d'Andromaque, Junie, Monime et » Iphygénie, qui sont aussi vos sœurs. L'humble violette n'est- » elle pas sœur de la rose, orgueil de nos jardins?..... »

7° RACINE, Louis, naquit à Paris, le 2 novembre 1692, et porta dans son enfance le surnom de *Lionval*. Il se maria à Moulins, le 1er mai 1728, avec Marie Presle de l'Ecluse, fille de Pierre Presle de l'Ecluse, seigneur de Cuzieu et d'Unias, conseiller et secrétaire du roi en la cour des monnaies de Lyon, l'un des échevins de la même ville en 1709 et 1710. Son contrat de mariage fut dressé par Me Sellier, notaire à Paris, le 1er avril 1728. Après avoir rempli beaucoup d'emplois de plusieurs carrières étrangères à ses goûts et après avoir fait reposer sur sa tête une partie de la gloire de son père, il mourut le 29 janvier 1763, trente-et-un ans avant sa femme qui, née en 1700, vit encore une grande partie de l'année 1794.

D'après le vœu de son père et peu de temps après la mort de celui-ci, Louis Racine commença ses études au collège de Beauvais, sous la direction de Rollin. Il y reçut les solides leçons du savant ecclésiastique Mésengny. Ici déjà la muse poétique annonce une vocation; les douze premiers vers de Racine sont une plainte sur la mort d'un chien. Son premier pas, au sortir du collège, fut l'étude du droit, science ardue et sèche qui lui procura le grade d'avocat. Cette carrière ne plut pas à Louis Racine qui l'abandonna, non point par mobilité de caractère, mais par antipathie. La sévérité des principes religieux inculqués dans son jeune cœur ne s'alliait guère avec la froide routine des usages et coutumes du parlement. Aussi Racine adopta-t-il l'état ecclésiastique sous lequel il passa trois années à l'Oratoire de Notre-Dame des Vertus. Là, livré à lui-même, menant strictement l'austère existence monacale, pratiquant « les rudes vertus du cénobite, » il composa, dans le recueillement de sa pensée, son poëme de *la Religion*, ainsi que celui de *la Grâce* qu'il dédia respectueusement au pape Benoit XIV.

Avec le titre et le nom qu'elles portaient, ces deux œuvres ne manquèrent pas d'attirer les regards. Bien des applaudissements se firent écho dans les salons, et Louis Racine fut même appelé à faire entendre de sa bouche quelques morceaux. Ces succès mondains lui ôtèrent peu à peu le goût de la retraite, ce qui le conduisit à abdiquer l'état ecclésiastique. A sa sortie de l'Oratoire de Notre-Dame des Vertus, il fut accueilli par le chancelier d'Aguesseau dont il partagea l'exil à Fresne, jusqu'en 1720.

C'est alors qu'il reçut, sous la forme de belles strophes, les salutations du jeune Voltaire apparaissant à l'horizon.

Dès 1719, le 8 août, il avait été admis au sein de l'Académie des Inscriptions et Belles-Lettres, avec la protection de d'Aguesseau. Quoique Racine n'eût jamais sa résidence à Paris, contrairement aux statuts de l'Académie, et quoique ses fonctions civiles fussent si étrangères à la littérature et aux arts, il n'en adressait pas moins chaque année à l'Académie quelque mémoire intéressant. Il se trouvait donc sur le chemin de l'Académie française. M. de Valincour fit ses efforts afin de lui valoir l'obtention d'un fauteuil; mais l'ancien évêque de Fréjus, le cardinal Fleury, contraria ces efforts, et détourna Racine d'aspirer à l'honneur brigué, en lui promettant un emploi plus lucratif que les stériles occupations académiques (1). De là vient qu'en 1732, Louis Racine fut nommé inspecteur général des fermes du roi en Provence. « Ce n'est pas un beau pays que la Provence pour » dégoûter un poëte, a dit à ce sujet l'avocat Marais. » (*Revue*

(1) On a dit longtemps, et dernièrement encore, que l'inadmission à l'Académie était la suite d'une accusation de Jansénisme. (Voir notamment le *Moniteur universel* du 4 janvier 1857.) Ce ne peut être. Racine lui-même a parlé en termes qui réfutent cette assertion (Voir sa note laissée pour le discours académique qui devait être prononcé après sa mort.)

rétrospective, Tome VIII, 2e partie, p. 419). Ces nouvelles fonctions, si incompatibles avec ses goûts, le conduisirent successivement à Marseille, à Salins, à Moulins où il se maria, à Lyon où il se trouvait en 1731, et enfin en mai 1732 à Soissons qu'il quitta vers 1747, pour profiter de sa retraite et retourner définitivement à Paris.

Pendant son séjour à Lyon, Louis Racine fut reçu membre de l'Académie des sciences, arts et belles-lettres de cette ville. Alors qu'il habitait Soissons, il venait régulièrement accomplir ses devoirs religieux de la semaine-sainte à la Chartreuse de Bourgfontaine, proche la Ferté-Milon.

Il perdit alors sa mère et, dans le même temps, fut reçu à la table de marbre en qualité de maître particulier des eaux et forêts du duché de Valois, dans l'apanage du duc d'Orléans. Au bout d'un exercice de vingt-cinq années, Louis Racine eut sa retraite. Il obtint, en janvier 1747, par suite de la mort de son frère Jean-Baptiste, la pension de 2,000 livres que Louis XIV avait, au décès de Jean Racine, accordée à sa veuve et à ses enfants.

La vie de Louis Racine fut constamment remplie d'occupations sérieuses, même pendant ses quinze années de retraite. Outre *la Grâce* et *la Religion*, il dota la littérature d'un grand nombre de petites pièces de mérite. Sa pitié filiale lui dicta la vie de son père.

Si nous contemplons maintenant Louis Racine au foyer domestique, nous ne pourrons qu'admirer la simplicité que décore un si grand nom. Son heureux mariage lui donna trois enfants; vieux déjà, Racine fut atteint d'une douleur cruelle: son fils mourut accidentellement en Espagne, par suite d'un tremblement de terre. Ce coup foudroyant auquel il sut parer par une sublime et pieuse résignation, lui arracha ce cri : « Un fils m'était cher, non parce qu'il était unique, » mais parce qu'il promettait beaucoup. Dieu me l'avait » donné, Dieu me l'a ôté...... »

Louis Racine contracta des affections sincères avec Lebrun, Jean-Baptiste Rousseau, Lefranc de Pompignan, d'Aguesseau, le marquis d'Argenson, le cardinal de Larochefoucault, évêque de Bourges, et l'abbé de Pomponne. On connaît aussi la façon toute paternelle avec laquelle il accueillit le jeune Delille.

Racine était éminemment bienveillant et sympathique. Il ne parlait jamais de ses ouvrages. Sa modestie était extrême. Aussi est-ce avec raison qu'il s'est appliqué ces vers de son père :

« Et moi, fils inconnu d'un si glorieux père,
» Je suis même encore loin des traces de ma mère. »
(Phèdre, a. 3, sc. 4.)

DEUXIÈME GÉNÉRATION.

TROIS ENFANTS DE LOUIS RACINE.

8° RACINE, Marie-Anne (l'aînée), épouse du chevalier Georges ou Jacques Bernard d'Hariague. Boulard, notaire à Paris, reçut le contrat de mariage, le 17 septembre 1752. Elle mourut à Paris le 11 septembre 1782. M. d'Hariague était fils d'un conseiller-maître à la chambre des comptes et neveu d'un président au Parlement de Paris. Deux enfants (n°s 11 et 12).

9° RACINE, Anne, née en décembre 1729, fut élevée à Notre-Dame de Variville par les soins de sa tante Babet (n° 3 *suprà*). Elle se maria le 13 janvier 1746, à Louis Grégoire Mirleau de Neuville de Saint-Héry, écuyer, seigneur des Radrets d'Illiers, et directeur général des fermes à Soissons en 1751, fils d'Antoine-Pierre Mirleau de Neuville, conseiller du roi, l'un des quarante fermiers-généraux de Sa Majesté. Son contrat de mariage fut dressé par Boulard, notaire à Paris, le 13 juillet 1746. Anne Racine mourut à Blois, le 31 décembre 1805 (1). Avec elle s'éteignit le nom glorieux de Racine, perdu déjà dans la ligne masculine dès 1763 par la mort de Louis Racine. Si le

(1) Voir sur cette mort : *Magasin encyclopédique* 1806. T. II, p. 404.

nom n'est plus, la gloire est restée. M. de Saint-Héry est de ceux contre lesquels s'est exercée la verve satirique des rimeurs du XVIIe siècle à l'occasion d'un édit de 1682 qui prohibait l'admission dans les fermes générales d'aucun calviniste. Voici quelques vers de cette diatribe :

Pour être les fermiers du roi
  On se fait catholique.
Chaque fermier change de foi,
  Aucun n'est hérétique.
La perte que l'enfer y fait
  N'est pas telle qu'on pense ;
Car tout maltotier, quel qu'il soit,
  Est au diable d'avance.

Pauvres fermiers de gabelles ! Ils payaient à l'Etat 180,000,000 de redevance annuelle et s'entendaient nommer fripons, excepté pourtant par La Bruyère qui, au lieu de tracer tout au long l'odieuse dénomination de *partisan*, avait la condescendance de n'écrire que P. T. S. — Sept enfants (n°s 13, 14, 15, 16, 17, 18 et 19).

10° RACINE...... dernier fils du nom, né en 1733, mort à Cadix le 1er novembre 1755, en se rendant à un mariage et en suivant une chaussée qui longeait le rivage, par suite du tremblement de terre qui renversa Lisbonne. Il n'était pas marié. Avec lui s'évanouit l'espoir de la perpétuation du nom de Racine. Ce nom était encore porté par Louis Racine, arrivé aux portes de la vieillesse, par Mme de Saint-Héry (n° 9) et par Mme d'Hariague (n° 8). Le jeune Racine avait de très-heureuses dispositions cultivées par Coffin, directeur du collège de Beauvais. Par son caractère simple et docile, il a bien mérité les larmes que son père a versées sur sa tombe. Lefranc de Pompignan et Lebrun (Ecouchart) tracèrent de touchantes et douloureuses strophes sur cette mort si funeste et si prématurée.

DEUX ENFANTS DE Mme DE MORAMBERT (Nº 2).

10° *bis*. De Morambert...... née à Toulouse, mariée en 1725 à M. Jacobi de Naurois, d'Ablancourt, près Vitry-le-Français. — Un enfant (nº 20).

11° De Morambert......, morte religieuse sans postérité.

TROISIÈME GÉNÉRATION.

DEUX ENFANTS DE Mme D'HARIAGUE (Nº 8).

11° *bis*. D'Hariague, Emilie, mariée au comte Etienne-Marie d'Hariague, son cousin-germain, employé dans l'administration du timbre. Après le décès de M. d'Hariague, sa veuve a obtenu le rétablissement de la pension de 2,000 livres créée par Louis XIV en faveur de la veuve et des enfants de Jean Racine. — Trois enfants (nos 50, 51, 52).

12° D'Hariague, Anna-Angélique, née en 1755, épousa à Paris, le 3 décembre 1775, M. Charles-Joseph de Trémault, écuyer, seigneur de la Sauverie en Vendômois, mousquetaire de la garde du roi. — Trois enfants (nos 53, 54, 55).

SEPT ENFANTS DE Mme DE NEUVILLE DE SAINT-HÉRY (Nº 9).

13° Mirleau de Neuville des Radrets, Marie-Anne, née à Soissons, le 7 janvier 1752, morte à Azé (Loir-et-Cher), le 21 février 1818. Elle avait épousé, le 8 novembre 1769, messire Jacques-François de Trémault, seigneur de Spoir, ancien conseiller du roi et lieutenant-général du baillage de Vendôme, décédé le 9 octobre 1819, à Meslay près Vendôme, alors qu'il était vice-président du tribunal civil de Chartres. — Huit enfants (nos 42, 43, 44, 45, 46, 47, 48 et 49).

14° Mirleau de Neuville des Radrets..... née à Caen, le 20 mars 1753, morte au même lieu, le 28 décembre 1825. Elle avait épousé à Vendôme, le 24 avril 1773, Louis Didier de Taillevis de Jupeaux, chevalier de Saint-Louis, écuyer, major d'infanterie, puis lieutenant de vaisseau, et enfin contre-amiral, né à Perrigny, près Vendôme, le 12 novembre 1725, mort à Caen, le 8 décembre 1815. M. de Taillevis de Jupeaux était frère du marquis de Taillevis de Perrigny, né en 1710, capitaine de vaisseau, tué sur la corvette l'*Emeraude*, en 1757, dans une rencontre avec la frégate le *Southampton*. Trois enfants (nos 39, 40, 41).

15° Mirleau de Neuville des Radrets .... née à Paris le 16 mai 1755. Elle mourut célibataire à Blois le 9 janvier 1822.

16° Mirleau de Neuville des Radrets d'Illiers, Louis, naquit à Caen le 16 juin 1757. Il eut deux femmes. La première, Marie-Louise-Claude de Bonvoust qui lui donna treize enfants; la seconde, Victoire-Julie Rouge de Montant qu'il épousa en 1807 et de laquelle il eut cinq enfants (nos 25, 26, 27, 28, 29).

17°, 18°, 19° Mirleau de Neuville ...., trois enfants morts en bas âge.

ENFANTS DE M. DE NAUROIS (10 bis).

20° De Naurois, Claude-Louis-Jacobi, né vers 1730, mort en 1829, à Paris, ancien directeur de la manufacture des glaces de Saint-Gobain. M. de Naurois a été député de Paris au Corps-Législatif. Son épouse lui a survécu. M. de Naurois a laissé des ouvrages manuscrits que possède aujourd'hui son petit-fils, Auguste (n° 96). Un enfant (n° 56).

QUATRIÈME GÉNÉRATION.

DIX-HUIT ENFANTS DE M. MIRLEAU D'ILLIERS

21° Mirleau d'Illiers, Louis-Marie, né à Busloup, près Vendôme le 1er avril 1785. Le 13 décembre 1813, il épousa à Saint-Firmin, près Vendôme, Louise-Aspasie de Giroust, née à Serrigny près Bélesme, le 1er août 1796. Trois enfants (nos 57, 58, 59).

22° Mirleau d'Illiers, Anne-Adélaïde, née à Busloup (Loir-et-Cher) le 6 septembre 1790. Elle épousa, le 17 novembre 1818, M. Charles-Philippe Mesnage, juge de paix à Coron (Mayenne), où ce dernier est décédé le 4 novembre 1851. Mme Mesnage habite encore cette localité. Quatre enfants (nos 63, 64, 65, 66).

23° Mirleau d'Illiers, Marie-Louise, née à Vendôme le 15 août 1796, épousa en cette ville le 22 janvier 1821, François-César-Gédéon de Trémault, ex-garde de la porte du roi, officier au 47e régiment d'infanterie de ligne, né à Vendôme le 14 février 1796. Mme de Trémault est décédée en cette ville le 30 janvier 1858. Son mari existe encore et habite Vendôme. Trois enfants (nos 60, 61, 62).

24° Mirleau d'Illiers, Angélique-Emélie, née à Vendôme en 1799, mariée en la même ville, le 21 février 1821, à Tullius Masson, médecin à Ballon (Sarthe). Ils sont tous deux morts à Vendôme, l'un en 1829, l'autre en 1850. Deux enfants (nos 67, 68).

25° Mirleau d'Illiers, Louis-Stanislas-Xavier, né à Sargé (Loir-et-Cher) le 27 juillet 1818, marié à Marie Lecerf. Ils habitent tous deux Vendôme. Un enfant (n° 74).

26° Mirleau d'Illiers, Marie-Anne-Chantal, née à Sargé (Loir-et-Cher) le 27 août 1819. Elle existe encore et n'est pas mariée.

27° Mirleau d'Illiers, Louise-Théophile, née à Saugé le 4 octobre 1820. Elle est veuve de Victor-Ernestin Trochu, de qui elle a eu une fille (n° 75).

28° Mirleau d'Illiers, Anne-Julie-Françoise, née à Sargé le 10 octobre 1821. Elle épousa au même lieu, le 19 décembre 1819, Pierre-Vincent Chouilloux avec qui elle demeure encore à Paris. Cinq enfants (nos 69, 70, 71, 72, 73).

29°, 30°, 31°, 32°, 33°, 34°, 35°, 36°, 37°, 38°, Mirleau d'Illiers .... dix enfants morts jeunes et sans descendants.

TROIS ENFANTS DE Mme DE JUPEAUX, NÉE D'ILLIERS (N° 14).

39° De Taillevis de Jupeaux, Marie-Charlotte, née à Vendôme, le 31 mai 1774, mariée à Londres, pendant son émigration, le 29 mai 1799, à Christophe-Marie-Joseph comte de Gomer, ancien page de Marie-Antoinette, chevalier de Saint-

Louis. M. le comte de Gomer est mort à Fricamp (Somme, en 1822. Sa veuve existe et habite Amiens. Sept enfants (nos 82, 83, 84, 85, 86, 87, 88).

40° De Taillevis de Jupeaux, le comte Anne-Louis-Marie, né à Vendôme, le 17 août 1774, chevalier de Saint-Louis, officier de marine, marié à Saint-Pierre (Martinique), avec Mlle Gallet de Saint Aurin, et mort au même lieu le 14 juin 1844. Deux enfants (nos 76, 77).

41° De Taillevis de Jupeaux, Anne-Pauline, née à Vendôme, le 19 novembre 1778, à M. Jacques-Joseph baron de La Roque, né en 1759, chevalier de Saint-Louis et de la Légion-d'Honneur, ancien sous-préfet à Tournon. Mme la baronne de La Roque reçut dans ses salons le poëte Delille. Ce dernier se plaisait à lui faire le pieux récit de ses entrevues avec Louis Racine de qui il avait reçu de si généreux encouragements pour la traduction des *Géorgiques*. Mme de La Roque, qui a passé sa vie au milieu d'illustrations de tout genre, habite actuellement le château des Prés, près Tournon (Ardèche), lieu de la naissance de son mari. M. de La Roque se fit un nom estimé dans les sciences thérapeutiques. M. Hyppolite de La Porte a inséré l'article suivant dans la *Biographie Universelle* : (1)
« ..... fut admis en 1773 dans les chevau-légers de la garde du » roi. A la suppression de ce corps d'élite, il passa dans celui » de la marine ; fit plusieurs campagnes comme garde de marine, sous les ordres des comtes d'Hector, d'Orvilliers, et se » trouva au combat naval d'Ouëssant. Obligé de renoncer au » service du roi pour raison de santé, il fut nommé officier au » régiment de Vermandois, jusqu'au commencement de la révolution et prit part à la campagne de 1792, avec le grade » de capitaine d'infanterie. Après le licenciement de l'armée » des princes, il passa en Angleterre, se fixa à Londres où, » quelques années plus tard, il épousa Mlle Taillevis de Jupeaux, émigrée comme lui. Elle était arrière-petite-fille » du grand Racine, et nièce du brave marin Taillevis de

(1) Tome 79, page 407.

» Perrigny. Lorsque parut le premier ouvrage de Jenner sur » la vaccine, La Roque se mit en rapport avec cet homme cé- » lèbre, qui lui témoigna toujours une bienveillante confiance. » Il traduisit sous ses yeux son ouvrage et s'empressa d'en » faire jouir la France dont cependant les lois le condamnaient » à l'exil. Sa traduction, confiée à un ami, fut imprimée à » Lyon, par les soins du célèbre Marc-Antoine Petit, au » commencement de 1800. Il traduisit également la deuxième » et la troisième dissertations de Jenner, que l'auteur eut l'at- » tention de lui envoyer au moment même où elles sortaient » de dessous presse.

« En 1801, l'illustre docteur anglais ayant composé un qua- » trième ouvrage intitulé : *Origine de l'inoculation de la vac- » cine*, voulut en faire hommage au président de l'Institut » de France et confia son manuscrit à La Roque, avec prière » de le reproduire en français, ce qu'il fit sur-le-champ. » Mais les évènements politiques qui rendaient les communica- » tions difficiles, permettent de douter que Jenner ait pu réali- » ser ce vœu à l'égard de l'Institut de France. Ces différentes » traductions, suivies d'une correspondance sur la vaccine » entre Jenner établi à Chaltenham et La Roque, ont été réunies » et publiées aux frais du gouvernement en un volume in-8° » (Privas 1804). La Roque a aussi contribué par ses travaux » personnels à la propagation de la vaccine ; et c'est pour la » populariser et en mettre la pratique à la portée de tout le » monde, qu'il composa le *Manuel vaccinateur* (Privas 1808). » Ce petit ouvrage, fort apprécié dans son temps, était le fruit » de son expérience ; car, joignant l'exemple au précepte, » il vaccina lui-même un grand nombre d'enfants appartenant » pour la plupart à la classe indigente. Il a encore publié, de » 1799 à 1808, six mémoires toujours sur la même matière, » et pour le prix de son zèle il obtint, sous l'Empire et la Res- » tauration, plusieurs médailles d'argent. Indépendamment » de ces utiles publications, il a laissé en manuscrit une tra- » duction des voyages de Mungo-Parck, ainsi qu'une statistique » du département de l'Ardèche, déposée aux archives du mi-

» nistère de l'intérieur. Rentré dans sa patrie en 1802, La Ro-
» que fut appelé, au commencement de 1807, à faire partie
» de l'administration de son département en qualité de con-
» seiller de préfecture et, peu d'années après, il fut nommé
» par l'Empereur à la sous-préfecture de Tournon, poste qu'il
» occupa jusqu'en 1828, époque où il fut admis, sur sa de-
» mande, à la pension de retraite, avec la faveur d'avoir son
» fils pour successeur. Ses services militaires et civils avaient
» encore été récompensés par la croix de Saint-Louis (1796),
» et par celle de la Légion-d'Honneur en 1814. M. de La Roque
» mourut à Tournon, le 18 juin 1842. »

Le *Mercure de France* fut fondé, en 1702, par Joseph de La Roque, qui le rédigea ensuite avec son frère Antoine. Ces deux personnages étaient parents de celui dont il est fait mention au présent article (Voir *Hist. litt.* 421.)

HUIT ENFANTS DE Mme DE TRÉMAULT, NÉE D'ILLIERS (N° 13).

42° De Trémault, Marie-François, faisant partie de la légion de Béon, fut fait prisonnier et fusillé par ordre de Pichegru. Pas d'enfant.

43° De Trémault, Louis-Henri, capitaine au corps royal militaire, aide-de-camp, tué en Prusse à la retraite de 1812. Pas d'enfants.

44 De Trémault, Antoine-Anne-Hippolyte, né à Vendôme le 2 août 1776, chevalier de Saint-Louis et de la Légion-d'Honneur, chef d'escadron en retraite, demeurant à Vendôme. Il épousa Cécile-Eléonore de Wisfel qui mourut à Sargé (Loir-et-Cher) le 5 mai 1850. Pas d'enfants.

45° De Trémault, le baron Auguste-Marie-Denis, décédé à Paris le 18 mai 1857, chevalier de Saint-Louis. Il était marié à Antoinette-Dorothée de Gentault d'Arros, encore existante et demeurant à Paris. Un enfant (n° 89).

46°, 47°, 48°, 49° De Trémault .... Quatre garçons morts tous jeunes

TROIS ENFANTS DE Mme D'HARIAGUE (N° 11).

50° D'Hariague, Marie-Aric, mariée à Paris. Elle existe encore.

51° D'Hariague, Théramène, autrefois attaché au ministère des affaires étrangères. Mort en 1829.

52° D'Hariague, Maxime-Hippolyte, capitaine d'infanterie en 1837. Retiré du service.

TROIS ENFANTS DE Mme DE TRÉMAULT, NÉE D'HARIAGUE (N° 12).

53°, 54°, 55° De Trémault .... Trois enfants morts en bas âge.

ENFANT DE M. DE NAUROIS (N° 20).

56° De Naurois, Gérard-Marie-Jacobi, marié vers 1810 à Mlle Gabrielle-Rose de Solage. M. de Naurois est décédé à Paris avant 1828. Mme de Naurois, originaire d'une famille considérable du Midi, existe encore et habite Toulouse avec un de ses fils et une fille, rue des Arts, ancien hôtel des Finances. Sept enfants (nos 90, 91, 92, 93, 94, 95, 96).

CINQUIÈME GÉNÉRATION.

TROIS ENFANTS DE M. LOUIS-MARIE MIRLEAU D'ILLIERS (N° 21).

57° Mirleau d'Illiers, Henri-Arthur, né à La Ville-aux-Clercs (Loir-et-Cher) le 29 avril 1818. Il épousa à Orléans, le 9 mars 1846, Mlle Thaïs Pellerin née en la même ville, le 9 mars 1824. M. Mirleau d'Illiers est aujourd'hui notaire à Orléans. Cinq enfants (nos 97, 98, 99, 100, 101).

58° Mirleau d'Illiers .... garçon mort en bas-âge.

59° Mirleau d'Illiers, Louis-Marie-Pierre, né à Vendôme le 3 avril 1829. Il habite Orléans et n'est pas marié.

TROIS ENFANTS DE Mme DE TRÉMAULT, NÉE D'ILLIERS (N° 23).

60° De Trémault, Louise-Marie-Françoise, née à Sargé (Loir-et-Cher) le 6 mars 1822, mariée à Espéreuse (même département), le 9 février 1841, avec Jules-Joseph Le Saulx d'Ancreville. M. et Mme d'Ancreville habitent Evron. Un enfant (n° 102).

61°, 62° De Trémault ...... Deux autres enfants sont morts jeunes sans postérité.

QUATRE ENFANTS DE Mme MESNAGE, NÉE D'ILLIERS (N° 22).

63° Mesnage, Charles-Dieudonné-Jean-Marie-Anne, né à Evron le 11 avril 1821.

64° Mesnage, Henri-Charles-Marie, né à Evron le 11 mars 1827.

65° Mesnage, Camille-Charles-Marie, né à Evron le 11 mars 1827.

66° Mesnage, Esther-Marie-Aimée-Françoise, née à Evron le 21 décembre 1823.

Aucun de ces quatre enfants n'est marié.

DEUX ENFANTS DE Mme MASSON, NÉE D'ILLIERS (N° 24).

67° Masson, Alfred-Louis-Michel), né à Ballon le 5 novembre 1823. Il est célibataire et habite Evron.

68° Masson, Adèle-Angélique-Césarine, née à Ballon, le 5 juin 1822, mariée en la même ville, le 19 décembre 1841, à M. Charles Lecamus, ex-receveur des contributions directes. Ils demeurent tous deux au Mans. Un enfant (n° 103).

CINQ ENFANTS DE Mme CHOUILLOUX, NÉE D'ILLIERS (N° 28).

69°, 70°, 71°, 72°, 73°. Chouilloux...... cinq enfants. Pas de postérité.

ENFANT DE M. LOUIS-STANISLAS-XAVIER MIRLEAU D'ILLIERS (Nº 25)

74º Mirleau d'Illiers, Louis-Stanislas, né à Sargé, le 17 mars 1843. Vivant.

ENFANT DE Mme TROCHU, NÉE D'ILLIERS (Nº 27).

75º Trochu, Anne-Noëmi, née à La Bazoche, le 31 août 1842. (1)

DEUX ENFANTS DE M. DE JUPEAUX (Nº 40).

76º De Taillevis de Jupeaux, Louis-Augustin, né le 9 mai 1803, à Saint-Pierre (Martinique). Il est actuellement payeur principal à Oran. Il a épousé à la Pointe-à-Pitre (Guadeloupe), le 5 février 1828, Mlle Andréa-Louisia-Ophélia de Soyres, née à la Guadeloupe, le 9 février 1808. Ils existent tous les deux et ont deux enfants (nos 104 et 105).

77º De Taillevis de Jupeaux, Marie-Rose-Louise-Irma, née à Saint-Pierre (Martinique) en 1804, mariée le 17 juin 1828, à M. Louis-Victor-Gédéon de La Marlier, né à Dangé (Loir-et-Cher), le 18 août 1796. Ils habitent tous deux à Dangé, leur terre de la Sauverie, ou à Paris, rue Godot de Mauroy, 5. Deux enfants (nos 106 et 107).

QUATRE ENFANTS DE Mme DE LA ROQUE, NÉE DE JUPEAUX (Nº 41).

78º De La Roque, Antoine-Françoise-Joséphine, décédée célibataire.

79º De La Roque, Louis-Hippolyte, mort sans postérité.

80º De La Roque, Gabriel-Charles, né à Londres en 1799, ancien sous-préfet à Tournon, épousa en 1820, Mlle Clémentine de La Fayolle de Mars. Son père l'avait précédé à la même sous-préfecture. Deux enfants (nos 108 et 109).

(1) C'est la petite-fille de Racine, la protégée des auteurs dramatiques, en faveur de laquelle une souscription nationale est ouverte en ce moment.

81° De La Roque, Alexandre-Adrien-Antoine, né à Annonay, le 12 avril 1803. Il est le seul de tous les descendants de Jean Racine qui ait embrassé la vocation si admirablement célébrée par Louis Racine. M. de La Roque est chanoine titulaire à Autun. Nous devons à sa plume sincère et éloquente la vie de Louis Racine publiée en 1852, tendre et respectueux hommage rendu par la piété filiale.

SEPT ENFANTS DE Mme DE GOMER, NÉE DE JUPEAUX (N° 39).

82° De Gomer, Isaure-Marie-Gabrielle, née à Amiens, le 3 mai 1805. Elle s'est mariée au même lieu, le 18 septembre 1826, à Louis-Pierre-Bonaventure-Joseph comte du Merle, ancien officier de cavalerie, propriétaire, demeurant à La Vespière, près Orbec (Calvados). Sept enfants (nos 110, 111, 112, 113, 114, 115, 116).

83° De Gomer, Octavie-Charles-Ursule, née à Amiens, le 11 mai 1821, mariée à Orbec, le 17 septembre 1827, à M. Philippe-Adolphe du Fay, ancien capitaine de carabiniers. Un enfant (n° 117).

84° De Gomer, Adolphe-Charles-Maxime, décédé célibataire en 1825.

85° De Gomer, Alfred-Louis-Joseph, mort célibataire en 1827.

86°, 87°, 88° De Gomer..... Trois enfants morts en bas âge.

ENFANT DE Mme DE TRÉMAULT (N° 45).

89° De Trémault, Marie-Reine-Olympe-Clotilde, née à Paris, le 27 février 1812, mariée à Marie-Alphonse vicomte de Rostaing, chevalier de Malte. Ils habitent tous deux à Paris, rue Tronchet, 29. Nous rappellerons que la France a possédé un général de ce nom, Justin-André-Marie-Germain de Rostaing, né en 1740, dans les environs de Montbrison, mort en 1828. Un enfant (n° 118).

SEPT ENFANTS DE M. DE NAUROIS (N° 56).

90° De Naurois..... épouse de M. Rivals-Mazères. Elle habite avec sa mère à Toulouse. Un enfant (n° 119). La famille de Rivals a, le siècle dernier, fourni à notre patrie deux beaux talents, Jean-Pierre et Antoine Rivals, tous deux peintres distingués.

91° De Naurois, Hippolyte, habite Paris, avec son épouse née de La Coste. Un enfant (n° 120).

92° De Naurois, Edouard-Henri-Louis-Jacobi, marié à Louise-Augustine de Clurel. Il est décédé à Toulouse, le 22 février 1852. Quatre enfants (n°s 121, 122, 123, 124).

93° De Naurois, Edouard, marié à Mlle de Bazire, habite Paris. Pas d'enfant.

94° De Naurois, Gabriel-Louis-Jacobi, né à Villemur (Haute-Garonne) en 1818, mort à Toulouse, le 13 février 1853, sans enfant.

95° De Naurois, Gabriel, célibataire, habite Toulouse.

96° De Naurois, Auguste-Louis-Jacobi. De son mariage avec Mlle de Solage sont nés trois enfants (n°s 125, 126 et 127). Il demeure à Toulouse.

BRANCHE D'HARIAGUE.

La descendance de cette branche est inconnue à la famille de Naurois et à la famille de La Roque. Les relations d'autrefois sont rompues depuis longues années.

SIXIÈME GÉNÉRATION.

CINQ ENFANTS DE M. HENRI-ARTHUR MIRLEAU D'ILLIERS (N° 57).

97° Mirleau d'Illiers, Marie-Louise Thaïs, née à Orléans le 21 janvier 1848.

98° Mirleau d'Illiers, Marie-Henri-Gabrielle, née en décembre 1849, en la même ville.

99° Mirleau d'Illiers, Marie-Julie-Thérèse, née le 12 mai 1851, au même lieu.

100° Mirleau d'Illiers, Marie-Louis-Léon, né le 29 mai 1853, aussi à Orléans.

101° Mirleau d'Illiers, Marie-Henri-Adrien, également né à Orléans le 11 mars 1855.

ENFANT DE Mme D'ANCREVILLE, NÉE DE TRÉMAULT (N° 60).

102° Le Saulx d'Ancreville, Louis-Job-François, né à Evron le 9 février 1845, encore existant.

ENFANT DE Mme LECAMUS, NÉE MASSON (N° 68).

103° Lecamus, Louis-Michel, né à Mamers (Sarthe) le 22mars 1846. Il existe encore.

DEUX ENFANTS DE M. LOUIS-AUGUSTIN DE JUPEAUX (N° 70).

104° De Taillevis de Jupeaux, Anne-Edouard, né à La Pointe-à-Pitre le 29 novembre 1848. Il habite Oran.

105° De Taillevis de Jupeaux, Victor, né le 12 mai 1831 à La Pointre-à-Pitre. Il demeure à Oran. Pas d'enfant.

DEUX ENFANTS DE Mme DE LA MARLIER, NÉE DE JUPEAUX (N° 77).

106° De La Marlier, Louis-Marie-Gaston, né à Vendôme le 15 juin 1829, officier au 2e régiment de hussards. Il est célibataire.

107° De La Marlier, Louise-Marie-Amélie, née le 6 février 1834, mariée à Donjé, le 24 avril 1854, à M. Marie-Michel-Gabriel-Florent de Sachy de Fourdrinoy, officier d'état-major, chevalier de la Légion-d'Honneur. Un enfant (n° 128).

DEUX ENFANTS DE M. CHARLES-GABRIEL DE LA ROQUE (N° 80).

108° De La Roque, Joseph-Balthasard, né à Tournon en 1831. Il est employé au ministère des finances. Pas d'enfant.

109° De La Roque, Paul, né à Tournon en 1835, officier au 1er régiment de hussards.

SEPT ENFANTS DE Mme DU MERLE, NÉE DE GOMER (N° 82).

110° Du Merle, baron Charles-Pierre-Bonaventure, né à Orbec le 22 juin 1827. Il a épousé, le 23 février 1852, Mlle Octavie de Fribois, avec laquelle il demeure à Rapierre (Calvados). Deux enfants (nos 129, 130).

111° Du Merle, Camille-Louis-Joseph, né le 16 septembre 1828.

112° Du Merle, Louise-Marie-Octavie, née le 14 décembre 1829.

113° Du Merle, Joseph-Edouard-Marie, né le 26 décembre 1832. Il sert dans la marine.

114° Du Merle, Gabrielle-Louise-Marie, née le 27 avril 1834.

115° Du Merle, Louis-Charles-Xavier, né le 24 février 1839.

116° Du Merle, Marie-Henriette-Joséphine, née le 28 septembre 1841.

ENFANT DE Mme DU FAY, NÉE DE GOMER (N° 83).

117° Du Fay, Antoine-Charles Gademer, né en 1831, le 29 mai, à Fricamp (Somme). Il est officier au 8e hussards et n'est pas marié.

ENFANT DE Mme DE ROSTAING, NÉE DE TRÉMAULT (N° 89).

118° De Rostaing, Auguste-Henri-Tristan, né le 18 avril 1829, à Paris, où il demeure. Il n'est pas marié.

ENFANT DE Mme DE RIVALS, NÉE DE NAUROIS (N° 90).

119° De Rivals-Mazères, célibataire.

ENFANT DE M. HIPPOLYTE DE NAUROIS (N° 91).

120° N ..... de Naurois.

AUTRES ENFANTS DE M. EDOUARD DE NAUROIS (N° 92).

121°, 122°, 123°, 124° N....... de Naurois.

TROIS ENFANTS DE M. AUGUSTE DE NAUROIS (N° 96).

125°, 126°, 127° N....... de Naurois.

SEPTIÈME GÉNÉRATION.

ENFANT DE Mme DE FOUDRINOY (n° 107).

128 De Sachy de Foudrinoy, Marie-Gabriel-Robert, né à Paris le 6 mars 1857.

DEUX ENFANS DE M. DU MERLE (n° 110).

129 Du Merle, Louis, né le 24 septembre 1854.

130 Du Merle, Guillaume, né le 28 décembre 1852.

Tel est le cadre généalogique de la famille qui a succédé à Racine dans la suite des générations. Environ soixante-quinze descendants directs existent actuellement et se font gloire d'avoir pour aïeul Racine.

Outre cette descendance directe, il existe des parents collatéraux (arrières-petits-neveux, etc.) qui ont pour auteurs les oncles et tantes de Racine. Ils sont en grand nombre et ont certains droits de prétendre à une part de l'héritage glorieux.

Il en est de même des représentants actuels de Marie Racine, sœur du grand poète.

D'un autre côté, notre siècle compte encore des rejetons de Pierre Sconin, grand-père maternel de Racine. Il en est à La Ferté-Milon même. Quelques-uns d'eux possèdent des manuscrits autographes de leur illustre parent.

Ajoutons que si les représentants que nous venons de faire connaître se disent avec orgueil enfants de Racine, c'est avec non moins d'orgueil que La Ferté-Milon peut montrer au voyageur curieux la maison qui reçut le premier souffle de Racine au berceau et qui porte à son frontispice son ineffaçable titre de noblesse.

DEUXIÈME SÉANCE.

(7 Décembre 1858.)

Présidence de M. Duchange, Président.

Ouvrages reçus : Bulletin de la Société des Sciences, Belles-Lettres et Arts du département du Var, vingt-cinquième volume, 1857-1858; Séance publique de la même Société en 1857; Bulletin de la Société des Antiquaires de Picardie, année 1858, n° 3.

M. le Président donne lecture de la réponse faite par M. le Ministre de l'instruction publique et des cultes au sujet du *Dictionnaire historique du département de l'Aisne* qui lui avait été transmis pour servir au travail géographique de la France. proposition de M. le Président, il est décidé que cette lettre sera inscrite au procès-verbal.

« Monsieur, vous m'avez fait l'honneur de m'adresser un » exemplaire du *Dictionnaire historique, généalogique et géographique du département de l'Aisne*, publié par M. Melleville.

» Je vous prie, Monsieur, d'agréer et de faire agréer à » M. Melleville mes remerciements les plus empressés. Son » livre va être placé, par mes ordres, dans la bibliothèque du » comité des travaux historiques.

» Je vous suis également reconnaissant des indications que » vous me donnez relativement aux travaux de M. Piette, sur » la direction des voies romaines dans le département de » l'Aisne; elles seront communiquées à la commission de la » topographie des Gaules.

» Recevez, Monsieur, l'assurance de ma considération dis- » tinguée, etc.

» Paris, le 1er décembre 1858. »

M. Éd. Fleury donne les détails qui suivent sur les fouilles qu'il a été chargé par M. le Préfet de faire à Blanzy d'abord pour reconnaître, ensuite extraire et enfin ramener la magnifique mosaïque romaine qui a été trouvée dans ce village au mois d'août 1858. Après avoir en quelques mots rappelé dans quelles circonstances elle a été découverte (1), M. Fleury s'exprime en ces termes :

Les résultats fournis par la première journée des fouilles à Blanzy se sont singulièrement agrandis depuis que je vous ai annoncé la découverte faite, en août dernier, dans ce village. La somme que le Conseil général de l'Aisne a votée sur le rapport que je lui avais adressé le 27 août, a permis de mettre de suite les ouvriers à l'œuvre, et les travaux ont commencé fructueusement le mercredi 8 septembre.

Il s'agissait tout d'abord de déblayer une masse assez considérable de macadam moderne qui couvre la totalité de la rue où, le mois dernier, a été retrouvé le bassin de marbre dont la position est assez connue de vous pour que je ne vous en parle plus ; il fallait ensuite bien reconnaître les limites des deux plans de mosaïque qui devaient être très-considérables, à en juger par la largeur des deux belles bordures reconnues dès le mercredi 25 août.

Les fouilles commencées vers le bas de la rue, mirent à jour, après quelques heures de recherche, un groupe de poissons de dauphins, de coquillages et d'huîtres de la plus belle coloration ; mais, par malheur, ce groupe, recouvert de peu de terre et placé sous la goutte d'eau d'une grange qui borde la rue, a été très-endommagé et remué par le passage des voitures, et à partir d'un dauphin très-détérioré, toute la mosaïque manque, en descendant, au sud-ouest, vers la place du village.

Au contraire, en remontant vers le nord-ouest, les terrasse-

(1) V. le T. IX des *Mémoires de la Société académique de Laon*, pages 25 et suivantes.

ments beaucoup plus épais ont conservé la mosaïque dans un état très-satisfaisant de coloration et de solidité. On aperçut bientôt un cheval et un cerf dans des feuillages; ils faisaient pendant aux poissons, ce qui semblait autoriser à conclure que l'artiste avait dessiné là les emblèmes de la pêche et de la chasse, peut-être deux des grands éléments de la nature, l'eau et la terre symbolisés par quelques-uns de leurs habitants, et l'on pensa trouver, dans les parties correspondantes du tableau non encore dégagé, la représentation des deux autres éléments, l'air et le feu.

En poursuivant les travaux à l'est et au midi, les fouilles devinrent moins encourageantes. Au midi, tout était détruit, et pas un cube ne restait sur la terre. Il fallait donc déjà renoncer à obtenir un des côtés du grand quadrilatère dans lequel était inscrit le bassin.

A l'est, les traces d'un violent incendie apparurent dès les premiers coups de pioche. Sous la croutte empierrée du chemin, la terre d'abord et la mosaïque ensuite étaient complètement calcinées. La coloration d'une certaine quantité de cubes avait disparu; ceux qu'on enlevait étaient noirs et n'adhéraient plus au ciment. Parmi les débris des grandes tuiles à rebord, on ramassait des charbons, du bois consommé. On ne s'occupa donc point alors à laver la mosaïque pour en lire les dessins, et cependant c'était là, comme on le verra bientôt, que devait être obtenu le résultat le plus sérieux.

Au nord-ouest, c'est-à-dire à gauche en remontant la rue, on fut plus et plus tôt heureux. On reconnut les premières assises d'un mur circulaire qui jadis avait été revêtu de marbre comme le bassin et qui, retrouvé dans le terre-plain d'une grange voisine, formait un hémicycle dont le pavage était complet et admirablement conservé. C'était le second palier aperçu dès le premier jour. Dans l'hémicycle borné, du côté du bassin, par une belle et large guirlande de feuillages, un enroulement de cordes, qui court parallèlement à la courbe de la muraille, encadre un dessin linéaire formé de coquilles ou d'imbrications, alternativement bleu, jaune et rouge, procédant, comme je l'ai dit déjà pour les bordures, du ton fort au ton faible, dans des nuances tendres et harmonieuses qui se fondent agréablement à l'œil.

Bientôt, les premières assises d'un second hémicycle apparurent à l'est, annonçant que le bassin était enfermé dans un grand appartement composé symétriquement ou de quatre pavillons à peu près tournés vers les quatre points cardinaux, ou de trois réunis sans doute comme le sont le chœur et les transepts de certaines de nos églises romanes ; dans ce dernier cas, l'appartement eût été ouvert au midi et eût pris vue sur la belle vallée de Fismes, à travers une colonnade sans doute. On comprend que ce ne sont là que des hypothèses, et non des affirmations qu'on ne peut risquer en l'état actuel des choses. Pour certain, les architectes romains, si amoureux de la symétrie, n'ont pu bâtir, sur deux des quatre côtés d'un carré, deux hémicycles seulement. Pour le moins, ils en ont élevé trois, si ce n'est quatre. Celui du sud-ouest n'a pas laissé de traces, parce qu'il a été bâti sans fondation sur le banc solide de cliquart qui affleure et qui n'a conservé aucune trace de la bâtisse, sillonné et usé qu'il a été depuis longtemps par les roues des pesantes voitures agricoles. Dans l'hémicycle de l'est, tout est brûlé.

Mais, en avant de cet hémicycle, l'incendie avait respecté, et plus qu'on ne l'espérait, la portion du premier plan de mosaïque qui sert d'encadrement au bassin. Quand elle eut été tout à fait déblayée et lavée, on y aperçut d'abord des animaux nombreux, puis au centre un personnage humain.

M. Chamblain, préfet de l'Aisne, avait voulu juger par lui-même de l'importance de la trouvaille et, en arrivant sur les lieux, il put en constater toute la valeur, car les déblais étaient terminés.

Du haut de la tranchée, on apercevait nettement tout ce qui a survécu de cette immense composition, une portion de l'entrelacs qui encadre immédiatement le bassin, la triple bordure si variée de motifs et de couleurs, l'imbrication ingénieuse du premier hémicycle, dans un coin le semis de poissons et de coquillages, et en avant la scène complète qu'il s'agissait d'expliquer.

Voici ce qu'elle est :

A droite du spectateur, un éléphant, un cerf et un cheval dans des feuillages ; au centre un personnage assis et jouant de la lyre ; à gauche, encore dans des feuillages, un sanglier, un ours, une panthère dont le ventre et les pattes sont détruits, et enfin, contre la bordure, les griffes et la queue d'un animal dont tout le corps manque. A droite et à gauche de l'homme assis, se dressent des arbres peuplés d'oiseaux de toute grosseur et de tout plumage ; on aperçoit la queue d'un paon constellée d'yeux d'un effet éblouissant de couleurs et de variété. Entre autres oiseaux il est facile de reconnaître une perdrix conservée tout entière, le corps d'une espèce de perroquet ; trois ou quatre autres oiseaux sont mutilés.

C'est Orphée qui par les sons enchanteurs de sa lyre amène à lui les animaux les plus féroces tout aussi facilement que les plus doux de caractère. D'un côté, les herbivores, l'éléphant, le cheval et le cerf, qui arrivent la tête haute et pleins de confiance en la loyauté du divin musicien, de l'autre les carnivores, l'ours, la panthère, etc., tous la tête courbée vers la terre et comme domptés.

Orphée est coiffé du bonnet traditionnel de la Phrygie. Un manteau rougeâtre tombe derrière lui ; les bouts se rattachent sur son épaule à une riche agrafe, et un pan d'étoffe recouvre sa cuisse gauche. Sa tunique, serrée à la taille par une ceinture, est verte. Ses jambes sont couvertes d'une étoffe rouge nouée sur ses pieds chaussés d'un cothurne brun-verdâtre. La tête est d'un beau style ; les yeux, levés au ciel, sont pleins d'animation. Les mains ne sont point d'un dessin très-pur ; le mouvement des doigts s'indique cependant d'une façon très-reconnaissable. De la main gauche passée derrière la lyre qui est pourvue de dix cordes et d'un coffret de sonorité, Orphée pince deux cordes à la fois, tandis que la droite tient le *plectrum* d'ivoire dont il frappe une troisième corde.

Cette scène est simplement et largement agencée. Il ne faut

point demander au mosaïste antique la perspective des formes et des tons ; il n'en savait pas les lois. Ce qu'il faut louer là, c'est l'harmonie de l'ensemble, l'entente des moyens dont l'artiste disposait, l'entente surtout de la couleur au milieu des inextricables difficultés que présentait l'assemblage de cubes de pierre, de marbre, de terre cuite, de verre, d'émail, car il y a de tout cela dans le pavage découvert à Blanzy. Les ornements qui décorent le bonnet, l'épaule, la ceinture, les brodequins du fils d'Apollon, sont dorés pour compléter et varier l'effet.

Les poissons qui se trouvent dans le coin correspondant au groupe que forment le cheval, le cerf et l'éléphant, autorisent à penser que, dans la portion de mosaïque détruite au sud et vers l'ouest, il y avait probablement une grande scène maritime au centre de laquelle devait trôner aussi un personnage divin. Dans ce petit coin se serraient deux dauphins, deux huîtres, un beau coquillage tourné en spirale, deux poissons au museau arrondi, une espèce d'espadon et une anguille de mer. Les marbres et silex dont les trois poissons étaient composés donnaient à ces animaux une transparence vraiment remarquable dont témoigne le poisson qui nous est resté intact.

Si, en l'absence d'autres indications que l'existence du groupe d'habitants du liquide empire, il m'était permis de risquer une opinion, je pencherais pour croire qu'à l'Orphée charmant les animaux de la terre et de l'air, l'artiste romain, sur la partie disparue de la mosaïque de Blanzy, avait donné pour pendant Amphyon recueilli par un dauphin sur le dos duquel il est assis, et forçant aussi, par les sons de sa lyre divine, les monstres aquatiques à le suivre. Ce serait alors la déification, dans la personne de ces deux célèbres personnages, de la Musique ou, si la pensée s'élève plus haut encore, de l'Harmonie qui préside à tout dans la nature et soumet tous les êtres à sa loi.

Avant d'en finir avec la description sommaire des sujets que l'artiste romain dessina ou plutôt peignit en couleurs éternelles sur la mosaïque de Blanzy, qu'il me soit permis de faire remarquer qu'il ne faut pas négliger les renseignements que nous fournit l'Orphée de Blanzy sur ce qu'était la musique des anciens. La science actuelle est encore divisée sur la solution à donner à ce problème : Les anciens ne connaissaient-ils que la mélodie, c'est-à-dire l'art de chanter et de moduler sans accompagnement, ou bien avaient-ils la science des accords formulés par plusieurs notes de tons différents s'exprimant à la fois pour accompagner la voix ou l'instrument qui chantait?

Ici nous possédons un témoignage authentique, incontestable, de ce qu'était, au premier ou deuxième siècle de notre ère, la musique chez les Romains. De sa lyre à dix cordes Orphée tire à la fois trois sons. De son *plectrum* il frappe vivement la quatrième corde à droite de l'instrument, une des plus petites, une de celles par conséquent qui chantent : la vibration est représentée par une flexion de la corde en arrière. En même temps, du pouce et de l'index de la main gauche il pince la septième corde, et les trois derniers doigts de la même main reposent sur la neuvième. Ainsi la main droite agissait avec un instrument de percussion, tandis que la gauche faisait vibrer les cordes en les pinçant directement, double action qui, s'exerçant à la fois sur des cordes de différentes longueurs et peut-être de différente nature, témoigne d'un art compliqué, savant et probablement analogue, par ses ressources et ses résultats, à notre art moderne et obtenant déjà d'un instrument à cordes autant et même plus que ce que nous lui demandons aujourd'hui.

Pour juger de l'ampleur de la grande composition dont j'ai essayé de donner plus haut l'idée, il suffira de dire : 1° que la bordure du quadrilatère encadrant le bassin était découverte au nord sur une longueur de sept mètres quarante centimètres, et qu'à en juger par un point de repère placé par le mosaïste juste au milieu de cette bande, elle avait plus de onze mètres de long. Ce qui n'en était pas visible était enfermé sous une grange bâtie sur la mosaïque elle-même et sans fondation.

2° Que la même bordure, sur le côté Est, est connue sur

6 m. 50 c. et devait avoir en tout 7 m. 40 à 50 cent. de longueur. Le tout, bien entendu, sans tenir compte des mosaïques inscrites dans les hémicycles (1).

(1) Pendant l'impression du présent volume des Mémoires de la Société académique de Laon, une découverte a été faite aux environs de Vienne (Isère) pendant le courant de l'année 1859, et rappelle par quelques-uns de ses détails la belle trouvaille de Blanzy. Il s'agit aussi d'une mosaïque romaine où figure encore l'Orphée de la mythologie, ce qui montre que ce personnage de l'hagiographie payenne ne jouissait pas, auprès des artistes, de moins de faveur que notre Vierge dont se sont inspirées tant de peintures pieuses. Pour permettre de comparer les deux tableaux de Blanzy et de Vienne, nous allons emprunter au *Progrès de Lyon*, du 15 janvier 1860, la description qu'a faite M. Allmer de la mosaïque trouvée auprès de la ville chef-lieu du département de l'Isère :

« Cette mosaïque décorait le sol d'une salle à manger ou *triclinium* de cinq mètres quatre-vingts centimètres de largeur sur huit mètres trente centimètres de longueur, faisant partie d'une habitation romaine située à l'angle sud-est du champ de Mars. Elle est fine, et c'est une des plus belles qu'on ait trouvées à Vienne. L'ordonnance de sa décoration consiste en un système de compartiments octogones d'un mètre environ, alternant avec d'autres compartiments carrés plus petits, disposés par trois sur cinq bandes, et séparés entre eux par une tresse à trois couleurs accostée de filets à dentelures, blanc et noir. Chacun des tableaux, au nombre de quinze, résultant de cet arrangement, renfermait une figure. Outre ces quinze tableaux, dix quarts d'octogone coupés par la rencontre d'une bordure offrent autant de caissons trapéziformes, ornés chacun d'un fleuron. Une marge blanche rehaussée d'un semis et un filet noir forment l'encadrement général de la mosaïque.

« Le sujet représenté est facile à reconnaître; c'est le mythe d'Orphée charmant les animaux par les sons de la lyre. Le chantre de Thrace est assis sur un rocher, tenant de la main gauche l'harmonieux instrument. Sa tête, entourée de longs cheveux dont les boucles flottantes tombent jusque vers le bas des joues, exprime l'inspiration. Tandis que de la main droite il fait vibrer les cordes sonores, des quadrupèdes accourent et bondissent doucement autour de lui; des oiseaux écoutent avec ravissement; deux arbres dans le lointain se penchent vers le poëte,

Blandum et auritas fidibus canoris
Ducere quercus (1).

« Orphée est vêtu à la phrygienne; il est coiffé du *pileus*; une tunique à

(1) Horace, *Od.*, l. 12, 11.

Du reste, les fouilles n'ont rien fait trouver de cette masse d'objets et de débris qu'on rencontre d'habitude sur les emplacements romains et qu'on trouva notamment à Nizy-le-Comte, vases, ustensiles de fer, armes, marbres inscrits, médailles,

manches retenue par une ceinture et une chlamyde bleue, d'une riche teinte, enveloppent son corps. Ses jambes sont serrées dans un caleçon plissé descendant jusque sur ses pieds qui sont chaussés de sandales. Ce vêtement est vert nuancé de jaune. Beaucoup des couleurs employées dans la représentation de cette figure, ne se rencontrant pas dans les marbres, ont été obtenues au moyen de pâtes vitrifiées d'un brillant effet. Le visage, qui est formé de cubes très-fins, est bien dessiné; le regard dirigé vers le ciel, la bouche entr'ouverte rendent fidèlement l'action de chanter.

« On remarque que la lyre est heptacorde, qu'elle est dépourvue du coffret de sonorité appelé *mayas*, appendice ordinaire du *barbitos*, ou grande lyre, et que c'est en la pinçant avec les doigts, et non en la frappant du *plectrum*, qu'Orphée en tire les sons vainqueurs qui faisaient rétrograder les vents, danser les arbres des forêts, et qui suspendaient le cours des fleuves.

« L'encadrement du médaillon octogone qui renferme la figure d'Orphée diffère de celui des autres médaillons de même forme. Il présente, au lieu d'une tresse, un méandre en cubes blancs serpentant sur une zone à fond brun. L'artiste n'aurait-il pas eu en vue d'exprimer ainsi un fleuve arrêté dans sa marche par le charme de la merveilleuse musique ?

« Les quadrupèdes qui entourent ce médaillon sont au nombre de six dans autant d'octogones, savoir : un *cheval*, un *sanglier*, un *cerf* dont on n'aperçoit plus que le bois et les pieds de derrière, un *taureau* non moins maltraité, dont il ne reste que le poitrail, une corne et la queue, un *lion* d'un remarquable effet et une *panthère*.

« Les oiseaux, qui alternent dans des carrés avec les quadrupèdes, sont une *perdrix*, une *perruche* huppée à riche plumage, un *oiseau bleu* à crête rouge, une seconde *perruche* verte, un *canard*, une espèce de *pintade* en couleur noire, dont on ne voit que la tête, et enfin trois autres oiseaux dont il subsiste trop peu de chose pour qu'il soit possible de les déterminer.

« Une autre mosaïque représentant le même sujet, Orphée entouré d'animaux, et qui a également été trouvée à Vienne, se voit au musée de Lyon; mais il s'en faut de beaucoup qu'elle ait la valeur de celle que nous venons de décrire. Celle-ci, soit à raison de la dimension des figures, soit sous le rapport du dessin, de la fidélité des images, de la composition et de l'effet général, est assurément une œuvre d'art de beaucoup de mérite et une des plus précieuses reliques d'*opus musivum* qui nous soient restées de l'antiquité. »

monnaies, etc. Rien ne sort de terre que des tuiles, ce qui prouverait qu'à un moment plus ou moins reculé, on découvrit et fouilla à fond l'ancienne villa, temple ou palais que les Romains élevèrent à Blanzy, il y a peut-être dix-sept ou dix-huit siècles.

Parmi la masse de grosses tuiles à rebord, soit entières, soit fragmentées, et dont on eût pu charger une voiture à deux chevaux, j'en ai recueilli deux qui ne manquent pas d'intérêt. Elles portent toutes deux l'empreinte en relief d'un cachet qu'elles reçurent avant leur cuisson et dont voici la figure INIVOI Ce nom INIVOI me paraît être celui du potier qui fournit les tuiles au constructeur de la ville de Blanzy. Une tuile trouvée, il y a une cinquantaine d'années, à Nouvion-le-Vineux, portait la même empreinte et le même nom; on la voit au musée de Laon.

Toute la population des villages environnants a visité avec un grand empressement ces précieux restes de la civilisation implantée si profondément par les Romains sur notre sol.

Un plan géométral a été fait. Des calques ont été relevés avec autant de soin que de minutie pour préparer le sauvetage et plus tard la reconstruction, s'il est possible, de ce vieux témoin de l'art, de l'habileté et de la richesse des conquérants de la Gaule.

Après la constatation il fallait se mettre à l'œuvre d'enlèvement, la plus délicate et la plus périlleuse partie de toute l'entreprise.

L'opération d'extraction n'a pas été sans présenter de sérieuses difficultés, surtout à cause de l'épaisseur extraordinaire du ciment sur lequel la mosaïque était assise, et par conséquent du poids énorme que devaient présenter les fragments qu'il fallait faire aussi grands que possible, d'abord afin d'enlever de terre, sans les endommager, les parties essentielles du tableau, ensuite afin d'avoir à opérer moins de raccords, lorsqu'arriverait le moment de rapprocher et de ressouder tous ces fragments dans le local où ils recevraient définitivement asile.

Une ligne de cubes ayant été coupée circulairement dans le champ de couleur neutre où agissent les personnages et où se dessinent les bordures, on déchaussa chaque morceau découpé, en enlevant par-dessous et avec soin la terre sur laquelle le béton avait été posé. Une épaisseur de douze à quinze centimètres de ciment avait été conservée sous les plus grands morceaux. Les efforts simultanés de deux crics agissant du même côté détachaient et faisaient avancer la masse. On obtint de la sorte un bloc pesant près de huit cents kilogrammes et sur lequel se voyaient l'éléphant, le cerf et le cheval, un autre d'environ cinq cents kilogrammes et où se voit Orphée tout entier, un troisième aussi lourd et qui comprend l'ours et ce qui subsistait du sanglier et de la panthère. On a eu, en opérant avec la même hardiesse et le même bonheur, des fragments de bordures de deux mètres de long. Partout où le ciment était consistant et faisait corps encore avec les cubes, on a opéré par grandes masses; mais souvent l'altération des enduits qui tous reposent, il faut le dire, sur un terrain aquifère, a obligé à fragmenter davantage les bordures qui, d'ailleurs, seront faciles à rajuster. Là où l'incendie a sévi, comme dans le grand hémicycle de l'est, on n'a pu rien sauver; les cubes n'adhèrent plus au mortier et sont teints en noir; ils sont entièrement calcinés.

On espérait beaucoup de la portion de l'hémicycle du nord qui, couverte par une grange, paraissait avoir dû conserver toute sa charmante ornementation linéaire de coquilles de couleur. Là aussi l'incendie avait sévi; des lacunes se rencontrèrent; les cubes arrivèrent sans mortier, et l'on dut se tenir pour fort heureux d'obtenir le dessin par fragments dont certains ont encore d'assez grandes dimensions.

Ce n'était pas tout que d'avoir déchaussé ces grandes et belles pièces. Il fallait les charger sur les voitures, après les avoir mises en état de supporter sans accident les fatigues du voyage. Solidement platrés, bardés de planches, enveloppés de foin, les trois plus grands fragments, ceux qu'il fallait à tout prix amener à Laon sans encombre, ont pris place chacun sur une voiture garnie de faguettes pour éviter la dureté des secousses; ces ressorts, aussi simples que peu coûteux, ont fait merveille. De même que l'opération de séparation des fragments, de leur déchaussement et de leur extraction de terre, a été très-résolument et intelligemment conduite par M. Evrard, marbrier à Laon, celles du chargement et du déchargement, qui n'étaient pas la partie la moins périlleuse de l'entreprise, ont été bien menées par M. Curot, voiturier à Fismes, qui bientôt entrait triomphalement dans Laon avec ses cinq voitures et ses dix chevaux.

Toute leur charge précieuse emplit maintenant une grande galerie de l'ancienne abbaye de Saint-Jean. Les principaux fragments ont été nettoyés, polis, vernis, comme ils le furent il y a peut-être dix-huit siècles; ils ont, pour la seconde fois, repris tout l'éclat de leur couleur, en attendant qu'on puisse restaurer cette grande page de l'art du mosaïste romain.

Cet éclat, les visiteurs qui se rendent encore à Blanzy peuvent en juger. Un beau et grand fragment de l'une des bordures d'encadrement a été préparé avec soin, restauré et déposé dans l'église de la commune où il restera comme témoignage et souvenir du tableau de pierre qui orna jadis la demeure princière d'un des anciens possesseurs du sol, tableau qui ne pouvait rester à Blanzy sans être exposé à une ruine certaine et probablement aussi prochaine que complète, tableau dont l'archéologie et l'art, par conséquent l'intérêt commun, vont faire leur profit.

En disant ce dernier mot sur la mosaïque de Blanzy, je dois, au nom de tous, des remerciements sincères à M. le Maire de Blanzy qui m'a signalé le premier la découverte du bassin, qui a aplani toutes les difficultés et a montré tant d'intelligence; au Conseil municipal de Blanzy qui a compris ce qu'il y avait à faire dans la circonstance et a accompli si généreusement son sacrifice; à la Société de la Sucrerie de Fismes qui a autorisé, dans ses bâtiments de Blanzy, la recherche et l'extraction de ce que l'hémicycle du nord pouvait contenir.

Blanzy, qui tout-à-l'heure n'était qu'un des plus petits village de notre département, a maintenant son passé, son histoire, son reflet artistique. Toute la France sait maintenant le nom de cette commune dont le sol appartint, un instant, à l'un des hommes probablement les plus puissants de son temps, sans nul doute des plus riches, sans nul doute des plus intelligemment riches.

A cette heure, il reste à découvrir un mystère qui ne sera probablement jamais percé à fond : Quel était le monument où était renfermée la mosaïque de Blanzy? Quels en étaient le plan, les dimensions, l'importance? Le village moderne, qui est assis sur les ruines romaines, gardera peut-être toujours son secret.

Ce que nous savons seulement, c'est que les traces des Romains abondent sur le riche plateau de Blanzy; c'est que les substructions dont la terre a gardé la trace, c'est que les grandes tuiles, c'est que les cubes de mosaïque se retrouvent partout aux environs, au nord sur la vallée de l'Aisne comme au midi sur la vallée de la Vesle.

Les habitants du pays m'ont signalé des traces de débris antiques entre Dhuizel et Vauxceré, au lieudit *le Buissonnet* ou *la Glaue:* fondations et tuiles, pavage en ciment et chaux, si solide que ce ciment ne s'enlève que par plaques énormes. La tradition du pays dit que sur de vieux titres se trouvaient, au Buissonnet, les indications d'une vieille ville appelée la *Ville d'Ambretesle*, ou *le Chef de la ville*. Là aussi sous le nom de *Sourcis* on connaît une source qui serait recouverte de pierre comme à Blanzy. Alimentée par des conduits dirigés dans divers sens, ce serait elle qui par des canaux différents fournirait les sources de Vauxceré, de la ferme de Pinson et du *Sourcis*.

A Barbonval, le regrettable abbé Lecomte a écrit qu'il avait vu des débris incontestablement romains.

Pour moi, je n'hésite pas à croire que ces débris sont ceux des habitations des grands propriétaires du sol, soit romains et descendants des premiers conquérants, soit gaulois et ayant conservé, par des causes faciles à supposer, les biens de leurs pères.

S'établissant sur le fruit de leurs conquêtes, les Romains y auraient transplanté les coutumes et les arts de la mère-patrie. Achetant par certains services le droit de rester propriétaires de la terre natale, les riches Gaulois y devaient appeler et asseoir un luxe de nouveaux convertis à la civilisation. Quoi qu'il en ait été de l'origine des maîtres de ce sol, sa richesse inépuisable, son incomparable fertilité qui a enfanté ce vieux proverbe agricole, vrai encore aujourd'hui :

Perles et Blanzy,
Lesges et Cuiry,
C'est la fleur du pays.

les besoins de l'exploitation les ont fixés sur cette terre à laquelle on demandait sans doute l'alimentation de la ville de Reims avec laquelle on communiquait facilement par la voie qui passe à Maizy et à Courlandon. Par la rivière d'Aisne dont Blanzy est si peu distant, on était en rapports faciles avec la cité des Suessiones, si importante alors. Ainsi je signale aux chercheurs une vieille et abrupte chaussée qui de Villers-en-Prayères conduit dans la direction de Blanzy. Cette chaussée, qui, entre deux rangées de buissons et de roches, gravit à pic la montagne et laisse Barbonval un peu sur la gauche, a été évidemment créée pour écouler jadis vers l'Aisne les produits agricoles du fertile plateau de Blanzy.

Il y a là les matériaux d'une grande et belle étude à faire.

Le plateau de Blanzy n'a peut-être pas encore dit son dernier mot.

TROISIÈME SÉANCE.

(21 Décembre 1858.)

Présidence de M. **Duchange**, Président.

M. . . . . . , de Saint-Mard, canton de Braine, offre à la Société pour ses collections une médaille de bronze qu'il a trouvée en Russie pendant la campagne de 1812. Sur la face on voit la tête de profil de la grande Catherine, et au revers l'inauguration d'un hôpital. La Société vote des remerciements à M. . . . . . .

M. Delahègue, instituteur à Nouvion-le-Vineux, a fait avec détails une étude archéologique sur les églises du canton de Laon. Son travail a été réuni en un volume auquel il a joint les plans de la plupart des églises du canton, et il prie la Société d'accepter ces notices.

M. l'abbé Parizot veut bien se charger d'un rapport sur le travail de M. Delahègue.

M. Forgeais, ancien président de la Société de Sphragistique, offre à la Société un exemplaire de sa notice sur les plombs historiés qui, depuis quelques années, ont été trouvés dans la Seine. Le rapport sur ce travail remarquable par les beaux dessins qui y sont joints, est confié à M. Thillois.

M. Matton annonce que, dans le registre des naissances et baptêmes de Ribemont, communiqué par M. le Sous-Préfet de Vervins, il a trouvé l'acte de naissance de François Blondel, architecte du XVIIe siècle, auquel on doit, entre autres monuments, l'arc-de-triomphe de la porte Saint-Denis. Généralement, on faisait naître cet artiste en 1617, tandis que cet acte de naissance ne porte sa naissance qu'à 1618. Il est écrit en latin et ainsi conçu :

1618. — *Iisdem mense et die* (15 juin) *baptisatus fuit Franciscus filius magistri Francisci Blondel et domine Mariæ de Loüen; patrini fuerunt domini magister Medericus de Loüen hujus urbis præfectus et Franciscus Blondel : matrinæ fuerunt dominæ Catherina de La Fons et Francisca Haüy-Witus.*

M. Matton ajoute que ce registre de naissance est un des plus anciens parmi ceux qui sont connus dans ce pays. Le plus ancien est celui de Château-Thierry qui date de 1541 ou 1565.

M. Matton communique ensuite un vieil almanach dont les pages servent de garde à un registre de comptes de l'Hôtel-Dieu de Laon ; il est daté de 1537.

Cette curiosité bibliographique est intitulée : LA PROGNOSTICATION *de Louvain pour l'an mil cinq cent trente-huyt, composé par Maistre Bernard de La Foretz, astrologue et médecin en l'Université de Louvain, donné à Paris avec privilège.* C'est un in-octavo de huit pages sur un papier beaucoup plus beau que celui de nos Liégeois de Troyes et de Reims. A la première page se voit une gravure sur bois représentant le Soleil dont les rayons, aboutissant à un cercle, encadrent entre eux les noms des mois, *nomina mensum*, et les noms des constellations, *nomina signorum*. La circonférence solaire est inscrite dans un carré parfait aux angles desquels on voit les quatre vents environnés d'étoiles. Ce produit de la xylographie a dû supporter un nombreux tirage, car la gravure paraît fort usée. Dans le texte sont disséminés des lettres ornées dans le goût du temps et des culs-de-lampe, ce qui prouve que l'illustration des livres par les vignettes sur bois ne date pas d'hier.

Il nous a paru curieux, après avoir examiné sous le point de vue bibliographique et extérieur ce précurseur de nos almanachs modernes, de donner un aperçu de ce qu'il renferme et de montrer comment nos modernes Mathieu Længsberg de Liège procèdent directement du vieux Bernard de La Foretz, de Louvain, à quel point les fils ressemblent à l'aïeul, et comment les procédés pour fabriquer jadis et aujourd'hui ces petits livres populaires n'ont pas changé.

Voici d'abord les *Prognostications* pour l'année. C'est l'astrologue de Louvain qui parle après avoir consulté le ciel, fait et refait ses calculs cabalistiques :

« L'an après la Nativité de Notre Seigneur Jesu-Christ mil cinq centz XXXVIII. Ainsi que je puis comprendre par les sentences de Ptholomée, Hermès, Haly, Heragel, lesquelz accorde Iohanès Anglicus, nous aurons pour significateur le Soleil avec lequel participera Jupiter. Et pour ce que ledict Jupiter, qui est seigneur de la (mot illisible) et significateur du peuple en nostre révolution, est trouvé en celle révolution, le Soleil entrant au signe d'Ariès (le Belier) possédant la maison VI au quartil de Mars, signifie au peuple plusieurs maladies et fièvres chauldes et engendrera aux corps humains plusieurs apostumes qui précèdent de trop grande replétion, humeurs et ventositez. »

« Au XIII de may, LI minutes du matin, sera esclypse de lune et durera une heure L minutes et sera de 111 pointz.

» L'autre sera le VI de novembre à III heures I minute aprèz midy et dura II heures IIII minutes. Desquelz deux esclypses ne diray point de signification, pour ce qu'ilz ne seront visibles. Aussy ils n'ont pas grands effaictz.

» DES QUATRE SAISONS DE L'AN.

« Printemps commence quand le Soleil entre au premier point d'Ariès (le Belier) qui sera le XIe jour de mars. Il sera en son commencement muable (variable); touttefoys il sera plus humide et pluvieux qu'aultrement, et sera la terre compétamment (suffisamment) trempée et les biens y proffiteront moult (beaucoup).

» Esté commence quand le Soleil entre au premier point de Cancer (l'Ecrevisse) qui sera le XIIe jour de juing. Il sera chaulx et humide; grants vents, tempestes, orages, esclercs et gresle. Au moins ne sera ne trop chaulx ne trop moyte.

» Automne commence quand le Soleil entre au premier point de Libra (la Balance) qui sera le XIIIIe jour de septembre. Il sera assez attrempé ; aucunefoys il fera beau temps, et brouillard dangereux, et sur la fin grans ventz, et sera dangereux aller sur mer espicialement en occident et septentrion.

» Hyver commence quand le Soleil entre au premier point de Capricorne qui sera le XIIe jour de décembre. Il sera nébuleux, frois, et gélera souventeffois, et aulcuneffois neiges, grésils, pluies, grants ventz, et vers la fin sera fort muable. »

La future récolte de l'année exerce maintenant l'art divinatoire de l'astrologue de Louvain. Voici ce qu'il prédit « des biens croissans en terre : »

« Selon les anciens astrologues, je trouve cette année assez bonne et que la terre cultivée rendra compétamment biens pour le corps humain substanter. Il sera beaucoup de petits vins tenant de la verdeur. Et au commencement de cette année abaisseront plusieurs biens, n'estoit que les usuriers seront pardessus (plus influents que) les astres et planettes, car ilz en ampliront tant leurs caves et greniers qu'ils seront longuement roiddes (chers) pour les pouvres. Mais aucuns n'en seront pas trop bons marchans, pour ce qu'il sera compétamment de tous biens qui ne seront pas de grant garde; par quoy ils seront à marché (offerts). Les bons vins seront chers, car il en sera peu de garde. Le sel sera bon et prouffitable; le bois sera fort bien requis; la laine sera bien requise (recherchée) en esté, nonobstant que après authomne tous draps abaisseront de prix. Les cuirs porteront prouffict à qui les acheptera au commencement de cette année. Il fera de bons foings et grant plante d'avoynes, et de tous aultres grains comme pois, febves et vesses. Il sera plante (abondance) de fruitz en moult pays. Harengueson (pêche au hareng) sera mal prouffitant à ceux qui hanteront la mer, puisque le moys de septembre sera (illisible), car il sera peu de hareng en la coste de Flandres. Les bestes (bestiaux) et nourritures seront à comptant (bon) prix. Le fourraige sera cher en yver. La volaille sera chère. Les loups seront dangereux et feront plusieurs maulx. Le menu peuple aura à souffrir tant à cause des gaingz quy seront petits que des larrons et pillars. »

Les quatrième et cinquième pages de la *Prognostication* de Louvain sont consacrées « à la disposition des douze mois de l'an en général, » c'est-à-dire aux phases de la lune et aux prédictions sur les modifications quotidiennes de la température. « VIIIe de janvier, gelée. — Le XVe, frais et couvert. — Le XXIIIe, froidure. — Le XXXe, grosses neiges. » Ce n'est pas là qu'est l'intérêt.

Quand l'almanach moderne hasarde des prédictions sur la foi des relations des astres entre eux, il ne prétend pas qu'on le prenne au sérieux, parce que personne ne croit plus à l'astrologie. Il n'en était pas de même au commencement du XVIe siècle. Le ciel alors était le vrai grimoire des savants de cette époque qui croyaient fermement à l'influence des astres sur les affaires d'ici-bas. Quand on s'occupe de cette époque, il faut tenir compte de l'astrologie tout aussi bien que de l'alchimie. Maître Bernard de La Foretz, de Louvain, est tout à fait dans son rôle lorsqu'il étudie les conjonctions des astres, et il en écrit et parle avec bonne foi ; tandis que le Mathieu Længsberg, de Liège, n'est qu'un faux dévôt, un faux croyant aux constellations dont il se raille en secret et auxquelles il sait bien que personne ne croit plus Si donc on lit avec un sourire dédaigneux les prédictions que nos almanachs actuels fondent sur les rapports des astres entre eux, on doit regarder les prognostications de maître Bernard de La Foretz comme plus sérieuses : c'est un trait des mœurs d'alors.

Voici celles qu'il édicte en la sixième page de son petit livre qui eut peut-être en son temps autant de débit et de lecteurs que nos Liégeois d'il y a quarante ans.

« Le seigneur du lieu de la conjunction des luminaires (astres) précédant l'entrée du Soleil en Ariès, Cancer et Libra, et la Lune tous deux appliquant au seigneur de leur VIIIe maison, le seigneur aussi de l'ascendant de la révolution en la VIe, la Lune et celuy seigneur du degrez ascendant au quartil de mars, nous menassent forz de fiebvres pestilentiales en ceste année, et aussy faict la Lune infortunée de Saturne au lieu de la conjunction des luminaires précédant l'entrée du Soleil en Ariès, comme dict Albohazem.

» Signe de guerre et effusion de sang, monstre le seigneur de la Xe en l'anglet (angle) de la terre, le Soleil entrant en Ariès, ce que semblablement afferme (affirme) Mars en ceste mesme entrée, jectant contre Jupiter ses quartilz et maulvais regars, lequel signifie la destruction de plusieurs par guerres.

» La conjunction de Saturne et de Mars qui se fera le XIIIe jour de juing, environ mydi, pour ce qu'elle tient le degré oriental rétrogradant, nous menasse de mortalité par guerres et maladies et signifie la destruction d'aulcunes villes par prinses (assauts), interfections (carnage) et pilleries, et pour ce que Mars est en la IXe maison, le Soleil entrant en Ariès, plusieurs s'enfouyront et lairront leurs biens, principalement de ceulx de la quarte (contrée, carte) orientale.

» Le roi prospèrera et augmentera en force et vertus dessus ses ennemys; touteffois, ainsi que dénote l'infortune de Mars, auscuns ses subjects désobayront. Je treuve aussi que la conjunction de Saturne et Mars le menace de quelcun venant des parties subjectes de Virgo (le signe la Vierge) pour le décepvoir (tromper).

» La destruction de quelque secte dénote la conjunction de Saturne et Mars, par guerre et occision, mais l'effaict n'apparaistra jusque en la première moitié de l'année prochaine. »

Cette prédiction de mort violente à une secte religieuse se ressent évidemment des colères qu'inspiraient en ce moment les progrès du Calvinisme en France. Il faut aussi chercher l'idée politique dans cette *prognostication* qui montre le roi (François Ier) grandissant en force et en vertu, mais exposé à être trompé évidemment par quelque partisan de la religion nouvelle contre laquelle l'almanach de maître de La Foretz est chargé d'attiser les colères du peuple qui va le lire. L'almanach est un excellent et actif moyen de propagande populaire que les partis d'alors ne négligèrent pas, on le voit. Ce n'est pas d'ailleurs la dernière fois que la politique, au moins autant que la science astrologique, inspirera les prédictions de l'auteur de notre almanach; tout à l'heure il va faire allusion au triste sort de l'Empire grec qui va bientôt périr sous les coups de l'Islamisme triomphant. Il poursuit en ces termes :

« Les chemins seront pleins de larrons et brigans, comme apert (paraît) par Mars estant en la IXe maison, lequel dénote interfection et occision de plusieurs dessus les chemins, et seront marchans infortunez pour ce que le significateur de la secunde est en infortune.

» La mort d'ung roy turq monstre Mars estant infortune au signe de Léo (le Lion).

» La conjunction de Mars avec Saturne dénote la mort d'auscuns grans personnaiges anciens et vieulx.

» Mars infortuné au signe de Léo, le Soleil entrant en Ariès, envoyra beaucoup de grans troubles, empeschemens et facheries ès régions ou parties subjèctives au signe de Léo. Aussy fera Saturne, le Soleil entrant en Cancer ès-parties subjectives au signe de Virgo.

» Effusion de sang, plusieurs faulcetez et trahisons seront ceste année, ainsi que signifie la Lune subjecte avec Mars, le Soleil entrant en Ariès et au quartil de Mars en l'introïte de Cancer, à l'opposite aussy de Mars, en l'entrée du Soleil en Libra.

» Le peuple souffrira beaucoup d'adversitez et de maladies pour leur prince, car en l'entrée du Soleil en Ariès, Cancer et Libra, la Lune est infortunée en la VIe maison de Mars et de Saturne.

» Le bien du peuple diminuera; se retirera le peuple de faire des aulmosnes, pour ce que Jupiter est infortuné en l'ascendant.

» Les Grecz auront à souffrir ceste année par leurs anemys, car Saturne est rétrograde au signe de Léo.

» Les Romains seront empeschez et fort ennuyez, car Jupiter est levé dessus Venus au signe de Cancer.

» Vieilles gens et anciens seront en dangier de mort plus que ces ans passés, pour ce que Saturne qui est significateur des anciens est joinct avecques Mars, et ce sera par maladies froydes et sèches »

Voici ensuite ce que notre astrologue prédit « des maladies de ceste année : Je treuve ceste année Saturne joinct avec la teste du Dragon; pour quoy elle sera subjecte à plusieurs maladies et mort subite, caterres, mal de teste, des yeux et d'estomach, fiebvres chauldes et pestilencieuses, flux de sang par la bouche, ydropisie, emorroïdes et aspostumes, excédant de superfluitez d'humeurs et ventositez. Petits enfancs et femmes grosses, seront en danger de souffrir, ainsi que démonstre Vénus ; pour ce que elle est esclypsée de la Lune au signe du Scorpion en septembre, ceste année ne passera sans la mort de quelques gros personnaiges. »

Décidément maître Bernard de La Foretz, de Louvain, voit tout en noir et manque absolument de gaîté. Cependant il espère en la miséricorde infinie de Dieu en lequel il met son espérance. Quelque convaincu qu'il soit de la bonté des opérations cabalistes faites par lui d'après les principes posés par les princes de l'astrologie, il aime à croire que les fatales influences des astres seront conjurées par le pouvoir du Maître du monde, et ce consolant espoir il l'écrit en ces termes dans la dernière page de son livre :

» Toutes lesquelles significations et choses devant dictes à venir, avons rédigez et mys ensemble des livres et sentences de plusieurs aucteurs, docteurs, astrologues, coment (notamment) de Ptholomée, Hermès, Galien, Albumazar et plusieurs aultres. Combien (quoique) ilz se soient approchez au plus près du vray sagement dessubz la signification des astres, et qu'il soyt vray que les corps célestes ayent pouvoir de incliner (dominer) et influencer les terrestres, nonobstant ce nostre Seigneur Dieu le père, quy de sa puissance et sapience, sans le conseil d'aultruy, a créé et faict touttes choses à sa volonté, ainsy peut-il faire et disposer de toult à son plaisir. Et combien que les astres par leurs quartilz et opposites aspectz et regards les ungs aux aultres maulvais, nous signifient et menassent de plusieurs choses; mais nostre seigneur Jesuchrist, médiateur pour nous envers Dieu le père, pour les prières que nous ferons à iceluy, modifirera leurs maulvaises significations, auquel soit louenge et gloire éternellement ès ciècles des ciècles. Amen. »

M. le Président donne lecture d'une lettre écrite par M. Bertrand, secrétaire de la commission de la topographie des Gaules, à propos de l'envoi par la Société de Laon du travail de M. Piette sur l'ensemble des voies romaines dans le département de l'Aisne.

M. Thillois présente à la Société le rapport qu'il a été chargé de faire sur le travail exécuté par M. Arthur Forgeais, sur les plombs historiés trouvés dans la Seine.

QUATRIÈME SÉANCE.

(18 Janvier 1859.)

Présidence de M. **Vallès**, Vice-Président

Ouvrages offerts : 1° Mémoires de la Société des Antiquaires de l'Ouest (année 1856); 2° Mémoires de la Société d'Agriculture, des Sciences, Arts et Belles-Lettres du département de l'Aube (3e et 4e trimestre de l'année 1857); 3° Recueil des travaux de la Société libre d'Agriculture, Sciences, Arts et Belles-Lettres de l'Eure (t. 4, année 1855-1856); 4° Mémoires de l'Académie impériale de Metz (1856-1857); 5° Bulletin de la Société libre d'Émulation, du Commerce et de l'Industrie de la Seine-Inférieure (année 1857, 1re partie); 6° Bulletin de la Société libre d'Émulation, du Commerce, etc., de la Seine-Inférieure (2e partie. Exposition départementale); 7e Revue de l'Art chrétien (mars 1858); 8e Rapport fait à l'Académie des Inscriptions et Belles-Lettres, au nom de la commission des Antiquaires de la France, par M. Adrien de Longpérier, lu dans la séance publique annuelle du 7 août 1857; 9e Dieu, l'Homme et la Parole, ou la Langue primitive, par J. Azais, père, président de la Société Archéologique de Béziers; 10e Les quatre brochures suivantes sont offertes par M. Prarond, secrétaire de la Société impériale d'Emulation de la Somme, qui demande le titre de membre correspondant de la Société académique de Laon : 1re une Révolution dans l'abbaye de Saint-Riquier, 2e Notice sur M. Morel de Campennelle, 3e Notice sur le général Picot, 4e Notice biographique sur M. André de Poilly; 11e Statistique agricole sommaire du département de l'Aisne, par C.-H. Gomart; 12e Société française d'Archéologie. — Congrès archéologique de France qui sera ouvert à Cambrai le 21 juillet 1858; 13e Congrès scientifique de France (Auxerre, 2 septembre 1858).

M. Hidé donne communication d'une notice de M. Rousselle sur les corporations et communautés de la ville de La Fère.

PREMIÈRE PARTIE.

Corporations, Communautés, Corps de métiers et des jurandes.

Les arts ou métiers se divisaient autrefois en corporations et communautés qui avaient leurs jurandes et maîtrises instituées par des édits ou ordonnances et à raison desquelles l'État percevait un droit plus ou moins fort, selon les classes auxquelles elles appartenaient.

L'établissement de ces corporations date du règne de Charlemagne; des officiers de police en avaient la surveillance, on voyait à cette époque un *Roi des Merciers*, qui, à Paris et dans tout le royaume, était le premier ou, pour mieux dire, le seul officier qui veillât sur tout ce qui concernait le commerce et les arts-et-métiers. La singularité de quelques-uns de leurs

Elles étaient gouvernées et administrées chacune par des délégués que les associés nommaient entre eux à la pluralité des voix. Le nombre de ces élus variait de deux à douze. Ceux-ci désignaient ensuite parmi eux ceux qui devaient remplir les fonctions de syndic et de jurés ou conseillers.

Ces délégués étaient appelés à connaître de toutes les affaires litigieuses qui surgissaient dans leurs commerces respectifs, à l'effet de les aplanir. C'était un tribunal arbitral. On y faisait transiger les parties, on y plaidait même. Ils étaient alors en quelque sorte ce que sont aujourd'hui les juges d'un tribunal de commerce, à l'exception que la juridiction de ceux-ci s'étend à tous les commerçants en général d'un arrondissement, tandis que celle de ceux-là ne s'étendait qu'à leur propre corporation.

Nul ne pouvait être admis comme apprenti dans une communauté sans l'agrément des membres qui la composaient.

Cette condition que nos mœurs réprouvent aujourd'hui à juste titre, pouvait préjudicier à ceux dont l'admission était réfutée. La corporation elle-même agissait peut-être, sans s'en douter, contre ses intérêts; car elle pouvait évincer un sujet qui aurait pu par son aptitude, ses connaissances et son travail, perfectionner les ouvrages de la profession qu'il se proposait d'embrasser et donner un nouvel essor au commerce, au moyen des améliorations qu'il aurait apportés dans les procédés de la fabrication.

Lorsqu'il était reçu, il était obligé de verser entre les mains du trésorier la somme fixée par le tarif. Aucun apprenti n'était exempté de payer ce droit qui était destiné à subvenir aux dépenses.

Toutes ces corporations se gouvernèrent et s'administrèrent paternellement pendant plus de trois siècles, sans qu'il survînt entre leurs membres aucun motif sérieux de contestation par rapport à la profession qu'ils exerçaient. Elles se conformaient toutes aux décisions que leurs délégués rendaient en vertu des statuts qui les régissaient; mais comme tout ce qui est d'institution humaine, après avoir rempli avec loyauté toutes les obligations qui leur étaient imposées par les règlements qu'elles s'étaient donnés, la plupart se relâchèrent. Quelques-unes seulement, plus jalouses que les autres de maintenir leurs privilèges, soit par amour-propre, soit pour leur intérêt pécunier, prirent les mesures nécessaires en pareil cas pour leur conservation; tandis que les autres, soit parce que leurs professions donnassent moins de prise aux contestations, ou soit que leurs membres usassent de plus de tolérance, continuèrent de s'administrer sous l'empire de leurs règlements.

C'était en 1695 et années antérieures; les marchands étrangers et forains venaient vendre dans la ville et refusaient de payer les droits fixés par les tarifs en vigueur, droits qu'ils avaient cependant payés jusqu'à cette époque sans avoir fait la moindre observation. Ces contraventions furent déférées au tribunal compétent; mais les récalcitrants trouvaient presque toujours les moyens d'éluder ou de faire rendre le jugement en leur faveur. Ce système leur faisant perdre un monopole auquel elles devaient tenir beaucoup, la corporation des marchands drapiers, merciers, toiliers et lingers d'abord, et ensuite celle des maîtres tailleurs, chaussetiers, fripiers et couturières, se réunissent pour se concerter et aviser aux moyens de consolider leurs droits.

Après en avoir délibéré, elles décident, savoir : la première, qu'elle présentera à l'approbation du lieutenant-général du baillage de La Fère, par l'organe de ses syndics et jurés, MM. Delattre, Cronier, Carré, Coppeaux, Pichon, Cronier, Montain Cronier. Tavernier, Nicolas Cronier, Martin Pioche, Bottée, Union, Bottée, Lefèvre, Delattre et Lemaire, tous marchands, la supplique et le projet de règlement dont la copie littérale suit :

« La Fère, le 10 février 1696.

« Supplient humblement disant qu'ayant voulu jouir du » bénéfice des édits des mois de mars et de décembre 1691, » portant création des offices des maîtres, gardes et jurés » syndics des arts et métiers, ils ont contracté plusieurs dettes » à l'effet d'acquitter les sommes mentionnées dans les rôles statuts montre assez quelle doit être leur antiquité. On lit, par exemple, dans les règlements de la communauté des drapiers de Paris, qu'aux repas publics de ce corps il y avait un plat destiné tout entier pour le roi. Ces vestiges de l'ancienne simplicité sembleraient annoncer que jadis nos monarques ne dédaignaient pas de se trouver à ces sortes d'assemblées.

Elles ont été longtemps régies par des édits et ordonnances des rois. Les principaux datent de décembre 1581, 22 décembre 1608, 4 mai 1749 en cinquante-et-un articles, 19 décembre 1776, 14 mars 1779 et 27 février 1780.

A La Fère, leur origine est antérieure à l'établissement de la commune; mais elles ne furent organisées d'une manière régulière que sous le règne de Louis IX.

Enguerrand III, en sa qualité de seigneur, venait de concéder aux habitants de cette ville, ses vassaux, les franchises communales, et le droit d'élire le chef de l'administration municipale qu'elles conservèrent jusqu'en 1580, leur fut dévolu. Elles étaient appelées en outre, dans certaines circonstances, à donner leur avis sur les affaires qui intéressaient la commune. Elles jouirent de ce privilége, à quelques exceptions près, jusqu'au moment où éclata la révolution de 1789.

Dans l'origine elles étaient au nombre de sept, savoir :

1° Les nobles ou notables;

2° Les ecclésiastiques et religieux de tous ordres;

3° Les médecins et apothicaires;

4° Les fabricants d'étoffe et les foulons;

5° Les marchands drapiers, merciers et épiciers;

6° Les marchands de toile et les tisserands;

7° Et les tanneurs, corroyeurs et cordonniers.

Mais à mesure que la population augmenta, le commerce et tout ce qui en dépend dut suivre la même progression; alors de nouvelles corporations se formèrent et les anciennes augmentèrent le nombre de leurs associés; de sorte que par suite de leur organisation successive elles étaient, en 1676, au nombre de vingt-trois composées, savoir :

Des sept dont la désignation précède;

8° Des orfèvres, joailliers, lapidaires et horlogers;

9° Des bonnetiers, chapeliers, pelletiers et fourreurs;

10° Des tailleurs, fripiers en neuf et en vieux et des couturières;

11° Des boulangers;

12° Des bouchers et charcutiers;

13° Des traiteurs, rôtisseurs et pâtissiers;

14° Des cafetiers, aubergistes, limonadiers et cabaretiers.

15° Des maçons, couvreurs, plombiers, paveurs, tailleurs de pierres et tous constructeurs en pierres, plâtre ou ciment.

16° Des charpentiers et autres constructeurs en bois;

17° Des menuisiers, ébéuistes, tourneurs, layetiers, tonneliers, boisseliers et autres ouvriers en bois;

18° Des couteliers, armuriers, arquebusiers, fourbisseurs et autres ouvriers en acier;

19° Des maréchaux-ferrants et grossiers, serruriers, taillandiers, ferblantiers, éperonniers, ferailleurs, cloutiers et autres artisans en fer;

20° Des fondeurs, épingliers, balanciers, chaudronniers, potiers d'étain et autres ouvriers en cuivre et autres métaux, l'or et l'argent exceptés.

21° Des tapissiers, vendeurs de meubles en neuf et en vieux et miroitiers.

22° Des fabricants de paniers en osier, hottes, etc.

23° Des selliers, bourreliers, charrons et autres ouvriers en voitures;

A la corporation des tanneurs et corroyeurs furent adjoints les hongroyeurs, peaussiers, mégissiers et autres fabricants en cuir et en peaux, non compris dans celles qui précèdent, et à celle des marchands drapiers, merciers et épiciers, les ciriers et chandeliers.

Les seize dernières comptaient entre elles deux cent trente associés.

Elles étaient divisées en agrégées et non-agrégées.

Les premières prenaient le titre de communauté des marchands.

» les boutiques de ladite communauté quatre fois l'année, de » trois en trois mois, assistés d'un ou de deux sergents; et » leur sera payé à chascune desdits boutiques cinq sols à » chaque fois; dans lesquelles visites, s'ils remarquent des » marchandises ou ouvrages défectueux, ils pourront s'en » saisir, en dressant leur procès-verbal de l'état de prise, » pour en requérir la confiscation; et M. le procureur du roi » l'amende, s'il le juge à propos, contre les contrevenants, à » raison de six livres pour chascune contravention, applicable » moitié à l'hôpital, l'autre aux nécessiteux du corps.

» *Septièmement*. Pourront lesdits marchands vendre leurs » marchandises en gros et en détail, ainsi qu'ils aviseront bon » estre, dans leur boutique, et en la ville et lieux où ils se- » ront mandés; défenses à tous autres de faire commerce ni » débiter directement ni indirectement aucunes marchandises » concernant la profession et estat desdits marchands, à » peine de dix livres d'amende applicable moitié à l'hôpital et » l'autre moitié aux nécessiteux du corps.

» *Huitièmement*. Pourront lesdits marchands vendre indi- » rectement de toutes sortes de marchandises de leurs trois » corps unis, et qui à présent ne font qu'une confrairie.

» *Neuvièmement*. Les marchands forains qui apporteront en » cette ville des toiles, dentelles, basins et autres marchan- » dises concernant ledit état, pour les vendre en ladite ville, » en gros, seront tenus avant que de les exposer en vente, » d'avertir les jurez en charge de la communauté de les vi- » siter; pour raison desquelles visites lesdits forains payeront » auxdits jurez trente sols pour la première fois et quinze » sols pour les suivantes, dont ils seront tenus de retirer des » quittances. Ne pourront aussi lesdits marchands forains » estre dans la ville et faubourgs plus de vingt-quatre heures, » le tout à peine de dix livres d'amende applicable moitié à » l'Hôtel-Dieu et l'autre à l'entretien et ornement de la cha- » pelle Saint-Marcoul; comme aussi qu'à l'avenir il sera fait » défenses auxdits marchands forains d'étaler leurs marchan- » dises dans les avenues, chemins et autres lieux de l'étendue

» de la banlieue de cette ville, à peine de confiscation et » d'amende.

» *Dixièmement*. Pourront cependant les bourgeois et habi- » tants de la ville et des faubourgs, acheter des toiles et au- » tres marchandises et ouvrages qui se façonnent dans le lieu, » pourvu que ce ne soit pas pour détailler, mais seulement » pour leur usage.

» *Onzièmement*. Tous lesdits marchands drapiers, merciers » et toiliers de cette ville présentement en exercice, et ceux » qui seront reçus à l'avenir, prêteront serment devant vous » et vos successeurs, en la présence de M. le procureur du » roi, de garder et observer la présente ordonnance et règle- » ment à peine d'amende arbitraire contre les contrevenants, » laquelle sera lue, publiée et affichée où besoin sera.

» *Douzièmement*. Les marchands étrangers ou établis dans » le voisinage ne pourront vendre en détail dans la ville ni les » faubourgs, excepté les jours de marchés francs, qui se trou- » vent une fois le mois ; auquel cas ils seront obligés de souffrir » la visite des jurés, auxquels ils payeront les droits à eux » attribués, qui seront de vingt sols les jours de foires et de » dix sols les jours de marchés francs.

» *Treizièmement*. Tous ceux qui ne feront pas partie du » corps et communauté desdits marchands ne pourront, sous » prétexte qu'ils sont ou seront d'un métier ou profession » différente, vendre ni débiter des marchandises qui concer- » neront ladite communauté, particulièrement lorsqu'ils ne » recevront pas les visites des jurez.

» *Quatorzièmement*. Tous les marchands qui sont entrés dans » le corps ou communauté depuis les édits de mars et de dé- » cembre 1691 et qui y entreront ci-après, seront tenus de » s'obliger solidairement à acquitter les dettes contractées par » ladite communauté, pour payer les taxes en exécution des » édits, et, en outre, satisfaire ce à quoi lesdits édits les » obligent, s'ils n'y ont satisfait.

» La Fère, le 10 février 1696. »

Le président du bailliage, à l'approbation duquel ce règlement est soumis, après en avoir pris connaissance, ordonne que les parties en référeront au Conseil du roi pour être statué ce que de droit.

Les marchands accomplissent cette formalité le 14 février, et dans le mois de mars suivant, le roi approuve le règlement qui précède dans les termes qui suivent :

« Nous avons approuvé, confirmé et autorisé, approuvons, » confirmons et autorisons les statuts rédigés par ledit sieur » lieutenant-général en quatorze articles cy-attachez sous le » contre-scel de nostre chancellerie, pour être gardez et ob- » servez selon leur forme et teneur par lesdits marchands » présents et à venir qui entreront en leur communauté, sans » qu'il y soit contrevenu directement ou indirectement, pourvu » qu'il n'y ait rien de contraire à nos dites ordonnances, ni » qui puisse préjudicier à nos droits. »

Le règlement de la corporation des maîtres tailleurs, chaussetiers, fripiers et couturières, sollicité en vertu des mêmes édits et arrêts, est confirmé et approuvé le 24 janvier 1702.

Il est ainsi conçu :

« ART. 1er. Les particuliers aspirant se faire recevoir et » établir maîtres tailleurs en cette ville, chaussetiers, fabri- » cant chaussettes et fripiers, seront tenus de payer auxdits » corps des maîtres tailleurs et chaussetiers, entre les mains » du syndic ou prévôt, la somme de douze livres pour leur » réception et six livres pour le droit royal fixé par l'édit des » mois de mars et décembre 1691, et arrêt de réunion des » 22 avril 1692 et 26 mai 1694, et ensuite se retirer par de- » vant le lieutenant-général du bailliage de cette ville pour » être reçus et prêter le serment ordinaire et accoutumé.

» ART. 2. Les fils de maîtres et ceux qui épouseront des » veuves et filles de maîtres paieront moitié dudit droit et les » deux tiers du droit royal, et souffriront tous quatre visites » réglées à dix sols chacune.

» ART. 3. Les maîtresses couturières travaillant pour femmes, » autres travaillant en linge et habillements de femmes qui

» ont contribué au désir desdits édits et arrêts, suivant ce » qui a été réglé à l'amiable à proportion de leur travail, » seront tenues de se faire inscrire sur le registre dudit corps » et de souffrir seulement aux visites par an à raison de cinq » sols chacune.

» Art. 4. Les couturières qui à l'avenir voudront entrer dans » ledit corps, seront tenues de se représenter par devant les » dits maîtres et syndics pour se faire inscrire sur le registre » et de payer la somme de six livres pour toutes réceptions, » et les filles de maîtres et maîtresses la moitié dudit droit, » et que le lendemain de la Sainte-Trinité il sera procédé à la » nomination de deux syndics, l'un desquels pour prévôt de » ladite confrairie; en outre qu'il sera fait un registre en » bonne forme sur lequel il sera écrit tout ce qui concerne » ledit corps et notamment le présent règlement et les noms » de tous les maîtres tailleurs, fripiers, chaussetiers et maî- » tresses couturières, et l'inventaire des titres et papiers ap- » partenant audit corps, ainsi que l'acte de nomination des » syndics qui auront été élus à la pluralité des voix, le plus » ancien desquels sera chargé des titres et de la recette des » droits attribués audit corps, pour à la fin de l'année en » rendre bon et fidèle compte devant le lieutenant-général du » bailliage.

» Art. 5. Les syndics feront exactement quatre visites par » an chez lesdits maîtres tailleurs, chaussetiers et fripiers, » auxquels il sera donné dix sols par chaque visite pour » maîtrise et chez les maîtresses couturières suivant qu'il a » été réglé.

» Art. 6. Les syndics nommés seront tenus ensuite de leur » nomination de se présenter en l'audience du bailliage pour y » prêter le serment ensuite duquel il sera permis aux maîtres » et maîtresses dudit corps de faire célébrer le service le jour » de la Sainte-Trinité, ainsi que cela s'est pratiqué jusqu'à » présent, de faire dire et célébrer une messe solennelle et le » lendemain une messe basse pour le repos des âmes des con- » frères trépassés, et lors du décès de l'un desdits maîtres et

» maîtresses faire célébrer une messe basse pour le repos à » l'intention du défunt, le tout aux dépens du corps.

» Art. 7. Il est fait défense auxdits maîtres de ne rien » exiger au pardessus des droits ci-dessus énoncés, soit des » apprentis ou aspirants, sous prétexte de confrairie, buvettes » ou autres droits, à la réserve de trente sols que les apprentis » paieront en entrant en apprentissage lors de l'inscription de » leurs noms sur le registre de la communauté, et ne sera le » terme de leur apprentissage compté que du jour dudit enre- » gistrement.

» Art. 8. Il est fait défense à tous tailleurs, chaussetiers, » fripiers et couturières de tenir boutique de maîtres, de tra- » vailler publiquement et de faire profession de tailleurs, » chaussetiers, fripiers et couturières, tant en linge qu'en » draps, qu'ils n'aient satisfaits et se soient conformés au » présent règlement qui sera exécuté selon sa forme et » teneur.

» Approuvé à Paris, le 24 janvier 1702. »

Pendant plus de quarante ans les prescriptions de ce dernier règlement furent observées régulièrement, ce ne fut que vers l'année 1741 que plusieurs tailleurs étrangers à la corporation s'arrogèrent le droit d'ouvrir des boutiques en ville et de s'établir en qualité de maîtres sans avoir rempli aucune des conditions imposées. La communauté, froissée dans son amour-propre, lésée dans ses intérêts et jalouse de maintenir intacts les droits qu'elle tenait légalement, requiert près du lieutenant-général du bailliage une addition à leur règlement afin de préciser d'une manière certaine les circonstances dans lesquelles les nouveaux maîtres seront assujétis à payer.

Cette demande est agréée, et le 8 juin 1744, M. Joachim Guerard, conseiller du roi, lieutenant-général civil et criminel audit bailliage, ordonne par addition audit règlement auquel la communauté donne son consentement :

« Que faute par lesdits tailleurs d'avoir payé les droits dus, » huit jours avant la fête de la Sainte-Trinité, ils seront tenus » de payer le quadruple droit, et que ceux qui manqueraient

» d'assister soit au service de confrairie ou autres assemblées
» de la communauté qui seront indiquées, sans cause légitime,
» seront tenus de payer dix sols par chacune contravention, et
» pour éviter la peine au prévôt de se transporter chez
» chaque tailleur pour les prévenir, que les avertissements se-
» raient faits par un sergent de police, auquel il sera payé
» vingt-quatre sols, le lendemain de la Sainte-Trinité ; qu'il
» sera fait un tableau de tous les maîtres tailleurs dans l'ordre
» de leur réception, lequel sera mis entre les mains du
» prévôt. »

Celui de la communauté des marchands drapiers, merciers, toiliers et lingers ne fut pas non plus toujours respecté. Plusieurs sentences rendues contre des contrevenants, savoir : le 14 mai 1716, contre Antoine Langlantier ; le 19 octobre 1742, contre François Lecomte, boucher, et la corporation des tailleurs, et le 18 mars 1743, contre Jean Triquenaux, chapelier, qui prétendait avoir le droit de débiter des marchandises que cette communauté avait seule le droit de vendre en vertu de ses statuts, en sont la preuve.

La question soulevée en 1695, par les marchands étrangers, de s'affranchir du paiement des droits, se représente de nouveau en 1750 ; mais de même que la corporation des tailleurs, celle des marchands qui venait d'être constituée en maîtrise en vertu d'un édit de février 1745, portant création d'offices d'inspecteurs, de contrôleurs, de maîtres et gardes dans les corporations de marchands, et d'inspecteurs et contrôleurs des jurés dans les communautés des arts et métiers du royaume, avec exemption de la milice et autres privilèges portés auxdits édits, profite de cette circonstance pour solliciter l'établissement d'un tarif auquel devrait se soumettre les contrevenants.

La requête qu'elle présente à cet effet à M. Charles Blaise Méliand, conseiller du roi, maître des requêtes ordinaires de son hôtel, intendant de justice, police et finances en la généralité de Soissons, reçoit un accueil favorable, et le 23 février 1751, il rend l'ordonnance suivante :

« Sur ce qui nous a été représenté qu'il arrive journellement » des contestations entre la communauté des marchands réunis » et les marchands étrangers forains et colporteurs qui viennent vendre des toiles, dentelles, basins et autres marchandises les jours de foires et marchés-francs, et voulant y remédier, vu la lettre à nous écrite par M. le garde-des-sceaux » le 31 janvier dernier,

» Nous, intendant susdit, avons permis aux jurés des marchands de ladite ville de La Fère de percevoir sur chacun » des marchands étrangers et forains qui iront dans ladite » ville vendre en gros des toiles, dentelles, basins et autres » marchandises les jours de foires et marchés-francs de ladite » ville quinze sols, et sur les marchands étrangers et forains » qui vendront en détail, sept sols six deniers; lesquels droits » ne seront payés que par ceux seulement qui étaleront leurs » marchandises lesdits jours de foires et marchés-francs, et » non pas d'autres.

» Faisons défenses aux jurés desdits marchands d'exiger » plus grandes sommes d'argent, sous les peines de droit. » Enjoignons aux officiers de police de tenir la main à l'exécution de la présente ordonnance qui sera lue, publiée et » enregistrée au greffe de ladite police, pour être exécutée » nonobstant opposition ou appellations quelconques et sans y » préjudicier.

» Soissons, le 23 février 1751.

» Signé : MELIAND. »

Une question relative au principe d'apprentissage fut aussi soulevée en 1759 et résolue au profit de la communauté dans les circonstances suivantes :

François-Martin Doffremont, orfèvre, et Marc-Anselme Oger, marchand de grains, s'étant permis d'ouvrir chacun une boutique pour faire le commerce d'épicerie, graisserie, cirerie et quincaillerie sans avoir préalablement obtenu l'autorisation ni avoir fait aucun apprentissage de la partie qu'ils se proposaient d'exploiter,

Une opposition leur est signifiée de la part des syndics de la communauté et une instance s'engage.

Le 6 avril 1759 il leur est fait défense, sur la production du rapport de M. Salabery, de se livrer au genre de commerce qu'ils avaient entrepris, à peine de confiscation des marchandises qui seraient trouvées en contravention dans leurs magasins.

Cependant la question de savoir si les épiciers faisaient réellement partie de la corporation et étaient compris dans les statuts ayant été présentée comme moyen de défense par les sieurs Doffemont et Oger, la cour, basant son arrêt sur le mot générique de mercier et sur les certificats et acte de notoriété produits par les demandeurs, a jugé affirmativement et a condamné les contrevenants.

Ceux-ci n'en continuent pas moins leurs opérations en attendant que l'appel qu'ils avaient interjeté au Conseil privé fût rendu.

M. l'intendant devant qui l'affaire avait été renvoyée, rend une ordonnance le 19 juin suivant, par laquelle il est prescrit à la communauté de recevoir dans leur compagnie les sieurs Doffemont et Oger comme maîtres, et sans qu'ils soient tenus de justifier qu'ils ont fait un apprentissage dans la partie qu'ils voulaient exploiter.

Cette décision tout à fait inattendue, renversant les précautions prises dans le règlement approuvé le 10 février 1696 par le lieutenant-général du bailliage, provoque une réunion de la corporation. Il est arrêté qu'un de ses membres qu'elle délègue se rendra immédiatement à Paris, aux frais de l'association, à l'effet de s'entendre avec M. Jacelle, avocat au parlement, pour se concerter sur les mesures à prendre pour arriver aux moyens de faire réformer cette ordonnance et ceux de faire exécuter l'arrêt du parlement du 6 avril 1759.

Il est regrettable que la décision qui a dû être prise à cet égard ne se soit point trouvée dans les documents sur lesquels nous avons extrait ces renseignements.

Cette communauté ainsi établie en jurande, en vertu des

lettres-patentes du mois de mars 1696, percevait à son profit, tant en vertu de son titre d'établissement que par suite d'un simple usage :

1° Les droits établis par l'article 2 de ses statuts, consistant en vingt-quatre livres d'une part et six d'une autre;

2° Ceux prescrits par l'article trois, consistant en la somme de douze livres et en celle de trois livres concernant les fils de maîtres;

3° Ceux établis par l'article 4, concernant les veuves des maîtres convolant en secondes noces avec un homme exploitant un commerce autre que la femme à laquelle il s'unissait. Les sommes à payer étaient les mêmes que celles tarifées en l'article 2 qui précède.

Les ressources provenant de la recette des droits énumérés dans les articles qui précèdent, étaient d'une bien faible importance puisque, pendant dix années, à partir de 1764, leur produit se réduit à treize livres pour chaque année, terme moyen.

4° Les droits établis par l'article 6, concernant le droit de visite par les jurés;

5° Ceux prescrits par l'article 9, concernant le même droit à exercer par lesdits jurés sur les marchands forains vendant en gros;

6° Ceux prescrits et établis par l'article 9, consistant en la perception de dix sols sur chaque marchand forain faisant le commerce de détail;

7° Et enfin ceux établis par l'article douze, concernant les droits de vingt sols et de dix sols à payer par chaque marchand forain étranger, ou établi dans le voisinage de la ville, les jours de foires et marchés-francs.

Les droits à percevoir sur les marchands forains étaient affermés tous les ans, le lendemain de saint Marcoul, à l'un des marchands de la communauté. Leur produit, terme moyen, a été pendant les dix années de 1764 à 1774, de quarante livres quinze sols par chacune d'elle.

En outre des droits ci-dessus énoncés, la communauté percevait annuellement cinquante-six livres quatre sols de rente sur le produit des tailles de la ville de Laon pour la finance des officiers d'inspecteur et contrôleur, et plus celle de dix livres, également par chaque année, payée par chaque marchand faisant partie de ladite communauté, suivant la convention qu'elle avait arrêtée par sa délibération du 17 novembre 1745, consentie pour parvenir à acquitter les charges qu'elle avait à supporter, attendu l'insuffisance des produits de ses droits ordinaires.

Ses charges consistaient :

1° En trente livres de rente au denier quarante, due à Mme Romain, constituée par contrat du 29 janvier 1700.

2° En cent livres de rente au denier trente-deux au principal de 3,200 livres, constituée par contrat du 29 janvier 1739.

Cette somme avait été empruntée pour rembourser les rentes qu'elle devait, tant à l'hôpital de cette ville, qu'aux sieurs Thomas Martin et Philippe Pichon.

3° En soixante livres de rente au denier vingt, constituée par contrat du 17 décembre 1755.

L'emprunt de cette somme avait été contracté pour fournir aux dépenses occasionnées par les frais de l'affaire contre MM. Doffemont et Oger.

4° Et en soixante livres de rente au denier vingt, par contrat du 18 mai 1759.

Cette dernière somme a servi à payer le prix des taxes nouvelles demandées par le roi en augmentation de finances sur les offices créés en 1745.

De l'état des recettes et des dépenses faites depuis le 13 juillet 1773 jusqu'au 12 juillet suivant, ainsi qu'il est énoncé au compte-rendu le 12 juillet 1774, par Jean-Baptiste-Dominique Peinte, prévôt de ladite communauté, à MM. les jurés-syndics et marchands de la ville, il résulte :

Que les premières se sont élevées à	1,334 l.	11 s.	9 d.
Et les secondes à	1,096	10	3
d'où il est résulté un excédant de recettes de.	238	1	6

Les dépenses ordinaires consistaient :

Premièrement. Dans le paiement des frais faits chaque année pour la célébration du service de saint Marcoul.

Deuxièmement. Dans celui des honoraires du clergé pour la célébration annuelle des messes qui se chantaient le lendemain de la fête de saint Marcoul, pour le repos des âmes des marchands morts pendant l'année.

Troisièmement. Et enfin dans celui des dépenses occasionnées par l'acquisition des ornements, linges et autres objets nécessaires pour la décoration de la chapelle dudit saint Marcoul dans l'église paroissiale de Saint-Montain.

Cette dernière dépense s'élevait à trente livres par chaque année.

Indépendamment de ces dépenses il y avait encore celles qui provenaient du loyer des chaises à l'église, des saluts du Saint-Sacrement et du salaire dû aux sonneurs des églises Saint-Louis et Saint-Montain.

Telle était, vers le milieu du siècle dernier, la situation des corporations de cette ville, sous le rapport des intérêts matériels d'après le système qui les avait réglementées depuis leur fondation.

Il reste maintenant à établir leur position sous le rapport religieux et à faire connaître ce qui a eu lieu sous son empire.

DEUXIÈME PARTIE.

Confrairies.

Deux principes bien distincts avaient présidé à l'organisation et à la formation des corporations et communautés, savoir : la religion et le mercantilisme. Chacun d'eux avait sa dénomination particulière. Le premier était appelé *Confrairie*, et le second, ainsi qu'il a été dit précédemment, *Corporation ou Communauté*.

Dans l'origine, c'était l'appellation *Confrairie* qui prévalait. A mesure qu'une association de ce genre était formée, elle se mettait sous l'égide d'un saint dont elle faisait célébrer la fête chaque année pour invoquer sa protection. Tous les membres, sans distinction, assistaient aux offices avec le plus profond recueillement C'était pour eux un devoir qui passait avant tout, encore bien que leur règlement leur en prescrivît l'obligation.

Le souvenir de leurs confrères morts était aussi par eux respecté au plus haut degré. Après avoir imploré, le jour, l'assistance de la divinité par l'intercession du saint dont ils avaient célébré la fête, ils demandaient le lendemain sa protection et son indulgence pour leurs confrères que la mort leur avait enlevés dans le cours de l'année.

Depuis leur fondation jusqu'en 1580, c'est-à-dire pendant une période de plus de trois cents ans, les statuts de ces confrairies étaient rédigés et dressés par elles-mêmes. Ils se transmettaient de générations en générations à chaque association. Aucun de ces membres n'en contestait ni le sens ni la lettre, tous y obéissaient sans le moindre murmure et sans y faire d'observations; c'était pour elles l'âge d'or auquel allait succéder les tribulations et les embarras de toute espèce.

L'esprit du négoce s'étant introduit plus particulièrement dans les mœurs, on commença par substituer le mot *communauté* à celui de *confrairie*, ou plutôt on l'y adjoignit. Alors l'esprit de contradiction suscita des obstacles, créa des embarras et proposa des innovations; dès lors l'union se distendit et l'autorité fut obligée d'intervenir; ainsi que nous l'avons dit, des édits pour les réglementer furent rendus par les chefs de l'État, et des arrêtés pris par l'autorité municipale pour assurer parmi elles le maintien des droits de tous les associés.

Tous ces renseignements ayant été donnés dans la première partie de cette notice, il nous reste à rendre compte de ceux qui concernent spécialement les confrairies.

Elles étaient au nombre de vingt-quatre en 1676; toutes, comme nous l'avons dit, s'étaient placées sous la protection d'un saint; mais il est à regretter que malgré les recherches que nous avons faites, nous n'ayons trouvé de notions positives à cet égard que sur les onze dont suit la désignation :

1° Celle des marchands toiliers, merciers et lingers sous l'invocation de saint Marcoul dont la fête était célébrée le 7 juillet ;

2° Celle des médecins et apothicaires, dont la fête était célébrée le 27 septembre (saint Côme) ;

3° Celle des tailleurs, fripiers et couturières dont la fête était célébrée le jour de la Sainte-Trinité ;

4° Celle des menuisiers et ébénistes dont la fête, sous l'invocation de sainte Anne, était célébrée le 28 juillet ;

5° Celle des boulangers, sous le patronage de saint Honoré, dont la fête était célébrée le 16 mai.

6° Celle des tourneurs, sous le patronage de saint Michel, dont la fête était célébrée le 29 septembre.

7° Celle des charpentiers, sous le patronage de saint Joseph, dont la fête était célébrée le 19 mars ;

8° Celle des maréchaux et serruriers, à laquelle se joignait celle des orfèvres, joailliers, lapidaires et horlogers, sous le patronage de saint Eloi, dont la fête était célébrée le 1er décembre.

Plus tard les charrons, bourreliers et cultivateurs firent aussi partie de cette dernière.

9° Celle des cordonniers réunie à celle des tanneurs et corroyeurs, sous le patronage de saint Crépin, dont la fête se célébrait le 25 octobre ;

10° Celle des maçons et couvreurs dont la fête se célébrait le jour de la fête de l'Ascension ;

11° Et enfin celle des fabricants de paniers et autres ouvrages en osier sous le patronage de saint Antoine, dont la fête était célébrée le 17 janvier.

Le soin et l'assiduité qu'elles apportaient à la célébration des offices du saint sous la protection duquel elles s'étaient mises, en faisaient toute l'importance. Celui qui s'en était affranchi sans cause légitime était vertement réprimandé par son syndic ; il était même obligé, aux termes du règlement, de payer une amende. On a vu même, en 1751, un cultivateur du faubourg Saint-Firmin être condamné à l'amende et aux frais par un jugement rendu par les maire et jurés de la ville, sur un procès-verbal qui avait été dressé contre lui par le garde champêtre, pour avoir fait travailler ses chevaux le jour de la fête de saint Eloi.

Lorsqu'un corps de métiers ou de commerçants avait réuni le nombre de membres nécessaire pour constituer une confrairie, le syndic et les jurés qu'ils avaient élus entre eux pour l'administrer en faisaient la déclaration à la municipalité. Le maire assisté des jurés de la ville (conseillers municipaux) rédigeaient les statuts que les maîtres promettaient par serment d'exécuter et accomplir fidèlement et ponctuellement.

Ces statuts étaient les mêmes pour toutes; il n'y avait de différence, différence peu sensible du reste, que sur la quotité des sommes qu'elles avaient à payer en nature ou en argent, soit à l'État, soit à la bourse commune.

La recette en argent était destinée à deux usages : d'abord une partie servait à payer les honoraires du clergé pour avoir célébré les offices de la veille, du jour et du lendemain de la fête; une autre servait à payer les dépenses d'entretien de la chapelle et à l'acquisition du linge pour l'autel, et enfin le surplus servait à solder les frais du banquet que les confrères faisait le jour à l'issue desdits offices; mais, comme cela arrive souvent en pareille circonstance, ces réunions donnèrent lieu à des abus contre lesquels certaines confrairies, entre autres celle des marchands drapiers, merciers, toiliers et lingers, furent obligées de prendre des mesures pour les réprimer.

Parmi ces statuts nous citerons ceux des fabricants de paniers en osier et ceux de la profession de tourneurs que nous rapportons littéralement.

« *Statuts et ordonnances du mestier de mandelier*
« *de la ville de La Fère.*

» 1ent Tous les mandeliers dudit La Fère seront tenus doresnavant d'entretenir à leurs despens pour la confrairie et par chascun an faire faire le service divin le jour de la feste de saint Antoine, estant le 17e janvier.

» *Item*. Pour mieux entretenir ladite confrairie, faire faire
» ledit service divin et dire les messes ordinaires qui se doibvent
» dire par chascun an ledit jour, chascun desdits mandeliers
» sera tenu par chascune sepmaine, le jour du saint dimanche,
» de mettre dans la boite deux deniers.

» *Item*. Tous lesdits mandeliers et autres présents et à l'ad-
» venir qui vendront et débiteront en leurs boutiques, mandes
» hottes et autres marchandises dudit mestier, seront tenus
» d'assister au service divin qui se célèbrera par chascun an,
» la veille, le jour et le lendemain de saint Antoine, sous peine
» de quatre sols parisis, contre chascun défaillant.

» *Item*. Chascun mandelier avant d'être venu maître sera tenu
» de bailler à ladite confrairie une livre de cire blanche, et ce
» outre soixante sols qu'il baillera aussi pour sa bienvenue pour
» être employez au désir des mandeliers.

» *Item*. Tous compagnons dudit mestier qui voudront tra-
» vailler chez les maîtres, seront obligez de payer trois jours
» après leur entrée, deux sols parisis ès-mains du prévost de
» ladite confrairie pour ses droits.

» *Item*. Si un fils de maître natif de ladite ville exerce ledit
» mestier, il sera seulement obligé de bailler à ladite con-
» frairie une demi-livre de cire blanche, à MM. les maïeur et
» jurés, trois sols parisis, et aux mandeliers pour sa bienve-
» nue, trente sols.

» *Item*. Tous maîtres ne pourront tenir apprentis en leurs
» maisons plus de six semaines, que lesdits apprentis n'aient
» payé une livre de cire, de laquelle lesdits maîtres demeure-
» ront responsables afin qu'ils aient soin de la faire payer.

» *Item*. Pour d'autant mieux encore entretenir ladite con-
» frairie, tous ceux qui vendront ou débiteront en leurs bou-
» tiques, mandes, hottes et autres marchandises dudit mes-
» tier, seront tenus, ainsi que les maîtres, de mettre par
» chascune sepmaine, ledit jour de saint dimanche, dans la
» boîte, deux deniers, et de contribuer de leur part, comme
» lesdits maîtres, des frais qu'il conviendra pour faire fêter le

» service divin lesdits jours de veille, jour et lendemain de la
» feste de saint Antoine.

» Ce fait, et le lundi seizième jour du mois de janvier 1662,
» en la chambre de paix de la ville de La Fère, pardevant nous
» maïeur et jurés de ladite ville, sont comparus :

» Jehan Leblanc et Sébastien de Quierzy, maîtres mande-
» liers, demeurant audit La Fère, lesquels après que lecture
» leur a esté faite par le greffier de ladite chambre de paix des
» statuts et ordonnances subcriptes, ont concordamment et
» d'une voix consenti et accordé, consentent et accordent que
» le contenu en icelles sorte son effet, promettant par serment
» d'eulx pris, de tenir et accomplir lesdites ordonnances et
» statuts sans jamais aller au contraire.

» De tout quoi a esté fait et dressé le présent que nous avons
» signé et fait signer par lesdits susnommés et le greffier, le seize
» janvier mil six cent soixante-deux.

» Signé : Jehan Leblanc, Sébastien de Quierzy, Pioche, maire ;
» Cadot, Camus et Botté, échevins.

Statuts et ordonnances du mestier de tourneur.

« 1er. Tous les tourneurs de la ville de La Fère seront tenus
» doresnavant d'entretenir à leurs dépens leur confrairie et
» par chascun an faire faire le service divin le jour de saint
» Michel, estant le 29 septembre.

» *Item*. Pour mieux entretenir ladite confrairie, faire faire
» ledit service divin et dire les messes ordinaires qui se doibvent
» dire par chascun an ledit jour, chascun des maîtres sera
» tenu par chacune sepmaine, le jour du saint dimanche, de
» mettre dans la boîte deux deniers.

Le reste comme aux statuts qui précèdent.

Ceux-ci ont été arrêtés le 13 octobre 1662, par MM. Pioche, maire, Cadot, Camus et Botté, échevins, et acceptés et signés par Remi Lemaire, Martin Brancourt, François Turpin, Claude Boutroy et Pierre Labé, maîtres tourneurs, qui ont promis par serment d'exécuter dans tout leur entier lesdits statuts et ordonnances.

Il y avait encore d'autres confrairies en dehors de celles-ci ; mais elles n'étaient soumises à aucune espèce de règlement, parce que ni le commerce, ni les arts, ni l'industrie, n'en formaient pas la base. La religion seule en était le mobile. Elles n'avaient ni jurés, ni syndics, ni par conséquent de bourse commune. Les seuls frais qu'elles avaient à payer consistaient dans les honoraires du clergé qui célébrait les offices. Le produit de la quête qui se faisait le jour même de la fête à l'église, ou dans la ville chez les confrères qui n'avaient pu assister à la messe, suffisait pour subvenir à payer cette dépense.

Elles étaient au nombre de quatre, savoir :

1° Celle des demoiselles dont elles faisaient célébrer la fête le 25 novembre, sous l'invocation de sainte Catherine ;

2° Celle des femmes, sous l'invocation de sainte Barbe, dont elles célébraient la fête le 4 décembre ;

3° Celle des garçons, sous le patronage de saint Nicolas, dont ils célébraient la fête le 6 décembre ;

4° Enfin il y avait celle désignée sous le nom de *Confrairie du Saint-Sacrement*. Celle-ci était composée indistinctement d'hommes et de femmes de toutes les classes et de toutes les professions. Pour en faire partie il suffisait d'être de bonnes vie et mœurs et de payer chaque année une légère rétribution entre les mains du doyen de la paroisse. Le produit de ces rétributions était affecté d'abord à acquitter les honoraires des prêtres pour les messes basses de *Requiem* qu'ils célébraient pour le repos des âmes des membres de la confrairie qui étaient décédés dans le courant de l'année et le surplus à faire des acquisitions de linge pour le service du culte.

Ces quatre dernières existent encore aujourd'hui sous la même forme conventionnelle, mais le caractère de leur institution est bien changé, car la religion dans l'origine en était le vrai motif, tandis qu'aujourd'hui elle n'en est plus que le prétexte et les plaisirs mondains le but, excepté la dernière.

TROISIÈME PARTIE.

Résumé.

Depuis leur naissance jusqu'à leur dissolution, les corporations, communautés ou confrairies, désignées plus tard sous la dénomination du corps de métiers et des jurandes, peuvent être divisées en deux périodes principales : le progrès et la décadence.

La première comprend l'espace qui s'est écoulé jusqu'à l'année 1580, et la seconde celui qui sépare cette dernière époque jusqu'au moment où elles furent anéanties.

On sait qu'elles avaient été réglées depuis Louis IX jusqu'à Louis XVI, par une multitude d'édits réglementaires pour punir et réprimer les abus commerciaux qui se commettaient ; mais ces mesures n'empêchèrent pas le mal de se propager et les fraudes tant pour que contre de se multiplier presque ouvertement.

Turgot, ministre de Louis XVI, comprenant la nécessité d'entrer dans une voie nouvelle, fit déclarer par un édit de ce monarque, en février 1776, l'abolition des maîtrises et des jurandes. Cet édit proclamait le principe de l'émancipation du travail qu'avant lui les rois avaient vendu et permis, regardant le droit de travailler comme droit royal et domanial.

Cette hardie tentative de Turgot rompait trop brusquement avec le régime ancien pour réussir complètement. Une forte coalition, dirigée par le parlement lui-même, se forma pour renverser le ministre et ses réformes. A peine quelques mois s'étaient écoulés que cet édit fut révoqué et remplacé par celui d'août 1776. Ce dernier revenait au système réglementaire des corporations, mais il accordait la liberté à certaines industries.

Ce régime mixte ne fut que transitoire et devait amener infailliblement la liberté industrielle et commerciale. L'abolition définitive des maîtrises et des jurandes fut effectuée sans retour par la loi du 2 mars 1791, et confirmée par la constitution de l'an III.

Dès-lors plus d'obstacles, plus d'épreuves pour les commerçants. La seule condition à observer est de se soumettre aux principes du droit commun et aux prescriptions formelles du code de commerce.

Telles sont les phases diverses qui ont précédé la législation commerciale actuelle avant d'arriver au point où elle se trouve maintenant.

CINQUIÈME SEANCE.

(2 Mars 1859.)

Présidence de M. Duchange, Président.

Ouvrages reçus : Bulletin de la Société des Antiquaires de Picardie, t. 6. 1856, 1857 et 1858. — Mémoires de la Société d'Agriculture, Commerce, Sciences et Arts du département de la Marne. 1858. — Rapport présenté à l'Académie des Inscriptions et Belles-Lettres, au nom de la Commission des Antiquités de la France, par M. Paulin Paris.

M. le Président donne à la Société lecture d'une lettre que M. Champfleury vient de lui adresser en même temps qu'une série nombreuse de notes qu'il avait recueillies il y a quelques années sur le peintre Colart, de Laon, à une époque où il se proposait d'écrire la biographie de ce peintre dont le nom n'est connu que depuis bien peu de temps, dont les œuvres ou n'existent pas, ou ne sont pas signées s'il en existe encore.

D'autres travaux ont détourné M. Champfleury de ses recherches qui sont restées à l'état de simples notes. Il en fait don à la Société de Laon qui s'est déjà occupée à diverses reprises de Colart de Laon (1). Peut-être quelqu'un des membres de la Société voudra-t-il se charger d'un travail auquel aideront ces notes, travail fort aride d'ailleurs ; car de tous les peintres du 14e siècle il ne reste que des quittances, quelques-unes donnant des renseignements assez écourtés sur les œuvres de ces maîtres, d'autres, la plupart, ne constatant que des sommes reçues par eux.

En l'absence de documents précis sur la vie de Colart de Laon, sur son talent, sur son œuvre, la Société pense que les notes de M. Champfleury doivent être publiées purement et simplement. Il ne s'agit en ce moment que d'ajouter quelques détails de plus à ceux qu'elle a déjà recueillis sur Colart de Laon.

Le *Catalogue analytique des archives de M. le baron de Joursenvault*, dressé en 1838 pour la vente de la riche collection archéologique et historique de ce savant amateur après sa mort, mentionnait sept ou huit quittances signées de Colart, quittances malheureusement analysées trop brièvement. On ne sait pas entre les mains de qui elles sont passées, lors de la vente de 1838. L'une d'elles appartient à la bibliothèque du Louvre et se trouve classée dans le fonds de Joursenvault.

Aimé Champollion-Figeac, dans son livre intitulé : *Louis et Charles, ducs d'Orléans ; leur influence sur les arts, la littérature et l'esprit de leur siècle*, s'est assez longuement occupé de Colart de Laon. Voici les principaux passages qui ont trait à ce peintre et le texte des quittances publiées par M. Champollion-Figeac :

« Parmi les personnes protégées par le prince, on doit citer

(1) Voir 2e volume de la collection du *Bulletin de la Société académique de Laon*, pages 39 et 40 (*les Richesses d'un Catalogue*, par M. Ed. Fleury), et tome 8, pages 108, 109, 110 et 111. (*Note* de M. Vallet de Virivilie sur Collart de Laon.

» à part : *Colart* de Laon, paintre, était chargé d'orner les » habillement de joutes, et des autres choses touchant son » mestier. » (Comptes du mois d'avril 1398).

« 19 octobre 1395. Colard (1) de Laon, peintre et varlet de » chambre de Monseigneur d'Orléans, reconnoit avoir reçu » 70 fr. d'or pour la peinture qu'il fait en l'ostel de Monsei- » gneur, qu'on appelle de Brehaingne. »

« 15 avril 1396. Colard de Laon, peintre, reconnoit avoir » receu du payeur des œuvres de la chapelle que Monseigneur » d'Orléans a fait construire à côté de l'église des Célestins à » Paris, 100 fr. d'or., pour peindre bien richement le tableau » de bois qui est sur l'autel de la chapelle du dit duc, lequel » fera ciel en dossier et doit représenter, le dossier, un cru- » cifiement, Notre-Dame ou saint Jean, bleu de fin âzur, » l'autre de fin pourpre, et au ciel une Trinité et le champ » d'or, le plus richement et notablement que faire se pourra. »

« 17 octobre 1397. Colart de Laon, peintre, a reçu par » ordre de Monseigneur d'Orléans 40 fr. pour avoir fait de son » mestier l'armoirie de la chapelle qui a esté faicte pour le » service de Monseigneur G. de Bar, à Paris tant pour les pi- » gnons de la dite chapelle, que pour les écus des goutières » de cendal et l'armoirie de la ceinture de l'église. »

« 24 février 1397. Colart de Laon, Jean de Saint-Eloy, Per- » reis de Dijon, Colin de La Fontaine, Copin de Gant, peintres, » reconnaissent avoir receu cent sols parisis, pour plusieurs » ouvrages de leur mestier, par eux faits en la librairie neuve » faite en l'hostel dudit duc d'Orléans, en la rue de la Poterne. »

« 24 avril 1398. Colart de Laon, peintre, reconnoit avoir

(1) Remarquer que l'orthographe change ici et que le mot se termine par un *D*, au lieu qu'à la p. 124, 1er vol., Champollion, il y a un *T*. Le *T* existe également dans Joursenvault.

» receu 32 frans pour causes de harnois (1) de joustes qui fu-
» rent livrés aux écuyers de Monseigneur d'Orléans, quant ils
» joutèrent dernièrement à Saint-Pol : c'est assavoir, pour avoir
» blanchi deux ou trois fois et avoir ramendé les dits harnois,
» parce que les dicts écuyers firent leurs essais plusieurs fois,
» et pardessus avoir houssé de taffetas blanc, et pour avoir
» fait à chascun des écuyers une houppelande ou demi-corps,
» à grandes manches larges et doublé aux lisières par dessous
» du dict taffetas, pour la découpeure, et aussi avoir houssé
» les écus et dessus la houssure fait en loupe de bature et
» d'argent trais et muez. »

Un état de compte prouve quelles étaient les couleurs du prince Louis d'Orléans : « Acquisition de draps de laine rouge, » blanc, gris, bleu, vert et noir, pour la devise des VI cou- » leurs de Monseigneur. »

Après M. de Joursenvault et M. Champollion-Figeac, M. le comte Léon de Laborde, *les Ducs de Bourgogne, études sur les lettres, les arts et l'industrie pendant le 15e siècle*, (1er volume, 1849), a eu l'occasion de s'occuper de Colart de Laon. Voici ce qu'on lit dans ce savant travail :

« Je trouve dans l'inventaire des titres originaux des anciennes archives de Blois (Bibl. nat., dép. de mss, suppl. François, n° 2638, 2), cet article :

» N° 2534. — Acte par lequel Colin de Laon, peintre et valet de chambre du duc d'Orléans, tant en son nom qu'en ceux de

(1) Voici le détail d'un de ces harnois de joûte destiné au duc Louis : « Selle, pimère, chanfrin et écu doré de fin or semé de porc-épics de peinture, et par-dessus toutes ces choses, une couv.... de .... en manière de hauberzière ou d'or gippé, et sur le hauvre du dit seigneur un timbre de po... levé au ront issant d'un rosier, et sur la croupe du cheval de monseigneur un porc-épy... au long et par-dessus la maille tout semé de grandes feuilles d'orties de ... pareillement la croupière du dit cheval fait à mailles (année 1400). »

(Note de M. Champollion-Figeac).

Jean de Saiut-Eloy, Perrin de Dijon, Colin de La Fontaine et Copin de Gant, reconnoissent, etc. Ce Perrin de Dijon et ce Copin de Gant m'étant inconnus, j'ai recherché la quittance originale, acquise à la vente Joursenvault (n° 842), par la Liste civile et conservée maintenant dans la bibliothèque du Louvre ; or, elle mentionne bien le premier artiste, mais le second, au lieu de *Copin de Gand*, s'appelle *Copin de Grant Dent*, erreur du rédacteur de l'inventaire, qu'excuse toutefois l'écriture assez difficile de ce lambeau de parchemin. Voici la copie de l'acte ; elle rectifiera les citations de M. Champollion-Figeac (les ducs d'Orléans, p. 11, part. 3) et de M. Le Roux de Lincy (la bibl. de Ch. d'Orléans, p. 41). « *Colart de Laon*, peintre et varlet de chambre de MS. le duc d'Orliens, en son nom et ès noms de *Jehan de Saint-Eloy*, *Peirin de Dijon*, *Colin de La Fontaine* et de *Copin de Grant Dent*, etc., confesse avoir eu et receu de Jehan de la Chapelle la somme de 100 sols parisis, qui deue lui estoit pour cause de plusieurs besoignes de leur mestier, par euls faictes en la librairie neuve nouvellement faicte, en l'hôtel dudit S, assavoir : à Paris, en la rue de la Poterne, près de l'ostel de Saint-Pol, à l'opposite de la rue des Fauconniers, et si comme ces autres choses sont plus à plain déclairé en lettres différentes de maistre *Renau du Temple*, sergent d'arme et maçon du roy, nostre sire, desquels cent sols parisis le dit Colart, ès dit noms, se tient à bien paiés, quittent, etc., promettent, etc., obligent, etc. Fait l'an mil CCC IIII[xx] dix sept, le dymenche XXIIIIe jour de février.

» G. Acart, Manessier. » (F. 145 (3), bibl. du Louvre.)

A la table alphabétique des *ducs de Bourgogne* de M. de Laborde, on lit :

« Laon (Colart de), peintre du duc d'Orléans. Il travaille aux ornements de la librairie avec un peintre de Dijon, p. XXIII. J'ai beaucoup de renseignements sur cet artiste, ils trouveront leur place dans les volumes suivants. »

Dans le 3e volume du livre de M. Léon de Laborde, on trouve ces deux pièces de dépense :

« 1er Compte des dépenses de l'ostel, année 1382-1383.

» A Colart de Laon, paintre, pour iceulx (des cierges de » cire) paindre armes desditz seigneurs (le roy, les ducs de » Berry, de Bourgogne, Valois et Bourbon) et y mettre plu- » sieurs devises — lxiiij s. p. »

« Despense faite par le dit trésorier et argentier pour le fait » de l'obsèque de feu monseigneur le comte d'Eu : A Pierre » Pagant pour iij pièces de drap de racamas, achettées à luy » pour faire le poille à faire la représentation du dit deffunt » baillée à Colart de Laon, paintre, demourant à Paris, pour » ce faire, pour ce xlviij liv. p.

» XIX. Compte Guillaume Brunel pour demy an commen- » çant le premier jour de janvier l'an mil CCC iiij^{xx} et vij et fe- » nissant le derrenier jour de juing l'an mil CCC iiij^{xx} et viij. »

Le peintre Colart fut, on le sait, « paintre et varlet de chambre » en 1390, du duc Louis d'Orléans, et en 1396, varlet de chambre du duc d'Orléans et en même temps du roi Charles VI et de sa femme, Isabelle de Bavière. Ce que M. de Laborde nous apprend des peintres-varlets de chambre des ducs de Bourgogne, de leurs devoirs et de leurs avantages, s'applique à ceux qui incombaient sans doute aux varlets de chambre du duc d'Orléans et du roi, par conséquent à notre compatriote Colart de Laon :

« Le titre de *varlet de chambre* porté par le grand peintre, *Jean van Eyck*, motive également l'admission de plusieurs articles qui fixent le caractère de ce titre de cour, sans fonctions déterminées. Je dis sans fonctions déterminées, parce que la faveur du peintre, comme les qualités du titulaire, changeaient complètement le caractère de cette charge. Je trouve dans l'importante collection dite des 182 Colbert (Bibl. nat., dép. des mss), deux ordonnances de Philippe-le-Bon, dont je citerai quelques mots :

« C'est l'ordonnance faitte par Monseigneur le duc de Bour- » gongne, comte de Flandres, d'Artois et de Bourgongne, par

» l'advis de son conseil, sur le règlement de son hostel, en l'an » mil CCCCXXVI, à Bruges, le 14 décembre.

» *Varlés de chambre.*

» M. d. S. aura des varlets de chambre, tels qu'il luy plaira, » lesquels serviteurs à tour, à chacune fois iij, avec le pre» mier varlet de chambre, et seront contét, chacun d'eux, » deux chevaux à gages et au varlet à livré.

» *Boulogne*, garde des joyaux.

» *Jean Prevost*, dit *Fouet*, tapissier.

» *Jean de Bourgongne*, cordonnier, II chevaux à gages et ung varlet à livrée.

» *Hue de Boulogne*, peintre, pareillement que ledit de Bourgongue. »

M. Champfleury promet de mettre à la disposition de la Société les autres renseignements qu'il pourra se procurer. Des remerciements lui sont votés.

M. Éd. Fleury rappelle que dans son étude sur les *Richesses d'un Catalogue*, il a montré M. de Joursenvault restituant à Chauny une école « de bateleurs assez distingués pour avoir » sauté devant des têtes couronnées», notamment Mathieu Lescureux, « bateleur demourant à Chauny » qui reçut quarante sols tournois « pour ce qu'il y a fait audit Chaulny devant » M. de Guyenne et le duc d'Orléans, de jeux et esbatemens, » luy et trois des enffans, » le 12 septembre 1414. Dans les documents divers relatifs aux artistes contemporains de Colart de Laon, envoyés aussi par M. Champfleury et qui n'ont point rapport à notre histoire locale, figure un autre saltimbanque de Chauny, cette fois anonyme. Une quittance du 7 juin 1397 nous apprend que Louis d'Orléans donna vingt sols tournois « à un bateleux de Chauny, joueur de souplesse, » probablement encore pour « *jeux et esbatemens*. »

SIXIÈME SÉANCE.

(15 Mars 1859.)

Présidence de M. **Duchange**, Président.

Ouvrages reçus : 1° Mémoires de la Société des Antiquaires de Picardie (t. 6); 2° Mémoires de l'Académie de Stanislas (Nancy, 1857.); 3° Mémoires de la Société académique d'Archéologie, Sciences et Arts du département de l'Oise (t. 3, 1858); 4° Mémoires de l'Académie Impériale des Sciences, Arts et Belles-Lettres de Dijon (1857); 5° Annales scientifiques, littéraires et industrielles de l'Auvergne (t. 31, 1858).

M. Duchange donne à la Société communication d'un travail sur les vins d'honneur.

La vigne importée par les Phocéens sur les rives de la Méditerranée s'était propagée bientôt dans les provinces méridionales de la Gaule; elle s'avança plus lentement vers le Nord. Sur la fin du 3e siècle, l'empereur Probus l'introduisait en Bourgogne. Ce n'est qu'à partir du 5e qu'elle atteignait les collines du Laonnois. Dieu sembla lui dire alors, comme à la mer : « Tu n'iras pas plus loin. » En effet, les tentatives faites pour l'acclimater au-delà sont toujours restées infructueuses.

Implantée à cette époque sur notre montagne, la vigne y prospéra, et bientôt, gagnant de proche en proche, elle en couvrit les flancs d'un ample manteau vert qu'émaillaient, à l'automne, de nombreuses grappes d'un bleu d'azur ou d'une brillante couleur d'or. La montagne, jusqu'à la fin du siècle dernier, conserva intacte cette belle et riche parure.

Il n'entre pas dans notre sujet de dire comment il n'en reste plus, hélas ! aujourd'hui que des lambeaux ; comment la création de routes nouvelles et de nouveaux canaux, comment la facilité toujours croissante des moyens de transport, amenèrent jusqu'au sein de nos vignobles les vins des meilleurs crûs de la France, à des prix tels qu'ils firent à nos modestes produits une mortelle concurrence ; comment enfin des absences consécutives de récolte achevèrent de décourager les propriétaires qui arrachèrent successivement leurs vignes, dont quelques-unes à peine ont obtenu grâce. Ils les remplacèrent, triste nécessité, par d'humbles plants d'asperges dont la récolte annuelle, moins exposée aux caprices des saisons, leur offre, au moyen d'une facile exportation, des produits qui semblent moins riches peut-être, mais qui, en réalité, sont plus constamment assurés.

La physionomie de la montagne n'y a point gagné : aride en apparence pendant la majeure partie de l'année, ce n'est qu'après la coupe des asperges, vers la fin des beaux jours, que la terre se couvre de forêts lilliputiennes au feuillage aiguillé, aux baies d'un rouge éclatant, sur lesquelles se repose agréablement la vue.

Les vins de Laon, légers et d'un goût agréable, ont joui jadis de quelque réputation ; ils ont marché de pair, dans maints festins royaux, avec les meilleurs vins de France ; c'est ce que semblent indiquer quelques vers cités par M. Melleville dans son Histoire de Laon ; on servit, dit l'auteur,

« Vins i bons et précieux,
» A boire moult délicieux. »

et, après une longue énumération de ces vins, nous lisons :

« D'Espaigne, d'Anjou, d'Orlenois,
» D'Auceure et de Laonnois,
» De Saint Jéhan, etc. »

« Au sacre de Charles IX, nous dit de son côté un autre

» historien de Laon (1), on présenta au prince des vins du » Rémois et du Laonnois, et c'étaient les derniers qui *coûtaient* » *le plus cher.* » L'auteur toutefois n'ajoute pas s'ils étaient les meilleurs; s'il en était ainsi, il est évident qu'aujourd'hui le vin laonnois doit s'humilier bien profondément devant son heureux rival que se disputent et fêtent les deux mondes.

Quoi qu'il en soit de la valeur du vin laonnois, il n'était pas pourtant sans mérite; plus d'une fois en effet il a été offert, parmi d'autres, soit comme témoignage de reconnaissance pour des faveurs accordées ou des services reçus, soit enfin, sinon comme moyen de séduction, tout au moins comme prévenance intéressée pour s'assurer un appui. C'est ce qui ressortira de cette notice.

La coutume d'offrir *le vin d'honneur* remonte sans aucun doute aux époques les plus reculées. Nous en avons en vain recherché l'origine; nous nous croyons fondé toutefois à penser qu'avant de s'appeler de ce nom, il était tout simplement *ce vin de l'hospitalité* que nos pères offraient, à l'arrivée, à l'hôte qu'ils attendaient, au pélerin ou même au voyageur inconnu qui réclamait un abri sous leur toit, et que les poètes des différents âges nous peignent souvent circulant dans de larges coupes d'or.

La plupart des peuples regardaient l'hospitalité comme un des devoirs les plus sacrés. La création des routes, la facilité des communications, la construction des hôtels publics rendirent ce devoir moins impérieux; peu à peu on se dispensa, d'une part, d'offrir l'hospitalité, de l'autre, de la réclamer, et elle finit par disparaître entièrement. Il n'en resta comme souvenir que la coutume d'offrir, avec grand apparat, *le vin d'honneur* aux souverains et aux grands personnages à leur entrée dans les villes où ils devaient séjourner plus ou moins longtemps. Cet usage qui s'est conservé jusqu'à la fin du siècle dernier, subsiste encore en partie dans nos villes du nord. C'est-à-dire que lorsque quelques compagnies de musiciens,

(1) M. Devisme.

d'archers, d'arbalétriers se rendent d'une ville à l'autre pour un concours, *le vin d'honneur* est avant tout présenté aux visiteurs.

Dans les villages mêmes qui, bien plus fidèlement que les villes, conservent les pieuses et naïves coutumes de nos pères, ne retrouvons-nous donc pas encore une faible image de cette coupe d'hospitalité des anciens, dans ce modeste *verre de vin* que l'habitant des campagnes s'empresse d'offrir tout d'abord, de grand cœur et sans apprêt, à l'ami ou au voyageur qu'il reçoit dans son humble demeure.

Mais nous verrons que ces *vins d'honneur* ou *d'hommage* n'attendaient pas toujours la venue des grands personnages; ils allaient souvent les trouver au lieu même de leur résidence, portés par une députation du Conseil de ville qui les avait votés.

Le 20 juin 1679, le Conseil de ville a appris le retour en France du cardinal d'Estrées, évêque de Laon, et son arrivée à Paris, à la suite d'une de ces nombreuses missions politiques dont le roi le chargeait; « les avis pris de la compagnie, il a été » résolu qu'il sera vu en la ville de Paris pour le féliciter de » son heureux retour et lui présenter une pièce de vin en » bouteille, tant à son Eminence qu'à M. le marquis de Cœu- » vres et à M. l'abbé d'Estrées, son frère, et pour cet effet a » été députée la personne de M. Claude Delarbre, avocat et » receveur de ville. »

On avait connaissance, le 29 février 1680, que la Cour avait quitté Saint-Germain pour se rendre à Villers-Cotterêts et de là à Soissons; on savait que le cardinal d'Estrées était du voyage; les gouverneurs de ville exposent « que c'est une occasion fa- » vorable de le voir et de lui rendre les civilités de la part de » la ville. » Le Conseil arrête: « qu'on enverra à Soissons » *deux charges de vin et tout le gibier* qui pourra se trouver. » Le doyen de St-Jean-au-Bourg (1) de cette ville qui est auprès » de lui, sera prié de présenter *le vin* à Son Eminence. » Le receveur de la ville est chargé de cet envoi.

(1) Une des paroisses de Laon.

On voit avec quel empressement la ville saisissait les moindres occasions de témoigner de son respect pour les hauts dignitaires; mais quelquefois des obstacles venaient suspendre, sinon arrêter entièrement ses bonnes intentions. Les gouverneurs de ville, par exemple, représentent, le 18 mars 1693, « que le prix excessif des vins, joint au besoin d'argent qu'a » la ville, la met hors d'état de pouvoir faire *les présents ordi-* » *naires* de vin, tant à Paris qu'en cette ville. Les avis pris du » Conseil, il a été résolu qu'il ne serait fait aucune provision » de vins, mais seulement qu'il en serait acheté, dans l'occa- » sion et besoin, pour rendre les honneurs aux seigneurs qui » peuvent passer en cette ville. »

Cette suppression forcée des cadeaux ordinaires dura à peine un an, ainsi que nous le constaterons en son lieu. Mais, le 21 avril 1699, le Conseil agitait de nouveau, et cette fois sans en déduire le motif, la question de savoir si on continuerait d'envoyer suivant l'usage, en certains jours de l'année, *le vin d'honneur* aux officiers de la ville; après délibération, « il » a été résolu qu'il était à propos d'observer cette coutume. »

Cette fois, le cardinal d'Estrées revient de Rome; le Conseil de ville s'empresse de nouveau de « le féliciter, de lui donner » des marques de reconnaissance et de respect pour la protec- » tion qu'il a toujours accordée à la ville. » On arrête en conséquence (5 janvier 1694) qu'une députation se rendra à Paris pour le complimenter, et lui fera conduire *le vin, le meilleur*, et en telle quantité qu'elle jugera convenable.

Aujourd'hui (4 mars 1700), c'est le maire qui rend compte du voyage qu'il a fait à Paris pour porter les compliments de condoléance de la ville, et *présenter les vins de présents* à l'ordinaire à MM. le cardinal et le duc d'Estrées, à l'occasion de la mort de Mgr d'Estrées, duc et pair et gouverneur de Laon.

Saint-Simon fixe le décès de ce dernier au mois de septembre 1698, et le compliment de la ville paraîtrait au moins tardif, si nous n'expliquions pourquoi le compte-rendu du maire se trouve seulement à la date que nous avons indiquée.

Le registre des actes du Conseil s'était égaré, et le greffier avait été appelé « par devant Mgr l'intendant, pour s'entendre » condamner à la représentation dudit registre, comme dépo- » sitaire d'icelui, sinon à payer la somme de 10,000 livres » pour les dommages et intérêts de la ville (1). » C'était, ce nous semble, un stimulant assez puissant pour assurer l'activité des recherches et garantir à l'avenir une plus soigneuse surveillance ; quoi qu'il en soit, ce registre ne put jamais être retrouvé (2). Or le maire, pour la régularisation des dépenses de son voyage et *du vin de présent*, avait demandé la reproduction de la délibération à la date que nous avons rapportée.

Une circonstance plus gaie appelait de nouveau le maire à Paris. Une lettre, reçue le 10 septembre 1707, lui annonçait le prochain mariage du duc d'Estrées, gouverneur de la province d'Isle de France et de la ville. Le Conseil, consulté à cet effet, arrêtait qu'il convenait d'aller rendre aux membres de cette noble famille « les honneurs extraordinaires qui leur » sont dûs avec *vin et confitures*. » Le maire, parti dès le lendemain pour la capitale, « avait eu l'honneur de présenter au » cardinal, au duc, notre gouverneur, et à Mme la duchesse » son épouse *les respects*, *le vin d'honneur et les confitures*, » avec le plus de solennité qui lui avait été possible, pour ré- » pondre à la grandeur et à la dignité des dits seigneurs (3). »

Le 27 février 1708, une nouvelle députation est chargée « de se transporter en cour » pour offrir à M. Desmarets, nommé à la charge de contrôleur général des finances, et aussi à Madame, toujours dans le même style et avec le même apparat, *compliments*, *vin d'honneur et confitures*.

Jours fastes et néfastes, évènements de toute nature, étaient, on le voit, pour le Conseil toujours attentif, un sujet d'hommages et de cadeaux.

M. de Rochechouart, nommé à l'évêché de Laon (4) après la

(1) Cette dernière délibération est à la date du 24 juillet 1699.

(2) Il y a en effet une lacune dans les registres des délibérations du mois d'août 1694 au mois d'avril 1699.

(3) Délibération du 12 septembre 1707.

(4) 25 juin 1741.

mort de M. de Lafare son prédécesseur, faisait son entrée solennelle dans cette ville le 18 décembre 1741, accompagné de l'évêque de Soissons. Toutes les cloches de la cathédrale, des maisons religieuses et des paroisses sonnaient; le corps de ville « en robes de cérémonie, assisté de son cortège, » l'attendait entre les deux portes St-Martin; là, le maire le complimenta; Monseigneur fit ouvrir la portière de « son carrosse » et s'avança pour entendre plus commodément; il répondit » avec une sagesse digne de sa place et de son rang. » La milice bourgeoise bordait la haie; « les blasons du prélat accom» pagnés de guirlandes et de fleurs » ornaient les portes de la cité, de l'hôtel-de-ville et du palais épiscopal. « Le corps de ville » se mit en marche précédé, comme de coutume, de ses guets » et sergents, et, après *avoir pris le vin* à l'hôtel-de-ville, » (c'est-à-dire évidemment s'en être chargé) « se rendit au palais » épiscopal, où le maire eut l'honneur de le complimenter de » nouveau et de lui *présenter le vin*, ce qu'il reçut aveo des » marques de satisfaction. »

« La ville fut ensuite joindre Mgr l'évêque de Soissons qu'elle » complimenta aussi et lui présenta *le vin d'honneur*.

Le lendemain se fit à la cathédrale, avec une grande solennité, la prise de possession réelle du nouvel évêque. Le reste de la journée se passa en fête.

Au mois de juillet 1744, on attendait à Laon l'arrivée du roi Louis XV; « menant, dit une relation de l'époque, un corps de » troupes de son armée de Flandres à celle du Rhin; » on était également instruit que le duc de Gesvres, alors gouverneur de la ville, devait s'y rendre de son côté pour y régler, de concert avec l'autorité locale, le cérémonial à suivre pour la réception royale, et y rester pendant le séjour du roi.

Le duc de Gesvres arriva en effet le 25 juillet. Toutes les compagnies de milice bourgeoise étaient sous les armes, ainsi qu'une *compagnie de jeunesse* et des plus notables bourgeois et marchands, avec hautbois et tambours; le corps de ville en habits de cérémonie, attendait le duc à la porte Lussaut. A son arrivée, le canon retentit, le maire vint lui présenter sur un bassin d'argent les clefs de la ville, et le duc fut escorté jusqu'à la maison qui devait le recevoir, « ayant trouvé dans » toute sa route les compagnies en armes et les fenêtres des » habitants illuminées qui, par leurs acclamations, lui annon» cèrent la joie que l'on ressentait de son arrivée. »

« Le corps de ville, *ayant ensuite pris le vin*, se rendit à l'hôtel » de ce seigneur, *où après avoir été complimenté par le maire*, » *le vin lui fut présenté*, *et répondit au compliment* avec beau» coup de douceur, de politesse et d'offres de protection. »

La visite du roi avait appelé auprès de lui tous les hauts personnages des villes voisines; l'intendant de Soissons était du nombre. Sa femme était venue à Laon le 26 juillet; vers huit heures du soir elle descendit chez le maire, où bientôt « MM. de » l'échevinage s'étant rendus auprès d'elle, l'un d'eux prit la » parole, la complimenta au nom de la ville et lui présenta les » confitures sèches. » Nos pères, plus galants que nous, faisaient, on le voit, des visites officielles aux dames.

Le 27 enfin, le roi arrive. On avait déployé comme toujours un grand luxe de tentures, de guirlandes et de fleurs, d'arcs de triomphe enfin, ornés de devises plus ou moins ingénieuses; nous n'en citerons qu'une seule à cause de l'intention qui l'avait dictée. A la porte Lussaut, au-dessous d'un cartouche aux armes de la ville, on lisait ces mots : *Est quoque summus amor*. « Cette inscription, dit la relation déjà citée, fait allu» sion et à la hauteur de la montagne et à l'amour de ses ha» bitants pour leur roi. »

Cette devise, d'une invariable vérité, à moins que la montagne vînt tout-à-coup à s'affaisser, était reproduite, soixante ans plus tard, en l'honneur du Premier Consul quand on attendait sa visite à Laon. On aimait, on le voit, à économiser les frais d'imagination.

Le roi, passant à cheval « avec toute sa cour sur la » chaussée de Saint-Marcel à Vaux, fut salué par une triple » décharge du canon du rempart; il monta le mont de Vaux et » arriva à la porte de la ville où l'attendaient les autorités; » les clefs furent présentées à S. M. par Mgr le gouverneur et

» M. le maire, dans un bassin d'argent tenu par M. le lieutenant » de maire; ensuite le maire ayant mis un genou en terre, » ainsi que tout le corps de ville, complimenta le roi sur ses » conquêtes et présenta à S. M. les vœux et les respects des » habitants.

» Le roi, ayant fait signe au corps de ville de se lever, » écouta avec beaucoup de bonté le compliment, et, après » avoir donné des marques de son affection par un salut au » corps de ville, fit remettre par son capitaine des gardes (1) » les clefs qui lui avaient été données.

» Ensuite le roi entra dans la ville au son de toutes les clo- » cles, précédé et suivi de toute sa cour, et des gendarmes » et chevau-légers de sa garde, et s'en alla mettre pied à » terre à la porte de la cathédrale, où, après avoir été reçu par » Mgr l'évêque et son chapitre, et après sa prière, sortit par » la porte du côté de l'évêché pour se rendre au *Louvre*, au » milieu des acclamations et des cris de : Vive le roi !

» Le corps de ville se rendit ensuite au *Louvre* avec *le vin;* le » maître des cérémonies le plaça à la porte de la chambre du » roi, et S. M. étant sortie peu de temps après, le maire, met- » tant un genou en terre, ainsi que le corps de ville, présenta » au roi *le vin*; puis il se rendit dans la grande salle pour » diner en public. » Ce n'était là que le prélude de la fête qui fut très brillante et dura pendant les deux jours que le roi séjourna à Laon. Mais nous nous arrêterons ici, nous en avons dit tout ce qui nous regardait.

En 1778, M. de Sabran, après la mort de l'évêque son prédécesseur, fut nommé au siège de Laon. Avant de parler de son installation, et puisque nous recueillons quelques traits de mœurs anciennes, nous en reproduirons un qui ne tient à notre sujet que parce que la réception du nouvel évêque en fut l'occasion. A une demande présentée par le maire et les échevins, le gouverneur répondait : « J'approuve volontiers » que la milice bourgeoise prenne les armes, mais elle ne

(1) Le duc de Villeroi.

» peut avoir le pas sur la garnison qui est une troupe réglée, » qui prend le pas sur toute la compagnie bourgeoise. » C'est tout le contraire qui se pratique aujourd'hui.

L'évêque devait arriver le 17 mai ; on avait fait de grands préparatifs pour le recevoir ; trois arcs de triomphe avaient été élevés ; ils étaient couverts de diverses allégories ; le troisième, dit le procès-verbal, « présentait dans un ovale l'em» blême suivant : un lion (allusion aux armes de la maison de » Sabran), un lion couché levant la tête, semblait veiller sur » un troupeau qui paissait sous sa garde ; dans l'enfoncement, » trois loups prenaient la fuite, épouvantés par son aspect. » L'inscription portait :

« Hosti terribilis,
» Tuto mansuetus ovili. »

Sans cette prévoyante interprétation, les innocentes brebis auraient pu s'effrayer bien moins encore des loups que de leur formidable gardien.

L'évêque, à son entrée à Laon, fut reçu par le corps de ville, en habits de cérémonie, escorté de la milice bourgeoise que précédait une musique militaire, au son des cloches et au bruit du canon. Quel appareil guerrier pour un ministre de paix !

Après le compliment du maire, l'évêque fut conduit en grande pompe jusqu'au palais épiscopal. « Le corps de ville » ne tarda pas à s'y rendre pour y présenter le *vin d'honneur* à » Monseigneur. »

Le maire le complimenta de nouveau ; le prélat lui répondit de la manière la plus gracieuse et termina en disant « qu'il » était infiniment sensible aux hommages d'une ville qu'il ché» rirait toujours, et dans laquelle il voulait vivre et mourir. »

Ce vœu tout paternel ne devait pas se réaliser : dernier évêque de Laon, M. de Sabran, qui avait rendu à la ville des services justement appréciés, y fut surpris par la révolution, émigra et alla mourir sur la terre étrangère.

Nous bornerons ici les exemples de la coutume d'offrir aux

grands personnages le *vin d'honneur* comme symbole d'une loyale et gracieuse hospitalité, comme hommage de respect et de dévouement ; nous allons montrer que les présents de vin s'offraient souvent aussi comme témoignage de reconnaissance.

Le 14 mai 1679, les gouverneurs de la ville exposent au Conseil que, suivant la résolution prise précédemment de faire présent de *quelque vin, du meilleur du pays*, à M. Charpentier (*), M. Binot (**), son beau-frère, et aussi à M. Ruzé, « en » reconnaissance des bons offices qui ont été rendus aux ha» bitants de la ville et qu'on peut encore espérer à l'avenir, » les dits gouverneurs avaient fait voiturer trois pièces de vin » de Cuissy (1) en la ville de Paris, qui avaient été présentées, » savoir : deux pièces à M. Charpentier, une demi-pièce à » chacun des deux autres. » Ce vin, à ce qu'il paraît, se me» surait, comme la reconnaissance, au plus ou moins d'influence du protecteur et à l'importance de la part prise au service rendu.

La ville avait un procès contre le clergé qui se refusait de payer les droits de huitième. M. Desmarets (2) père avait été prié de recommander chaudement aux soins de son fils (3), intendant des finances à Paris, cette affaire que Colbert avait chargé ce dernier de suivre, et sur laquelle il lui avait demandé un rapport. On apprend (13 septembre 1679) que M. Desmarets père vient d'arriver à Soissons avec MM. Hubert et Gaillardon. Qu'étaient ces derniers ? Nous l'ignorons ; mais il paraît ou qu'ils avaient rendu déjà, ou qu'ils pouvaient

(*) Premier commis du marquis de Lonnois, secrétaire d'Etat.

(**) Avocat au Conseil d'Etat.

(1) Abbaye de l'ordre des Prémontrés, aujourd'hui maison d'exploitation à 25 kil. de Laon ; les vignes qui en dépendent produisent encore aujourd'hui un vin fort estimé.

(2) D'une ancienne famille de Laon. Il avait été procureur du roi au présidial de cette ville.

(3) Il devint plus tard contrôleur général des finances. Il avait épousé la sœur du grand Colbert.

rendre des services dans l'intérêt du procès, car le Conseil de ville arrête : « qu'on verra ledit sieur Desmarets à Soissons » pour le remercier de l'affection qu'il a montrée pour la ville, » et que pour cet effet une députation de deux membres sera » priée de se transporter audit Soissons pour témoigner audit » sieur Desmarets la reconnaissance des habitants, lui présen- » ter *du vin* de la ville, et auxdits sieurs Hubert et Gaillardon » auxquels elle est priée de faire civilité et recommander les » intérêts de la cité. »

Les deux députés chargés de cette mission ne trouvèrent plus à Soissons ceux vers qui ils avaient été envoyés ; ils étaient repartis déjà pour Paris. Mais nos commissaires n'étaient pas hommes à se décourager pour si peu ; ils mirent tout simplement le vin au coche et le firent présenter, en cette dernière ville, à M. Desmarets fils à qui ils avaient écrit de Soissons pour l'en prévenir.

Les gouverneurs exposent (20 septembre 1679) qu'ils ont eu avis que ce dernier est chargé de l'affaire ; mais qu'il avait donné à entendre au fermier des droits de huitième qu'il avait reçu une lettre par laquelle on lui mandait que la ville ne prenait pas d'intérêt à l'affaire. Les gouverneurs pensent donc qu'il est à propos de détruire cette fâcheuse impression. Il a été en conséquence résolu « qu'il sera envoyé *du vin en bou-* » *teille* aux sieurs Hubert et Gaillardon, et que le prévôt » prendra la peine de leur faire une lettre de civilités pour les » prier de continuer l'affection qu'ils avaient témoignée à la » ville ; et *au regard* du sieur Desmarets fils, qu'il lui sera en- » voyé *deux demi-pièces de vin du meilleur de la ville*, et que » les mêmes députés iront à Paris lui recommander l'affaire et » détruire la mauvaise impression qu'aurait pu lui laisser la » prétendue indifférence de la ville. »

Ce dernier présent de vin, comme on voit, avait un double but ; tout en acquittant le passé, il devait préparer favorablement l'avenir.

Les logements de gens de guerre ont été de tout temps une lourde charge pour les habitants des villes, mais surtout à une époque où la discipline était loin de mettre, comme aujourd'hui, un frein aux exigences du soldat; aussi les villes étaient-elles toujours disposées à faire des sacrifices pour échapper à ce fardeau, et leur reconnaissance ne faisait pas défaut à qui les en dispensait.

« Le marquis de Montchevreuil, colonel du régiment du » roi, alors en garnison à Soissons, porté d'affection pour les » habitants de la ville (de Laon), leur a rendu un bon office, » en ce qu'il a empêché un bataillon dudit régiment de venir » loger en cette dernière ville. » Sur cet exposé fait par les gouverneurs (8 avril 1680), le Conseil a résolu que « le sieur » marquis de Montchevreuil sera vu de la part de la ville pour » le remercier du bon office qu'il a rendu aux habitants et lui » *présenter du vin*. Le lieutenant de maire et le receveur sont » chargés de cette mission. »

Je doute que la ville de Soissons, qui conservait tout le régiment, fût aussi satisfaite que celle de Laon; mais nous sommes ainsi faits; toujours un petit grain d'égoïsme se glisse dans nos actions; et nos bons aïeux se réjouissaient d'être soulagés d'un poids, sans trop se préoccuper qu'il devînt une surcharge pour leurs voisins.

Le fermier des aides avait voulu prélever, au profit du Trésor, les droits de huitième sur les vins et autres boissons vendus en détail; la ville les revendiquait comme faisant partie de ses revenus. Un procès s'en était suivi. Le 29 juin 1694, « l'affaire a été rapportée et jugée au Conseil privé du » roi, qui a prononcé pleine et entière confirmation du patri- » moine et privilège de la ville. » Le gain de ce procès est dû à la protection du cardinal d'Estrées, du duc d'Estrées et de l'évêque de Laon « qui ont eu la bonté d'appuyer notre bon » droit, dit le maire, de l'honneur de leur crédit et fortes » sollicitations. » Le Conseil arrête en conséquence, le 2 juillet, que « les gouverneurs de ville écriront sans retard à » son Eminence et à leurs Grandeurs des lettres de très-hum- » bles remerciements, et qu'il sera incessamment choisi et » acheté *six demi-pièces de vin, le meilleur et le plus exquis que*

» *l'on pourra trouver*, pour être envoyé à nosdits seigneurs, » en actions de grâces et marques de reconnaissance, pour » l'honneur de la protection qu'ils ont accordée à cette ville, » singulièrement en cette rencontre, dont le public et tous » les particuliers doivent conserver éternellement la mémoire. » Aux termes chaleureux de cette délibération et à l'importance du cadeau, on peut juger de la joie que causait à la ville le gain de ce procès.

Nous entrons dans la troisième série des présents de vin. Le Conseil qui, nous l'avons vu, a consciencieusement acquitté ses dettes de reconnaissance, n'hésite pas à s'en créer d'autres en réclamant de nouveaux services, et, bien que confiant dans la justice et la bonté de sa cause, il n'en pense pas moins qu'un petit cadeau, à l'appui de sa demande, ne peut que préparer favorablement la réalisation de ses vœux. Aide-toi, le Ciel t'aidera.

Avis a été donné que le roi qui est à l'armée en doit partir dans peu de jours, pour revenir à St-Germain, et que M. le marquis de Lonnois et son commis qui le suivront « pourraient » travailler, dans peu de temps, au *département* des quartiers » d'hiver. » Le Conseil pense qu'il est important de *prévenir* M. Charpentier et de savoir de lui par quelles démarches on pourrait éviter à la ville « une trop grande charge de troupes. » Il arrête, en conséquence (16 mai 1676) qu'il sera envoyé audit sieur Charpentier *une pièce de vin*, et que, aussitôt après son retour, il lui sera écrit pour s'informer de « ce qu'il » y aura à faire pour être traité favorablement pendant le quartier d'hiver, et notamment s'il serait nécessaire d'envoyer » des députés en cour pour cet effet. »

Le 27 juillet suivant, les gouverneurs de ville représentent « que le roi étant retourné de l'armée de Flandre à Versailles » et aussi tous les officiers de la maison de M. de Lonnois, il » était à présumer qu'on ne serait pas longtemps sans travailler *aux départements* des troupes dans les quartiers » d'hiver, et pourquoi il était très-important de voir et prévenir M. Charpentier, pour le prier de se souvenir d'avoir en

» recommandation les intérêts des habitants de la ville, et de » faire en sorte que, pendant le quartier d'hiver, ils soient » chargés de peu de gens de guerre, et de Suisses ou autres » étrangers qui sont en quelque façon plus supportables et » moins à charge. » Le compliment était évidemment peu flatteur pour les troupes françaises et devait paraître d'une franchise un peu rude peut-être aux hauts personnages de cour à qui s'adressait la requête. « Et, pour cet effet, » continue la délibération, « de lui faire dès à présent, sans at» tendre plus tard, le *présent ordinaire de deux pièces de vin*, » du meilleur qui pourra se rencontrer. » Le Conseil arrête qu'il en sera fait ainsi, et, en outre, « que pour ce qu'il est » nécessaire d'avoir une personne affectionnée auprès du » sieur Charpentier, à qui on puisse écrire pour le voir et » tenir de lui les avis nécessaires de ce qui sera à faire dans » les occasions pour le bien et soulagement de la ville, et que » M. Binot, avocat au Conseil, beau-frère dudit sieur Charpen» tier et qui fait sa demeure près de lui, s'est offert de rendre » ce bon office au corps de ville, ledit sieur Binot sera re» mercié et prié de continuer sa bonne volonté, et, pour *l'y » obliger d'autant plus*, lui sera présenté une *demi-pièce de vin.* » On ne peut s'empêcher de sourire de cette naïve association de mots : *l'obliger de continuer sa bonne volonté.* « Le receveur » de ville se transportera à Paris et à Versailles, si besoin est, » et fera voiturer *les deux pièces et demie de vin.* » C'étaient donc trois pièces de vin que ce M. Charpentier recevait dans l'espace de deux mois.

Une année ne s'est point écoulée, et nous retrouvons une quatrième pièce de vin enregistrée au nom du même Charpentier. On serait vraiment tenté de croire que la ville s'était chargée d'approvisionner ses celliers.

M. de Lonnois a écrit du camp de Valenciennes, à la date du 20 mars 1677, aux gouverneurs de Laon « que le régiment » de Bellegarde cavalerie, composé de huit compagnies, avait » ordre de venir en cette ville, pour en partir le 25 d'avril, » qui était un mois et plus; ce qui, disaient les gouverneurs,

» causerait un grand désordre, attendu qu'il n'y avait ni foin, » ni fourrages dans la ville. » Le Conseil arrête en conséquence, « qu'il sera acheté *une pièce de bon vin* pour l'envoyer à » M. Charpentier, premier commis de M. de Lonnois, au camp » de Cambrai, par *homme exprès*, *en bouteille*, et le prier de » faire ce qu'il pourra pour le soulagement de la ville (1). »

La ville, à tout évènement, s'était pourvue des fourrages nécessaires, et bien elle avait fait ; car, le 18 avril suivant, deux des compagnies annoncées entraient en ville et six autres arrivaient le lendemain. Ne serait-ce pas bien le cas de s'écrier avec Chicaneau : « Eh ! rendez-donc l'argent ! »

Il faut croire toutefois que la ville était sans rancune, ou qu'elle avait été mieux traitée dans d'autres circonstances, car sa confiance ne s'est en rien altérée et elle continue de poursuivre de ses pièces de vin ce bon M. Charpentier. Les gouverneurs sont prévenus qu'on va de nouveau s'occuper de la répartition des troupes en quartiers d'hiver, le Conseil pense qu'il y a lieu d'envoyer en cour un ou deux députés chargés « de voir et solliciter les personnes qui ont du crédit, » pour décharger, ou au moins soulager les habitants. » C'est toujours à M. Charpentier qu'on a recours ; à cet effet, et toujours sans doute pour *obliger sa bonne volonté*, il lui sera envoyé *deux pièces de vin*, *et du meilleur*.

Nous ne pousserons pas plus loin la reproduction de ces délibérations qui, différant peu dans leur forme, ont presque toutes les mêmes motifs et semblent tendre au même but. Ne doit-on pas respecter plus que blâmer cette simplicité et cette bonne foi avec lesquelles nos bons aïeux appuyaient de cadeaux de vin leurs remerciements pour des services administratifs justement rendus, ou étayaient de ces mêmes présents des demandes qu'ils pensaient fondées. Ils discutaient l'opportunité de ces dons publiquement, en plein conseil, et toujours un ou deux membres en accompagnaient l'envoi pour les présenter aux personnages auxquels ils étaient destinés.

(1) Délibération du 12 avril 1677.

Jamais la plus légère idée de corruption n'entra dans la pensée des conseillers ; ils ne voyaient que les seuls intérêts de la ville confiée à leur sollicitude, et ils croyaient devoir les défendre par tous les moyens que leur suggérait leur dévouement et que ne condamnait pas l'honneur. Tels étaient, à leurs yeux et dans leur conviction, sans doute, ceux dont nous avons parlé.

Mais les intentions pouvaient cesser d'être pures ; le désintéressement pouvait faire place à l'égoïsme; la reconnaissance pour le passé cacher le dessein d'engager l'avenir ; la séduction enfin chercher à triompher de l'impartialité ; et cette coutume, qui paraissait innocente d'abord, fut supprimée comme pouvant devenir coupable. Les intentions fussent-elles restées pures d'ailleurs, elles pouvaient ne le pas paraître aux yeux de tous, et dès-lors ces moyens douteux durent être écartés ; de nos jours, le fonctionnaire, ainsi que le magistrat, ne doit même pas être soupçonné.

Il ne restera donc plus aucune trace des présents de vin. Nous avons dit, en commençant, les rares circonstances où se retrouve encore quelque souvenir des *vins d'honneur* dont nous allons parler une dernière fois. On verra, comme déjà nous avons eu l'occasion de le faire ressortir ailleurs, que les vieilles coutumes jettent de si profondes racines qu'elles résistent au temps et aux bouleversements des révolutions.

Au mois d'août 1803, sur la foi des journaux, on attendait à Laon la visite du Premier-Consul. L'administration municipale s'était empressée de rédiger le programme des cérémonies qui marqueraient la réception du chef de l'Etat ; on y lit entre autres dispositions :

« Le maire, les adjoints, le Conseil municipal, etc. se ren-
» dront à la porte Lussaut, le jour de l'arrivée, pour y at-
» tendre le Premier-Consul, le complimenter et l'accompagner
» ensuite jusqu'au *Palais consulaire* où *le vin d'honneur* lui sera
» présenté. »

Nous ferons remarquer en passant qu'on décore aujourd'hui du nom de *Palais consulaire* l'hôtel qui doit recevoir le Premier-Consul, comme on avait, on s'en souvient, pompeusement appelé *Louvre* celui qui avait reçu Louis XV.

C'est le dernier exemple que nous trouvions dans nos annales du *vin d'honneur* offert au chef de l'Etat.

Le Premier-Consul ne vint pas.

Laon ne le vit que de loin, lorsque, en mars 1814, Empereur alors, après la bataille de Craonne, il tenta d'enlever la ville aux Russes, et leur disputa pendant une journée entière le village de Clacy. Mais il ne séjourna dans nos murs qu'en 1815, quand, plein d'espoir, il guidait ses aigles aux champs de Waterloo. Huit jours à peine s'étaient écoulés; il revenait sans armée, accompagné seulement de quelques généraux. Il s'arrêta au pied de la montagne; accablé de regrets et de douleur, harrassé de fatigues, il demandait un verre d'eau pour étancher sa soif brûlante....... Etait-ce donc, hélas! le vin d'honneur qui, depuis douze ans, lui avait été réservé (1)!

M. Ed. Fleury pense que M. Devisme, qui écrivait en 1820 ou 1821, aurait dû citer le bon abbé Pluche et son *Spectacle de la Nature* (2). Les premiers, ils ont cité les documents tirés du chartrier de l'hôtel de ville de Reims, d'après lequel l'abbé Pluche a pu dire avant M. Devismes : « Au sacre de Louis IX,

(1) Napoléon, après la bataille de Waterloo, arriva à Vaux, faubourg de Laon, dans l'après-midi du 20 juin 1815; il mit pied à terre à la maison de poste. Le bruit s en répandit bientôt dans la ville. Les autorités, en partie, descendirent la montagne, escortées d'un détachement de la garde nationale, qui se mit en bataille dans la cour de la poste. L'empereur s'y promenait en silence, pâle, abattu; quelques généraux, réunis autour de lui, se tenaient à distance. Ils voyaient avec douleur, par les portes de la cour, passer sur la route, incessamment et en désordre, des soldats blessés. Au bout de quelques instants l'empereur se fit apporter un verre d'eau; au moment où il l'approchait de ses lèvres les spectateurs crièrent : Vive l'Empereur! Il éloigna soudain le verre, et salua avec un triste sourire. Un peu plus tard, il demanda un second verre d'eau, et, cette fois, ce fut lui qui tout d'abord salua; le cri de Vive l'Empereur se fit entendre de nouveau, mais sourd et étouffé sous une profonde émotion.

Le soir il repartait pour Paris, et bientôt quittait la France.

(2) Tome 2, page 377, entretien XIV sur le vin.

» on présenta du vin de Reims de vingt-huit et trente-quatre » francs la queuë, et du vin du païs Laonnois plus cher que » celui de Reims. »

Quelques pages auparavant, l'abbé Pluche, ajoute M. Fleury, répondait au doute de notre honorable président disant que peut-être les vins les plus chers n'étaient pas les meilleurs. En parlant des précautions à l'aide desquelles, depuis cinquante ans environ, la Champagne savait donner de la durée à ses vins qui auparavant se soutenaient peu et ne pouvaient voyager, l'abbé Pluche dit : « Cette méthode, exactement observée à » Cuissy, à Pargnan et dans d'autres cantons du païs Laon- » nois, y produit des vins que toute la Flandre estime presque » autant que ceux de Bourgogne et de Champagne. »

Dans un autre endroit du livre de l'abbé Pluche que M. Fleury n'a pu retrouver, l'écrivain, qui publiait en 1732 son travail dont une partie a probablement été tracée à Laon où il dirigea le collège comme principal, parle avec le plus grand éloge du vin de la *Cuve Saint-Vincent* ; les moines de cette abbaye soignaient sévèrement leur vignoble parfaitement entretenu par eux, et le nom de la *Cuve St-Vincent* était bien connu des gourmets depuis longtemps.

SEPTIÈME SÉANCE.

(5 Avril 1859.)

Présidence de M. **Vallès**, Vice-Président

MM. MELLEVILLE et VALLÈS présentent comme membre titulaire M. Bruyant dont l'admission est prononcée.

M. ÉD. FLEURY donne à la Société communication du livre que M. Prioux vient de publier sous le titre de *Monographie de Saint-Ived de Braine*. La Société est vivement intéressée par l'examen des nombreuses et belles lithographies et gravures dont M. Prioux a illustré son travail.

M. le Curé-Doyen de Crécy adresse à la Société un certain nombre de monnaies anciennes et modernes, qu'il a trouvées dans des travaux exécutés dans le cimetière qui entoure l'église. Remerciement et classement dans les collections de la Société.

M. DEMILLY, au nom de la commission de lecture, dépose le procès-verbal de la délibération prise par cette commission dans sa séance du 22 mars 1859.

M. VALLÈS lit un mémoire de M. Damery sur le degré de pureté des eaux de la montagne de Laon.

Dans un mémoire couronné par l'Académie des sciences le 28 janvier 1856, MM. Boutron et Boudet, chimistes distingués, qui s'occupent depuis longtemps de l'étude des eaux douces, ont exposé une nouvelle méthode pour déterminer d'une manière simple et rapide les proportions des matières en dissolution dans les eaux de sources et de rivières.

L'utilité de cet important système d'expérimentation qui

intéresse à la fois l'agriculture, l'industrie et l'hygiène, ayant attiré particulièrement mon attention, je conçus le projet d'en faire l'application aux eaux calcaires de la montagne de Laon, aussitôt que mes moments de loisirs me le permettraient.

Ce sont les résultats de mes premières investigations dans cette voie (et qui n'avaient d'autre but, d'abord, que de satisfaire ma propre curiosité) que, d'après les conseils bienveillants et réitérés de M. l'Ingénieur en chef, Vallès, j'ai l'honneur de soumettre à l'appréciation de la Société académique de cette ville.

Mais, avant de présenter le résumé des recherches limitées que j'ai pu entreprendre jusqu'à ce jour sur ce sujet, je crois nécessaire de reproduire ici, en les extrayant du mémoire cité plus haut, les développements propres à faire connaître les principes théoriques qui servent de base à cette nouvelle méthode et les instructions pratiques qui doivent servir à diriger la marche des opérations.

Le nouveau procédé d'analyse proposé par MM. Boutron et Boudet a pour point de départ les observations du docteur Clarke sur l'emploi de la teinture alcoolique du savon pour mesurer la dureté des eaux. Il est fondé sur la propriété si connue que possède le savon de rendre l'eau pure mousseuse et de ne produire de mousse dans les eaux chargées de sels terreux et particulièrement à base de chaux et de magnésie, qu'autant que ces sels ont été décomposés et neutralisés par une proportion équivalente de savon, et qu'il reste un petit excès de celui-ci dans la liqueur.

La dureté d'une eau étant proportionnelle aux sels terreux qu'elle contient, la quantité de teinture de savon nécessaire pour y produire la mousse peut donner la mesure de sa dureté.

Tel est le principe que le docteur Clarke a établi, et qui a servi de base à la méthode exposée par les auteurs et appelée par eux *hydrotimétrie*.

Le fait fondamental sur lequel s'appuient MM. Boutron et Boudet, est donc la production de la mousse dans l'eau pure par le savon et l'obstacle que les bases terreuses apportent à cette production en transformant le savon en composés insolubles.

Vient-on, en effet, à verser quelques gouttes d'une teinture alcoolique de savon dans un flacon renfermant, par exemple, 40 centimètres cubes ou 40 grammes d'eau distillée, si l'on agite le mélange il se forme immédiatement à la surface du liquide une couche de mousse légère et persistante ; mais, si au lieu d'eau distillée on emploie une eau plus ou moins calcaire ou magnésienne, le phénomène de la mousse n'apparaît qu'autant que la chaux ou la magnésie contenues dans cette eau ont été neutralisées par une quantité proportionnelle de savon et que l'on ajoute un léger excès de celui-ci qui, ne rencontrant plus de chaux ni de magnésie, manifeste ses propriétés, comme s'il se trouvait en dissolution dans l'eau pure.

La proportion de savon exigée par 40 centimètres cubes d'une eau quelconque pour produire une mousse persistante donne donc la mesure de la quantité de sels calcaires ou magnésiens contenus dans cette eau, et comme pour la plupart des eaux de sources et de rivières, la chaux et la magnésie sont les principales matières qui, combinées avec différents acides, influent réellement sur leur qualité, il est évident qu'en déterminant la proportion qu'elles renferment de ces bases, on détermine la valeur de ces eaux relativement au grand nombre de leurs usages.

La formation de la mousse à la surface de l'eau est d'ailleurs un phénomène si saillant, la proportion de savon reconnue nécessaire pour la produire (un décigramme par litre) est si faible, et le moment où une eau calcaire ou magnésienne cesse de neutraliser le savon et devient mousseuse par l'agitation est si facile à saisir, qu'une dissolution alcoolique de savon peut être considérée comme un réactif extrêmement sensible pour décéler et doser les sels calcaires et magnésiens dans les liquides très-étendus, tels que les eaux de sources et de rivières.

Le mérite essentiel de ce réactif résulte, il faut le remarquer, de cette circonstance, qu'il indique immédiatement lui-même, par un phénomène très-saillant, celui de la mousse, la limite de l'action que les bases terreuses exercent sur lui.

Le savon est employé à l'état de dissolution alcoolique, et pour éviter les inconvénients qui résulteraient de la composition variable des savons du commerce, cette liqueur d'épreuve est titrée au moyen d'une dissolution de chlorure de calcium fondu, contenant 1/4000 de son poids ou 25 centigrammes de ce sel par litre d'eau distillée.

Cette liqueur se prépare de la manière suivante :

On prend :

Savon de Marseille	100 gr.
Alcool à 90° centésimaux.	1,600

On dissout le savon dans l'alcool en chauffant jusqu'à l'ébullition ; on filtre pour séparer les sels et les matières étrangères insolubles dans l'alcool, que le savon peut contenir et on ajoute à la dissolution filtrée :

Eau distillée	1,000
On obtient ainsi.	2,700 gr.

d'une liqueur qui doit avoir un titre très-rapproché de celui fixé ci-dessus, mais qui ne peut être employée cependant sans être soumise à un essai qui en constate la valeur réelle.

Cet essai s'exécute avec les mêmes appareils qui ont été adoptés par MM. Boutron et Boudet pour déterminer la composition des eaux, c'est-à-dire, au moyen d'une petite burette graduée et d'un flacon bouché à l'émeri de 60 à 80 centimètres cubes de capacité, jaugé à 40 centimètres cubes, par un trait circulaire.

La graduation de la burette est faite de telle manière qu'une capacité de deux centimètres cubes et quatre dixièmes, prise à partir d'un *trait circulaire* tracé au sommet de la burette, se trouve divisée en 23 parties égales et que les divisions suivantes sont parfaitement égales aux premières.

Chaque division représente un degré ; mais bien que pour chaque expérience la burette doive être chargée jusqu'au trait circulaire, le 0° n'est marqué qu'au-dessous de la première division. Pour expliquer cette particularité, nous devons faire observer que la proportion d'eau qui a été adoptée par les auteurs de cette méthode pour chaque expérience, est 1/25° de litre ou 40 centimètres cubes, et que, quelle que soit la composion de cette eau, elle doit être considérée comme formée de 40 centimètres cubes d'eau pure, et d'une proportion quelconque de matières capables de décomposer le savon. Or, pour acquérir une certaine viscosité et devenir capable de produire une mousse persistante, 40 centimètres cubes d'*eau pure* exigeant une division de liqueur d'épreuve, la première division de la burette a été réservée pour cet usage et laissée en dehors de la graduation, afin que les divisions suivantes représentassent uniquement et réellement la quantité de savon décomposé par les matières tenues en dissolution dans l'eau.

La liqueur d'épreuve doit être titrée de manière que les 23 divisions comprises entre le trait circulaire marqué au-dessus de 0° et le 23° degré, c'est-à-dire 22 degrés, soient rigoureusement nécessaires pour produire une mousse persistante avec 40 centimètres cubes de la dissolution de chlorure de calcium que nous appelons *normale*.

En conséquence, lorsque la liqueur savonneuse a été préparée dans les proportions qui viennent d'être indiquées, on détermine par une expérience le nombre de degrés que 40 centimètres cubes de dissolution normale de chlorure de calcium en exigent, pour produire une mousse persistante. Si le nombre de degrés observé est 22, la liqueur savonneuse est parfaite; mais s'il est inférieur à 22°, on étend cette liqueur d'une nouvelle quantité d'eau distillée, en calculant qu'il faut environ 1/23° de son poids d'eau pour diminuer sa force d'un degré. On fait ensuite un nouvel essai et on ne s'arrête qu'autant que l'on a obtenu le titre voulu.

D'après ce qui précède, la dissolution normale de chlorure de calcium, étant faite avec 25 centigrammes de chlorure pour un litre d'eau, contient évidemment un centigramme de ce sel pour 1/25° de litre ou 40 grammes.

De là résulte que 22 degrés de liqueur d'épreuve sont neutralisés par un centigramme de chlorure; que 1° correspond à $\frac{0,01}{22} = 0,00045$ de ce sel; et enfin que chaque degré de liqueur d'épreuve neutralisée par 40 centimètres cubes de dissolution normale représente $\frac{0^{gr}01 \times 25}{22} = 0,0114$ de chlorure de calcium dans un litre de cette même dissolution.

Ainsi, comme il est possible, à un demi-degré près, de juger le moment où il se produit une mousse persistante à la surface d'une dissolution, il est évident :

1° Que la liqueur d'épreuve peut accuser $\frac{0,00045}{2}$ soit un quart de milligramme de chlorure de calcium dans 40 grammes d'eau, et doser avec plus d'exactitude, encore, tout autre sel terreux dont l'équivalent chimique serait plus considérable.

2° Qu'en opérant sur 40 centimètres cubes d'une dissolution de chlorure de calcium, on reconnaît à $\frac{0^{gr}0114}{2} = 0^{gr}0057$, soit à 5 ou 6 milligrammes près, la proportion de chlorure de calcium contenue dans un litre de cette dissolution.

D'autre part si, considérant, d'après l'analyse de M. Thénard, le savon marbré du commerce comme formé de :

Soude.	6
Acides gras	64
Eau.	30
	100

on prend, pour son équivalent chimique le nombre 6453, et si, multipliant 0 gr. 25 de chlorure de calcium par 6453, on divise le produit par l'équivalent du chlorure de calcium 693,20, on obtient pour quotient 2 gr. 326 qui représentent la proportion de savon équivalente à 0 gr. 25 de chlorure de calcium.

De là, cette conséquence qu'un litre de dissolution normale de chlorure de calcium doit exiger 23 décigrammes de savon, pour transformer les 0 gr. 25 de sel calcaire en savon insoluble. Or, comme la graduation de la burette d'essai a été calculée de telle manière qu'en opérant sur 40 centimètres cubes de la dissolution normale, la division 23 et le degré 22 correspondent à la production de la mousse persistante, on peut admettre que chaque degré de la burette représente un décigramme de savon neutralisé par un litre de cette dissolution. La composition de la liqueur d'épreuve et la graduation de la burette sont comme on voit, réglées dans de telles conditions qu'en opérant sur 40 centimètres cubes d'une dissolution quelconque de chlorure de calcium, on peut savoir immédiatement par le degré correspondant à la production de la mousse persistante, la proportion du chlorure contenue dans un litre de cette dissolution et la proportion de savon qu'il doit neutraliser.

Il est évident d'ailleurs qu'une dissolution d'un sel de chaux, de magnésie, de baryte, ou de toute autre base capable de former un composé insoluble avec les acides de savon, peut être analysée au moyen de la liqueur d'épreuve, aussi facilement qu'une dissolution de chlorure de calcium; qu'il serait facile de fixer par un simple calcul de proportion, les poids correspondants à un degré de la burette par chaque litre de dissolution, pour les sels à bases terreuses, et d'en dresser une table qui permettrait de connaître très-rapidement les résultats de ces analyses.

Si au lieu d'une dissolution de chlorure de calcium, on soumettait à l'expérience une eau de source, de puits ou de rivière, contenant, comme cela arrive le plus ordinairement, des sels de chaux et de magnésie, le degré observé indiquerait tout à la fois la proportion de chlorure de calcium et la proportion de savon neutralisée équivalant à ces sels, pour un litre de l'eau examinée.

Rien de plus simple dès-lors que d'obtenir ce double résultat pour une eau quelconque, puisqu'il suffit pour cela de déterminer par une expérience rapide combien 40 centimètres cubes de cette eau exigent de degrés de liqueur d'épreuve pour produire une mousse persistante.

Supposons, par exemple, qu'une eau ait donné le degré 20; ce degré fera connaître :

1° Le numéro d'ordre de l'eau examinée, dans une classification méthodique, qui aurait pour point de départ l'eau pure représentée par 0°;

2° La proportion de chlorure de calcium équivalente aux sels de chaux et de magnésie contenus dans un litre de cette eau, c'est-à-dire 0 gr 0114 + 20 = 0 gr 228;

3° La proportion de savon que neutraliserait un litre de cette même eau, soit 20 décigrammes.

MM. Boudron et Boudet ont donné à leur burette le nom d'*hydrotimètre* (mesure de la valeur de l'eau). Leur méthode constitue donc l'hydrotimétrie, et les eaux peuvent être classées d'après leurs degrés *hydrotimétriques*, en les comparant à l'eau pure qui marque 0°.

C'est en opérant, d'après les instructions qui précèdent, que j'ai obtenu les résultats consignés dans le tableau ci-après, dont le modèle est donné par MM. Boutron et Boudet.

Suit le tableau d'autre part.

ÉCHELLE HYDROTIMÉTRIQUE *des eaux de sources et de puits de la ville de Laon.*

DÉSIGNATION DES EAUX.	ORIGINE ET DATE.	DEGRÉS Hydrotimétriques
Eau distillée.	. . . .	0°
Eau de puits.	Puits du Palais de Justice, dit de l'archevêché, 19 juin 1858.	24,5
Eau de source.	Fontaine de La Neuville, 17 id.	29,5
Id.	Id. de Bousson, 18 id.	33,0
Eau de puits.	Puits de la rue St-Geneviève, id.	33,0
Id.	Puits du collège, id.	34,5
Id.	Id. alimentant les locomotives de la station de Laon, id.	34,5
Id.	Id. de l'Hôtel-Dieu (jardin), id.	35,0
Eau de source.	Fontaine du hameau des Creuttes, 17 id.	37,5
Id.	Id. publique de Semilly, id.	38,0
Eau de puits.	Puits de la rue de l'ancien collège, contre la rue des Casernes, 18 id.	38,5
Eau de source.	Fontaine Caillet, 17 id.	39,5
Id.	Id. publique près de la station du chemin de fer, id.	39,5
Eau de puits.	Puits de l'école des frères, rue Ste-Geneviève, 18 id.	40,0
Id.	Id. de l'hôpital (2e pompe à gauche en entrant), id.	43,0
Eau de source.	Fontaine Gaillot, 17 id.	43,5
Id.	Id. sur la route impériale n° 2 (vis-à-vis la Tour Penchée), id.	44,5
Eau de puits.	Puits St-Pierre, id.	46,5
Id.	Id. de la maison Gobert (rue Ste-Geneviève), 18 id.	49,5
Id.	Id. de la maison Terreux à Vaux, 17 id.	50,5
Id.	Id. de la Porte Luceau, 19 id.	50,5
Id.	Id. de l'Hôtel-Dieu (cuisine), 18 id.	51,5
Id.	Id. de la Plaine, id.	53,0
Id.	Id. près de la Prison, 17 id.	53,5
Id.	Id. de la maison Michon, rue St-Cyr, 18 id.	56,0
Id.	Id. de la maison Fouillard à Vaux, re n° 2, 17 id.	57,5
Id.	Id. de la place du Bourg, contre la salle de spectacle, 19 id.	59,0
Eau de source.	Fontaine St-Baudouin (route d'Ardon à Vaux), 18 id.	60,0
Eau de puits.	Puits de la rue Fosse-St-Julien, 19 id.	62,0
Eau de source.	Fontaine St-Georges (sous la Citadelle), 17 id.	64,0
Eau de puits.	Puits de la maison Barbier, rue St-Jean, 19 id.	67,0
Id.	Id. de la place St-Julien, 17 id.	68,5
Id.	Id. de la maison Marival, rue St-Jean, 19 id.	69,0
Eau de source.	Fontaine près le cimetière St-Just, 17 id.	70,0
Eau de puits.	Puits de la maison Pinon à Vaux. id.	72,0
Id.	Id. contre la maison Caunois, rue St-Jean, 19 id.	74,0
Id.	Id. de la maison Jouin. id. 18 id.	80,0
Id.	Id. de la rue David, vis-à-vis l'hôtel de la Bannière, 19 id.	84,0
Id.	Id. contre la maison de Mlle La Viéville, rue St-Martin, 17 id.	87,0

HUITIÈME SÉANCE.

(19 Avril 1859.)

Presidence de M. **Vallès**, Vice-Président.

Ouvrages offerts : Essai sur l'Histoire des Institutions du nord de la France, ère celtique, par M. Taillart, conseiller à la cour de Douai ; de l'Origine des Communes du nord de la France, par le même ; Recherches et Documents sur l'histoire des Communes du nord de la France, par le même.

M. MATTON donne communication de plusieurs prières du XIIIe siècles trouvées sur un parchemin servant de couverture à un registre des comptes de l'Hôtel-Dieu de 1567.

Marie, mère de Dieu, plaine de miséricorde, me voellies donner la gloire et oir et exauchier et en gré rechevoir celli suppliant orison et moy donner après mon trespas la vie pardurable. Amen.

Une recommandation.

Je me commande huy à saint Jehan Baptistre et à saint Jehan évangéliste ou dieus sa mère commanda, quant pour nous en la crois se livra. Biaus sire dieus, si comme ce fu vous que pour nous fus mis en la crois, voellies me huy garder comme vous commandastre votre chiere mère à saint Jehan évangeliste, et voeilliez moy soutenir en toutes bonne oevre faire et aussi très benoite vierge Marie, mère de Dieu, en vos mains et es mains de vo benoit chiers fils je me recommande, huy ce jour et en tous temps, mame (mon âme) et mon corps ensement (semblablement) de tous périls et tous pechies de vivre follement, en vostre foy me tenes fermement, pais me denes et vivre saintement. Et le patrenostre, Père poissans qui estes es chieus sur tous souverains vrais hons (homme) et dieus, li tiens nons soit sainteflies et li tiens regnes exsaucies, et faites soite ta volonté, en ciel en terre, et en toutes les notre soustenance, nous donne huy et nostre pechies nous pardonne ainsi qua autrui pardonnons, ne nous maine en temptations de vilains péchies et d'ordures, mais delivres tes créatures. Amen.

Orison.

Sire qui estes vrais Dieus et vrais hons, pères fils et sains esperis, sans commenchent et sans fin, qui seul deves estre a oures (adoré) et honnoures, car de par vous sont toutes prières.

(Feuillet petit in-12 d'un livre de prières de la fin du XIIIe siècle, adossé à la couverture d'un registre des comptes de l'Hôtel-Dieu de Laon de 1567.)

Se mort et moy garder de tristereche doulce dame, et metes mon cuer en joie quil ne dorme en le voie de accide et de pereche. Ha roine des angeles et porte de paradis, donnes a mon cuer cognossanche del heure de viespres quant votres douls fils fu despendus de la crois, et coument à très grant amertume de cuer le aydies a despendre et soustenies le corps entretant que on desclooit les pies, et quant il fu jus, vous vo laiastes cheoir sur lui en lui baisant et lavant sa précieuse fache, de vos doulces larmes que toutte estoit hounie des ordures des juys. Ha très précieuze damme, donnes moy larmes de plourer mes péchiés, et la passion de votre enfant et de vous, si que mes péchiés en puissent estres esclarchis et me gardes de le flamme et del ordure dou pechiet de luxure. Ha très doulce damme glorieuse, donnes moy cognissance del heure de complie quant on ensevelissoit le corps de Jhesu-Crist votre doulch enfant, comment vous avies grant angoisse et priiez que on le nous rendezist tout mort, quant vif ne le povies avoir, et quant il fu mis au tombliel vous acotiés le tombliel doulcement et précieusement, et le atousies de vos doulces larmes Damme voellies.

(Registre de comptabilité de l'Hôtel-Dieu de Laon de 1573, in-32.)

M. Thillois donne lecture de prières en prose et en vers à rimes redoublées et qui doivent, selon lui, remonter au quatorzième siècle. Ces prières sont tirées d'un très ancien manuscrit appartenant à la bibliothèque communale de Laon. La Société ordonne l'insertion à son procès-verbal de ce curieux document.

Les trois pièces suivantes sont extraites du même manuscrit latin de la bibliothèque de la ville de Laon, portant le n° 243 ter. C'est un missel : il a été donné à la ville de Laon par M. Devismes, l'historien, en 1825. La première de ces pièces est en prose, les deux autres en vers. Dans la deuxième qui est la mieux écrite, on trouve une explication de l'incarnation de Jésus-Christ, telle qu'on la concevait dans le moyen-âge. Ce manuscrit est du 14e siècle ; le français qu'il renferme paraît être antérieur au langage de Froissart.

Invocation a la Vierge (en prose).

O très certainne espérance, deffenderesse et dame de tous ceulx qui s'y attendent, glorieuse vierge Marie, en icelle heure que mes yeulx seront si agravez de la noire obscurté de la mort ; que je auray perdue la clarté de mes yeulx en ce siècle, ne ne pourray mouvoir ma langue pour vous appeler, et mon chetif corps tremblera angouesseusement pour la paour des ennemis d'enfer et sera si esbahie que tous les membres de mon corps deffauldront en sueur de l'angoisseuse et destresse de la mort. Lors je vous prie, très doulce dame et très piteuse, que vous daignez regarder en pitié et unir en secours avec la compaignie des anges et avec la chevalerie des archanges, si que mes accuseurs ne puissent avoir nulle vraye accusation su moy ne nulle puissance de moy emmener en leur compaignie. Mais vous souviègne, belle très doulce dame, de la prière que je fays maintenant, et recepvez m'ame en vostre deffence, en la présence de votre glorieux filz où elle puisse estre vestue de la robe de gloire et accompaignée à la feste des anges et de tous les sains et sainctes de paradis; joye des patriarches, des prophètes, des apostres, des martyrs, des confesseurs et des vierges; estoile du matin, plus reluisante que le soleil, je joings mes mains et liève mes yeulx contre la haulte puissance et pour icelle grant joye que vous eustes quant vostre saincte ame présens anges et archanges sans doubte et sans paour se despartit de vostre précieux corps et fut portée en chantant et présentée à vostre très précieux filz, receue et herbergée en gloire pardurable. Je vous prie dame que vous me secouriez et viegnez au devant en icelle heure qui tant fait à doubter quant la mort très doubteuse et amère me sevi si près. Dame soiez à m'ame confort refuge et lance pour garder si que les très cruelz ennemis d'enfer qui sont si horribles, si ords et si laids à regarder ne me puissent espouvanter ne ne soient si hardiz qu'ilz me mettent au devant pechié que je feisse oncqz; mais par vous dame de toutes parts mon ame soit présentée à vostre très doulx, benoist, glorieux filz et en possession mise du repos pardurable et de la joye du royaume qui jamais ne fauldra. — Amen.

AUTRE INVOCATION A LA VIERGE (en vers).

Je te salue, ô Maria,
A qui Dieu son fils maria.
A humaine fragilité,
Saint Gabrielle l'annonça
Dont poure chose enrichi a,
Quant limon joint a deité
Immortel à mortalité,
Qui tant justice amolia
Que l'un à l'aultre extresmité,

Ce fut Dieu et humanité
En ung suppost l'associa.

Tu es le mont de Moria
En qui son temple édifia
La très-sanctisme trinité.
Ton cueur et ton corps charia
Ne oncqz à mal ne varia;
Ne ta doulce humilité,
Flourissant en virginité,
Ne s'orgueillist en vanité.
Ains ton sorment s'umilia
Quant sa saincte divinité
Te manda, par grant amitié,
Ces deux mots : *Ave Maria*.

Jhesus moult en toy se fiya
Quant entre toutes te tria,
Par saincte espécialité.
Haustement le magnifia,
Car les luy es plus n'en y a,
Quant as sur tous auctorité
Tu es Marie de pitié,
Fontaine de benignité;
Marie qui demaria
Les essiliez en leur cité
Que par fatuité
Follement en desmaria,
Tu es celle qui deslia
Le lien de quoi nous lya,
Le vil serpent d'antiquité
Quant de mort tous nous deffia;
Mais ton saint fruit jus le plia.
Le felon plain d'iniquité
Jadis par toy fut visité.
Teophillus et acquité
Malgré celuy qui le lya.
Ja ne sera supedité,
Ne grevé par adversité,
Quant toy servir s'estudia.

Dont concluons que plus n'y a
Hors toy servir alleluya.
De bon cuer, sans dupplicité,
De toi sont mirabilia,
Plus y prent on et plus y a.
C'est admirable infinité,
Cil qui est vie et vérité.
Qui de toute impurité
Purement te purifia,
Nous doint par sa belle unité,
En la haulte felicité,
Avoir bene per omnia.
Tout ainsi que descend,
En la fleur la rousée
Et la face ou mirouer
Et ou cueur la pensée,
Et la voix en maison
Quand la porte est fermée,
Entra le fils de Dieu
En la Vierge honnourée,
Ainsi que sans blecier
Yst hors de la verriere
La clarté du soleil
Et umbre hors lumière,
Le parler de sa bouche
Et de la rose oudeur
Yssit le fils de Dieu
De la Vierge major.
Marie, dame toute belle,
Vierge pucelle, pure et munde,
De Dieu fille et mere et ancelle
En qui toute grace habonde,
Tu es celle d'où sourdit l'onde
Qui le péchié d'Adam lava.
Je te salue, royne du monde,
En disant : *Ave Maria.*
A qui tu vouldras faire aye (secours),
Nulluy ne le pourroit grever;
Car je scay bien, Vierge maire,

Quaprès Dieu n'as point de per,
Maistresse on te doit clamer.
Ta bonté onc ne varia;
Por se je te veil saluer,
En disant : *Ave Maria.*
Royne, donne moy espoir,
Droy et saincte cognoissance,
Et me garde de dennuy avoir,
Car il est bien en ta puissance.
Oncqz tu ne feiz deffaillance
A nul qui mercy te cria :
Je te salue mon esperance
En disant : *Ave Maria.*
Jeunesse, folie et enfance
M'ont fait pechier moult grandement;
Je te supply, mon ignorance
Que l'excuse aucunement,
Quant vendra mon trespassement,
Aide moy, *Virgo pia.*
Je te salue devotement,
En disant : *Ave Maria.*
Advocate pour les pecheurs,
Tourne vers moy ta doulce face,
Et me fay vivre tous les jours
En oroyson, quoique je face
Du livre de l'ennemy efface
Mes pechiez quant qu'il en y a,
Je te supplie en ceste place
En disant : *Ave Maria.*
A toy, dame de grant povoir,
En cour humblement te requier
Fais moy sans pechié recevoir
Le corps ton filz, ains que je meure
Que le feu d'enfer ne me fière,
Ta pitié oncques nul n'oublia.
Je te salue, de Dieu la mère,
En disant : *Ave Maria.*

A la Vierge.

O très glorieuse en toute precellence,
Vierge digne qui de royale naissance
Etes née par divine ordonnance,
Pour vray moyen de la redemption.
Quant Dieu le pére en sa seule puissance,
Transmit en vous par noble obumbrance
Nostre saulveur et vous fist advertance,
De sa venue ennunciation.
Après nasquit soubz l'institution.
De nature, mais sans corruption,
Faisant de l'omme à Dieu conjunction.
En recepvant humaine corpulence,
Puis voulsist souffrir sa saincte passion
Pour restaurer sa désolation
Que Lucifer, par grant confusion,
Voult conspirer par sa folle arrogance.
Espérance divine et pardurable,
Je créature indigne et misérable,
Qui a nully n'amoy suis profitable.
Tant ay vers Dieu pechié mortellement,
Dont sa sentence n'est à moy supportable.
Si viens vers vous à besoing redoutable
Vous requérir de secours charitable
Pour raddifier tout mon défaillement.
J'ai fait des maulx innumérablement.
Sans redoubter le divin jugement,
Ne la rigueur du juge qui ne ment.
Que pas ne suis de grâce recepvable,
J'ai offencé contre mon saulvement.
J'ai prouchassé mon piteux dampnement,
J'ay desservi perpétuel torment.
Se vers mon Dieu ne m'est secourable,
Receves moy par vostre humilité
Et cognoisses que ma fragilité
N'a pas puissance envers l'iniquité,
De l'ennemy qui a nul bien n'accorde
Impetres moy par vostre amitié,

Vostre doulx filz aye de m'ame pitié.
Tant que de mort je soye respite,
Par le moyen de sa miséricorde,
Sans laquelle jamais n'aura concorde.
De m'ame à lui trop y a grand discorde ;
Car tant orgueil m'a tiré à sa corde
Que suis au lit de paresce alité.
Chascun jour j'atens qu'a moy aborde
Mort éternelle, et lors quelle me morde
De sa morsure oultrageuse es tant orde
Que c'est d'orreur cruelle infirmité.
Ne souffre pas qu'en ma vie doubteuse
Face chose dont m'ame soit doubteuse.
Quand ce viendra à l'eure épouvantable
Que paier fault le tribut de nature,
Conseille moy dame très heureuse
Et m'adresser à vie vertueuse,
Pour eschever la figure rigoreuse
De mon saulveur qui tant de moy est dure ;
Car ma durté qui trop longuement dure
Plaine d'ome et de mauldite ordure,
Ma fait ire blasphamer en laidure
Son nom, sa glorieuse loy précieuse.
J'ai tant vescu en avarice obscure
Que je cognois devant vostre figure
Qu'en ce monde n'a vivant créature
Dont la vostre tant soit soupseuse.
A l'entreprise du mortel ennemy
Qui des vertus ne feut oncques amy.
Ains ne cessa oncques ne jour ne de nuy,
De guerroier contre vostre franchise,
Plus m'a souvent que nul autre asailly.
Vuide de foy et d'amour defailly
Ne suis rendu tout a fuz à sa guise,
Dont je mon ame à l'aventure mise.
De dampnement par luxure commise,
De par vous n'est telle offence remise,
Tant que soye en grace recueilly.
Adresses moy qu'avant la mort m'avise

Et que servir puisse Dieu sans faintise,
Comme la loy l'ordonne et sainte église,
Pour acquérir sa paix et sa mercy.
Notre salut, notre espoir, notre attente,
Notre confort, notre joye présente;
M'ame, mon corps, mon honneur vous présente,
Et quanque Dieu ma donné et donra,
Je tant forfait dont pas ne me vente,
Par glotonie où j'ay mise ma tente.
Ha que sera ma pauvre ame dolente,
A celle heure que de mon corps ystra,
Car l'ennemy son droit y debatra,
Et mon bon ange à lui se combatra,
Qui son orgueil par vostre ayde abatra.
Pour la franchir de l'orrible tormente,
Tel bien sans vous jamais ne m'aviendra :
Mais en enfer demourer me fauldra
Et en orde angoisse et puante.
Tout mon vivant ne pourrait endurer
Et deust ores mille ans et pleuz durer,
Pour deschacer, querir et procurer,
Des grans périls où mon ame demeure
J'ay si souvent esté adventurer,
L'ame et le corps sans oncques demourer,
En bon propos ne sans considérer
Que ce monde n'a point d'atente seure,
Puisque chascun doit mourir à son heure;
Dont pour remède faut que vous acqueure
Et que pitié par grace me secueure.
Mais pas sans vous ne le puis recouvrer.
Veez m'ame qui piteusement pleure,
Receves la en vostre grande asseure,
Et conduisez en la sente demeure
Que Dieu a voulu pour nous préparer.

NEUVIÈME SÉANCE.

(5 Juillet 1859.)

Présidence de M. Duchange, Président.

Ouvrages offerts : Note sur une cloche (l'abbé J. Corblet); 2° Notice sur les chandeliers d'église (par le même); 3° Note sur une nouvelle espèce d'Iberis (M. Louis Deville); 4° Quelques données antiques sur le quartier de l'Ile de la ville de Liege (par le chevalier du Vivier de Streel); 5° L'invasion autrichienne ou les Français en Italie, à-propos patriotique en un acte (M. Félix Ribeyre); 6° La Paix et l'Opinion (par le même); 7° Mémoires de l'Académie impériale de Metz (année 1857-58); 8° Annales de la Société d'Agriculture, Sciences, Arts et Commerce du Puy (1855-1856); 9° Mémoires de la Société des Antiquaires de l'Ouest (1857); 10° Bulletin de la Société des Antiquaires de Picardie (année 1859, n° 1); 11° Mémoires de la Société historique et archéologique de Langres (1858, n° 11); 12° Revue de l'Art chrétien, etc. (mars, avril, mai et juin 1859).

M. le Président expose en quelques mots que, depuis deux mois et demi, la Société ne s'était pas réunie une seule fois; pendant tout l'hiver, et malgré des convocations régulières, souvent on n'a pu tenir séance; quand six ou sept membres parvenaient à se réunir, plusieurs fois ils ont été obligés de se séparer, parce qu'aucun d'eux n'apportait de mémoires à lire. Si la longue maladie qui a enlevé à la Société son digne et regrettable secrétaire-général, M. Rouit, a apporté forcément des interruptions dans les convocations dont il était chargé, il faut malheureusement reconnaître qu'on montrait peu de zèle à se réunir et à travailler lorsque ces convocations étaient régulièrement adressées à tous les membres titulaires.

Le bureau de la Société a donc dû se préoccuper de cette situation qui menaçait la Société dans son existence. En même temps, il a dû s'enquérir, en présence des démissions, des départs et du décès de plusieurs sociétaires, si les cotisations encaissées présenteraient encore des ressources suffisantes pour couvrir les dépenses à faire, notamment d'impression du volume 1857-1858 à terminer, et de celui de 1858-1859 à entreprendre.

Le bureau s'est donc réuni il y a quelques jours. Il a prié M. Vinchon, trésorier, de lui présenter la situation de l'encaisse, et M. Fleury de lui donner un aperçu des dépenses d'impression. Voici quel a été le résultat sommaire de la reddition de compte faite par M. Vinchon. Au 28 juin 1859, l'actif de la Société était de 1,335 fr. 24 cent. Les détails seront fournis par son compte qu'il va déposer sur le bureau.

De son côté, M. Ed. Fleury, après avoir rappelé qu'on doit pour impression de dessins à M. Maréchal une somme de 170 fr., annonce qu'au moyen de la publication des travaux au *Journal de l'Aisne*, le volume de ce Congrès ne coûtera qu'environ 300 fr.; que le volume de 1857-58 amènera une dépense seulement de 480 fr.

M. le Président, en constatant qu'après toutes les dépenses de 1859 payées, il restera un encaisse de 500 fr. environ, dit que le bureau, sûr de la situation financière de la Société, s'est demandé ensuite si, en présence des préoccupations politiques, des chaleurs de l'été qui éloignent, chaque année, les membres même assidus, il ne valait pas mieux remettre les réunions au mois de novembre et alors faire un nouvel appel au zèle des sociétaires. C'est cet avis qu'il a adopté et qu'il vient aujourd'hui proposer à l'adoption des membres présents. Il fait remarquer encore, et à l'appui de la proposition du bureau, que la convocation dernière, toute spéciale, et quelque pressante qu'elle ait été, n'a pas amené plus de monde que d'habitude.

Quelques membres pensent que les longues vacances qu'on propose seront très nuisibles à la Société. Il faut continuer à se réunir pour prouver que l'on veut vivre. S'il y a eu dans l'hiver absence de travaux présentés, il en a été préparé depuis; on en promet d'autres. Ils ne croient pas qu'il faille mettre même en doute la possibilité pour la Société de vivre et d'être utile.

Cet avis est adopté, et il est décidé que les convocations se feront, comme par le passé, tous les premiers et troisièmes mardis de chaque mois.

M. Ed. Fleury annonce qu'il sait de bonne source que M. le ministre de l'instruction publique a désigné la Société de Laon pour recevoir cette année une subvention de 300 fr.

M. Vinchon dépose son compte de dépenses pour 1858. Au 31 décembre 1858, il se portait :

En recettes à.	3,102f 70
En dépenses à	2,133 10
Restait au 1er juillet 1859 en caisse. . .	969 59

Dans la somme de 2,133 fr. 10 cent., montant des dépenses, était comprise celle de 613 fr. 71 cent., pour frais de tenue et des fêtes du Congrès, d'après le compte dressé par la commission spéciale. Dans cette somme n'est pas compris le prix du volume des délibérations du Congrès.

A l'appui de ce compte, M. Vinchon dépose sur le bureau les pièces de dépenses et mémoires acquittés.

La Société lui donne acte et arrête à 969 fr. 50 le reliquat en caisse au 1er juillet 1859.

M. Éd. Fleury lit une Introduction à un Catalogue de dessins et de gravures sur le département de l'Aisne.

L'histoire de la France a été l'objet des études les plus patientes, les plus multipliées, les plus diverses. On l'a prise et reprise, faite et refaite à tous les points de vue. La première moitié du siècle où nous vivons a été surtout féconde en œuvres où il a été traité avec le plus grand talent, souvent avec succès, soit de l'ensemble des faits qui constituent le passé historique de notre chère patrie, soit des détails qui nous font assister aux causes, à l'enfantement, aux conséquences des moindres évènements politiques, intellectuels et artistiques. Grâce à ces efforts, les hommes et les choses sont parfaitement connus, ou plutôt peuvent être connus à fond par ceux qu'attire l'étude de ce qui fut jadis et pour lesquels tant d'efforts laborieux et persévérants ont aplani les difficultés de l'investigation.

Voilà pour ce qui regarde la grande histoire nationale. Si, descendant un degré inférieur de la science, nous voulons savoir ce qu'on a tenté pour arriver à une connaissance approfondie de l'histoire des parties qui composent la France, de ces provinces qui, elles aussi, furent longtemps un ensemble, de nos départements actuels, de nos vieilles cités, que de labeurs, que de recherches patientes, que de sérieuses trouvailles, que de résultats non-seulement utiles sur place, mais intéressants pour l'histoire générale, il nous faudrait constater ! Les livres se sont entassés sur les livres, les brochures sur les brochures. On a fouillé partout ; on a tout questionné, tout sondé. Des mines nouvelles et presque inépuisables ont été découvertes. L'histoire et l'archéologie se sont enrichies de ces matériaux précieux que leur apportaient et les travailleurs isolés, et les Sociétés savantes qui se multiplièrent pour donner plus d'unité, plus d'activité et toute leur puissance d'association à l'œuvre qu'elles développèrent et surent rendre viable.

Ce grand mouvement fera époque. Il portera ses fruits.

Mais l'histoire, a dit récemment un de nos écrivains, peut se lire autre part et autrement que dans les livres. Le récit, en effet, n'est pas tout : il faut l'image. Bien souvent le crayon et le burin complètent et parfois même remplacent utilement la plume. Donnez-moi vingt volumes où sont minutieusement retracés les faits accomplis dans une région quelconque, où sont dressés les catalogues des localités qui ont été le théâtre de ces évènements, la démonstration n'est pas complète si je n'ai pas sous les yeux une carte géographique où je puisse prendre connaissance de la position exacte des relations topographiques de ces localités entre elles. Si vous avez écrit la monographie d'un monastère, d'une de nos splendides cathédrales, d'une ville importante, j'exige de vous, et votre succès est à ce prix, une série de dessins qui parlent à mes yeux et complètent ce que vous avez dit à mon intelligence. Une description de bataille appelle forcément un plan où je prendrai connaissance suffisante des lieux et qui me fera assister aux opérations des armées en présence et aux péripéties de la journée. La mode fut, pendant le dix-septième siècle, aux portraits que d'éminents écrivains traçaient de leurs contemporains dans des livres impérissables; quel que soit leur talent d'observation, d'analyse et de style, une estampe des Edelynck ou de Nanteuil m'en apprendra plus en un instant sur un homme, sur les traits de sa figure et de son âme, que la phrase la plus étudiée, la plus savamment ciselée, la plus incisive de Labruyère lui-même, et quand j'aurai regardé pendant quelques minutes les belles gravures qui nous sont restées de nos évêques de Laon et de Soissons, ma mémoire ne perdra jamais le souvenir de ces saints et éminents personnages.

D'où il suit qu'à côté des collections de documents écrits et imprimés, il faut nécessairement former des collections de documents dessinés et gravés. Les unes sont les conséquences indispensables des autres. Elles se complètent toujours et souvent se modifient profondément. Bien des monuments importants ont disparu sans laisser de vestiges sur le sol. Nos belles abbayes par exemple, nos forteresses féodales, nos châteaux de la renaissance sont cités par l'histoire locale; mais ni architecte, ni archéologue n'aurait une idée de leurs plans, de leurs lignes, de leurs proportions, si la gravure n'était pas là pour suppléer à la solitude et au silence des emplacements qu'ils occupaient jadis. Saint-Jean et Saint-Vincent de Laon, Saint-Marcoul de Corbeny, Saint-Crépin-le-

Grand de Soissons, pour ne citer que quelques-uns de nos grands couvents, ne vivent plus que sur les admirables plans du *Monasticum gallicanum*, si rares que cinq à six à peine de nos studieux chercheurs les connaissent aujourd'hui, et le département ne possède pas un exemplaire de ces raretés disparues complètement de la circulation et qu'il faut aller étudier dans les grands dépôts de livres de Paris. Les vieux plans terriers nous apprendront, fait complètement ignoré, que Craonne et Corbeny étaient encore au siècle dernier enveloppés d'enceintes fortifiées, flanquées de tours et fermées de portes militaires. Un plan fait réapparaître à nos yeux un donjon du moyen-âge accolé à l'église d'Anizy-le-Château jusqu'à la fin du dix-huitième siècle. La gravure dont Boulœse a orné son histoire de Nicole de Vervins, nous en apprend plus long sur cette démoniaque hystérique que toutes les descriptions écrites de ses contorsions et momeries. Les histoires de Laon ne me disent qu'un mot de la bataille de Cerny entre les Espagnols et Henri IV en 1589; le curieux dessin de Chastillon me montre à la fois les armées qui en sont venues aux mains et le vieux château dont je sais à fond maintenant les lignes et l'architecture.

Je ne sais rien de plus intéressant que ces réunions de dessins, gravures, lithographies, photographies, que l'on a commencées seulement depuis quelques années à peine et malheureusement trop tard, parce qu'aujourd'hui bien des documents sont perdus pour elles, parce qu'il en périt tous les jours, parce que le prix de ceux qui ont survécu à tant de causes de ruine est porté, à l'heure qu'il est, à des chiffres si exagérés qu'ils ne sont vraiment plus abordables et que le collectionneur le plus dévoué, le plus résolu, se voit forcé par le renchérissement excessif de se priver de pièces précieuses qu'un monomane seul peut se donner, non dans un dessein d'étude, mais pour la satisfaction puérile que procure une rareté qu'aucun autre ne pourra posséder.

Ces collections où, pour ne parler que de ce qui regarde plus spécialement le département de l'Aisne, on peut aujourd'hui étudier avec fruit l'histoire dessinée, gravée, lithographiée, monumentale, pittoresque, topographique, iconographique, de nos contrées, commencent à se multiplier. Elles ont été enfantées les unes après les autres par la collection-mère qui, sous le nom de *Topographie départementale*, a été formée à la Bibliothèque impériale, section des Estampes. Chaque département de France y est plus ou moins largement et complètement représenté par une série de portefeuilles in-folios où sont classés méthodiquement et par arrondissements tous les dessins de monuments appartenant à ce département. Celui de l'Aisne compte trois énormes volumes de cartes, plans et dessins, classés et collés, et un volume de supplément où les pièces plus récemment arrivées attendent le moment où elles prendront à leur tour leur place définitive dans cette belle collection.

C'est dans la Picardie que cet exemple a tout d'abord germé et porté ses premiers fruits. De nombreuses et riches collections de dessins et de gravures sur le pays s'y formèrent assez rapidement. La Société des Antiquaires de Picardie comprit de suite combien elles étaient fécondes en précieux résultats; ce corps, aussi savant qu'intelligent et progressif, mit au concours les collections et fonda des primes pour encourager le mouvement. Elle fit même davantage : elle vota des fonds pour l'acquisition de ces collections qu'elle voulait garantir contre le sort qui attend toujours ces efforts particuliers, c'est-à-dire la dispersion après la mort ou la ruine de celui qui se donna tant de peines, opéra avec tant de patience, d'amour et quelquefois de sacrifices de temps et d'argent. La Société des Antiquaires essaya donc d'immobiliser à Amiens et d'y éterniser ces collections précieuses. Elle n'eut qu'un tort, celui de ne pas vouloir ou pouvoir les payer ce qu'elles valaient réellement, et ses désirs demeurèrent sans résultat.

L'impulsion n'en était pas moins donnée. Les collectionneurs sur la Picardie sont maintenant si nombreux qu'on ne trouve plus chez les marchands de gravures de Paris rien qui appartienne à cette province qui a été leur meilleure cliente depuis plusieurs années.

Si je ne me trompe, notre premier collectionneur nous vient directement d'Amiens. M. de Marsy, qui appartint d'abord au parquet d'un tribunal d'arrondissement dans la Somme, faisait partie de la Société des Antiquaires de Picardie ; quand il vint prendre près de nous la direction du parquet de Vervins, il possédait déjà un grand nombre de pièces sur l'ensemble de la province de Picardie et continua sur place ses recherches alors plus spécialement consacrées au département de l'Aisne. M. de Marsy arrivait encore au bon moment Il ne fallait pas alors être presque un riche capitaliste pour se permettre l'acquisition de telle ou telle pièce introuvable aujourd'hui. On ne se heurtait point encore contre un acheteur fier de son argent et n'estimant une pièce historique qu'à cause de sa rareté, de sa cherté par conséquent, et non pour son usage utile, ou ne possédant que pour enfouir et non pas pour faire profiter les hommes studieux de sa trouvaille. M. de Marsy eut donc et en grand nombre de bonnes occasions ; il obtint ainsi toutes les gravures de Chastillon tant recherchées depuis quelques années qu'on n'en peut plus découvrir à quelque prix que ce soit. J'ai poursuivi, l'an dernier, en vente publique à l'hôtel des commissaires-priseurs de Paris, une gravure in-folio de Chastillon représentant le siège de La Fère par Henri IV, et qui m'échappa, après une dernière enchère de soixante-dix francs, pour aller disparaître en Angleterre. Un autre exemplaire avait été, il y a quelques années, payé trois ou quatre francs par M. de Marsy. C'était la première fois que je rencontrais en vente cette rarissime estampe historique que le correspondant de mon compétiteur anglais avait ordre d'acheter à tout prix. Les bonnes fortunes étaient fréquentes jadis, il y a moins de dix ans encore. On vendait, ou plutôt on ne vendait pas pour cinquante centimes ou un franc, les beaux et grands plans de Prémontré et de Saint-Jean-des-Vignes de Soissons que le moine Barbaran avait grayés d'une pointe si fière dans l'abbaye Saint-Martin de Laon où il vivait vers la fin de la première moitié du dix-septième siècle. Tout le monde dédaignait alors cette immense estampe archéologique et très-rare, qui représente le *magnifique jubé de Notre-Dame de Liesse* et que le graveur Moreau dédia à Mgr Philbert de Brichanteau, évêque de Laon. Cette superbe pièce valait peut-être trois ou quatre francs; je l'ai eu, l'an dernier, pour dix fois ce prix, et, cette année, un autre exemplaire a peut-être été vendu plus cher encore dans la vente de la magnifique collection Gilbert qui vient d'être disséminée, cet hiver, aux enchères publiques.

Mais bientôt M. de Marsy vit surgir de redoutables concurrents. La collection de M. Edouard Piette, à Vervins, et la mienne qui se formèrent à peu près à la même époque, c'est-à-dire il y a cinq ou six ans, et qui prirent de suite de vastes proportions; d'autres collections de détails entreprises non plus sur l'ensemble du département entier, mais sur un arrondissement ou même sur une ville, épuisèrent bientôt le marché aux raretés et en firent sensiblement monter les prix. Les marchands exploitèrent ces tendances dont ils ne comprenaient pas la portée et que certains regardèrent comme une folie nouvelle, l'iconomanie. Les étalages d'imagerie, les parapets des quais, les échoppes des marchands de vieilles gravures reçurent d'aussi fréquentes visites que les expositions en plein vent de bouquins. Les chercheurs du département de l'Aisne furent bientôt connus des libraires et des exposants. On fureta pour eux; on dépéça pour eux des livres inconnus et féconds en raretés dont les bribes se payèrent plus cher que le volume entier. J'ai à rendre justice à la science patiente d'un savant iconographe nommé Soliman Lieutaud qui dirigea mes premières recherches, m'enseigna bien des bons endroits, m'apprit bien des choses que je ne savais pas sur notre histoire locale, sur nos hommes, sur leurs portraits, même sur leur biographie. On se fera une idée de ce qui sortit de ces actives et incessantes recherches, de ces investigations minutieuses qui ne sont pas près de s'arrêter, quand on saura que le catalogue des pièces qui existent dans les collections sur le département de l'Aisne que j'ai dépouillées et inventoriées, contiendra peut-être plus de cinq mille mentions de pièces différentes. Leur simple nomenclature, avec une description, aussi sommaire que possible, de leur état, et la mention des noms des artistes auxquelles elles sont dues, composerait à elle seule un volume où l'on trouverait bien des renseignements curieux et tout nouveaux.

Pour en revenir aux collections qui se sont formées en concurrence et à côté de celles que je viens de citer, on en compte, dans le département, six principales qui se trouvent entre les mains de M. Amédée Piette, à Laon, M. l'abbé Poquet, curé-doyen de Berry-au-Bac, M. Gomart, propriétaire à St-Quentin, M. Perin, juge au tribunal de Soissons, M. Souliac-Boileau, propriétaire et membre correspondant du ministère de l'instruction publique à Château-Thierry, et enfin M. Hidé, l'un de nos collègues à Laon.

Les portefeuilles de M. l'abbé Poquet, qui ont trait à tout l'ensemble du département de l'Aisne, sont surtout riches en dessins originaux et modernes, destinés à illustrer les nombreux travaux archéologiques que M l'abbé Poquet prépare. Il y a là une grande quantité de précieux matériaux qui malheureusement ne sont encore ni classés, ni inventoriés.

C'est, au contraire, l'ordre le plus sévère et le plus lucide qui a présidé à l'arrangement de M. Amédée Piette, et de plus ils ont, pour la plupart, le mérite d'être entièrement nouveaux. Partout où ses fonctions et son amour de l'étude l'ont appelé, il a reproduit d'après nature les monuments et les sites de nos pays avec une conscience et une fidélité qui donnent une grande valeur aux œuvres de son crayon. Rien n'a échappé à ses recherches et à sa patience qui ne sont égalées que par la complaisance et l'abnégation avec lesquelles notre laborieux collègue met ses richesses à la disposition de tous ceux qui travaillent avec lui et à côté de lui, rares et précieuses qualités qui valent le talent et valent toujours mieux que le talent que la jalousie et l'esprit chagrin accompagnent. Pour ma part, je n'ai jamais eu qu'à me louer de la générosité avec laquelle mes concurrents, MM. Amédée et Edouard Piette, Poquet, Perin, Gomard, Souliac et Hidé ont bien voulu se prêter à compléter mes portefeuilles, souvent par leurs dons, toujours par la permission qu'ils m'ont donnée de prendre des copies des pièces que je n'avais pu parvenir à me procurer.

M. Souliac-Boileau a dessiné aussi lui-même presque tout ce qui est entré dans sa collection. Il s'est renfermé dans l'arrondissement de Château-Thierry ; mais aussi quelle mine féconde ! Que de ressources pour l'archéologue et pour l'artiste, pour la plume et pour le crayon ! Les sites et l'architecture, les châteaux et les églises fournissent à l'étude d'inépuisables sujets. M. Souliac l'a compris. Il y a vingt ans, et plus peut-être, qu'il ne cesse de parcourir cette belle contrée, son carnet et son crayon à la main ; il y a tout vu et tout croqué. Rien ne lui a échappé. Il est seulement à regretter qu'il ne publie pas assez.

La collection de M. Charles Gomart a été réunie, au contraire, en vue du travail et de la production future. Elle n'a trait qu'à l'arrondissement de St-Quentin. M. Gomart a en sa possession de nombreux plans manuscrits et inédits qui ont un grand intérêt pour la ville qu'il habite.

Les portefeuilles de M. Perin sont aussi consacrés spécialement à un seul arrondissement, celui de Soissons. On y remarque surtout une collection de crayons et d'aquarelles sur le Soissonnais, cette contrée archéologique et si pittoresque à la fois.

M. Barbey, maire de Braine, a beaucoup dessiné sur le canton si riche et si pittoresque qu'il habite.

M. Charles Hidé collectionne sur la ville de Laon seulement, et la bibliothèque communale de St-Quentin commence à réunir les pièces qui intéressent plus spécialement le Vermandois ; elle possède presque toute l'œuvre du fameux graveur saint-quentinois Michel Dorigny.

Je ne pourrais non plus sans injustice passer sous silence les nombreux et beaux crayons archéologiques que M. Clouet, de Vic-sur-Aisne, a dessinés d'après les monuments du Soissonnais ; mais je n'en connais la plupart que de réputation, et je ne puis donc en parler avec détails.

Probablement, il existe encore d'autres amateurs dont les

cabinets et archives renferment des portefeuilles plus ou moins peuplés, plus ou moins opulents et où nos nomenclatures trouveraient à se grossir de plus d'une mention de pièce intéressante au point de vue dont je m'occupe. Ou je ne les connais pas, ou je n'ai point encore dressé le catalogue de ce qu'ils ont entre les mains.

Cette courte revue nous montre en gros les richesses que les collections particulières, sans parler de celle de la Bibliothèque impériale bien dépassée maintenant, ont accumulées depuis peu d'années sur ce que j'appellerai la face extérieure et pittoresque de notre histoire départementale. Evidemment, il ne faudrait pas croire que toutes ces gravures, toutes ces lithographies, tous ces dessins, toutes ces pièces enfin aient la même valeur artistique les unes que les autres, le même fini, la même perfection. Si la main du curieux et de l'amateur en rencontre dont l'ampleur, la conservation, la magnificence et la rareté satisfont pleinement les plus difficiles, il en est beaucoup où l'art n'a presque rien à réclamer, il faut en convenir; mais c'est l'ensemble qu'il faut voir. Les pièces vulgaires, les médiocres et même les mauvaises complètent, dans ces sortes de réunions, les plus rares et les plus splendides; elles tiennent parfaitement leur place dans ce tout complet où l'on rencontre tous les formats, toutes les manières, toutes les dates, le neuf et le vieux, l'incunable de 1533 et la lithographie d'hier, celle qui, immobilisée dans les cartons du collectionneur, deviendra vieille à son tour et acquerra, elle aussi, sa valeur archéologique.

Voilà pour ce qui concerne en général les collections de gravures et de dessins sur le département de l'Aisne.

Si vous voulez bien me permettre maintenant de vous dire ce qu'est celle que j'ai formée et qui probablement appartiendra plus tard à la ville de Laon, je me propose de vous dire brièvement les sources où j'ai puisé, ma méthode de classement, et de vous donner quelques détails au moyen desquels vous aurez une idée de l'importance de cette collection, soit comme nombre de pièces, soit comme rareté et importance de beaucoup d'entre elles.

LES SOURCES.

Les très-vieux dessins sur le département de l'Aisne sont peu nombreux. Les plus anciens de tous datent du commencement du treizième siècle. L'architecte Villart de Honnecourt, originaire d'un village du Cambraisis, Honnecourt qui touche à l'arrondissement de Saint-Quentin, a laissé un vaste album rempli de croquis au milieu desquels on en remarque deux qui sont dessinés d'après les tours de la cathédrale de Laon. L'architecte du moyen-âge admire ces tours hardies et uniques en leur genre avec un enthousiasme qui se peint énergiquement en cette phrase écrite par lui au bas de son dessin, en cette phrase dont les amis de notre belle église feront leur parti : « J'ai esté en moult de tieres, si com vos porez trover » en cest livre. En aulcun liu onques tel tor ne vi com est » celle de Loon. (J'ai été en beaucoup de pays, comme vous » pourrez le reconnaître par ce livre. Jamais en aucun lieu je » ne vis de tour comparable à celles de Laon.) » Il faut convenir que c'est heureusement débuter dans une collection que de mettre la main sur de pareilles raretés. M. Lassus, l'habile restaurateur de Notre-Dame de Paris, a publié en fac-simile tous les dessins de l'album de Villart de Honnecourt, et j'ai obtenu de l'éditeur les deux planches relatives à notre cathédrale.

Une longue lacune existe entre le douzième et le seizième siècle où l'on voit prospérer d'abord la xylographie et naître ensuite la gravure sur métaux. Je possède de cette époque une gravure en bois, frontispice d'un breviaire de Notre-Dame de Soissons, datée de 1533 et qui représente saint Woué et saint Drausin dont les reliques étaient conservées dans cette abbaye. Le seizième siècle nous a conservé de précieux portraits de personnages qui à divers titres appartiennent à notre histoire locale, et aussi quelques cartes géographiques intéressantes moins par leur vérité que par leur inexactitude au contraire.

Le dix-septième siècle a immensement travaillé dans l'intérêt de nos collections. Les portraits foisonnent et ne se comptent plus dans la section de l'iconographie. La topographie n'est pas moins féconde. L'architecte Androuet du Cerceau dessine et fait graver d'abord le château de Coucy et nous le transmet tel qu'il l'avait vu à la fin du seizième siècle, comme s'il prévoyait la ruine qu'allait y apporter la Fronde, et ensuite la belle résidence de Villers-Cotterêts dont la vue cavalière est introuvable maintenant. L'Allemagne nous prépare un plan rarissime de Laon après le siège de Henri IV et la destruction des Chenizelles par la Ligue. Je ne le connais qu'à la bibliothèque de Laon et à la bibliothèque impériale. J'en ai un fac-simile exact. Voici venir la première édition de la TOPOGRAPHIE FRANÇOISE *ou représentations de plusieurs villes*, *bourgs*, *chasteaux*, *maisons de plaisance*, *ruines et vestiges d'antiquitez du royaume de France*, *désignez par deffunt Claude Chastillon*, et publié vers 1630. Il y a là des gravures signées Ciartres qui valent tous les Callot possibles pour l'animation des scènes, la vie des personnages, l'originalité et le fini de la pointe. Nous extrayons du *Chastillon* vingt-cinq pièces qu'on donnait pour quelques sous il y moins de quinze ans et qu'on ne trouve plus maintenant.

« ANIZY, très-belle maison et baronie av païs de Laonnois.

« Bataille rangée à Cerny, » pièce qu'on n'a jamais vu passer en vente et qui manque dans beaucoup d'exemplaires du Chastillon.

« Le chasteav de Cerny av païs de Laonnois.

» La ville de Chavlny.

» La ville et chasteav de Chasteav-Thierry.

» La ville et chasteav de La Fère en Picardie, » magnifique, très-grande et très-rare planche du siège de cette ville par Henri IV.

« Le beav chasteav estant en la ville de La Fère.

» Abbaye renommée de Essavnes, (Essommes).

» Fort de Sancy, l'an 1595.

» Fort de *Manican* ov des grenovilles.

» Fort du comte de Nampteuil.

» Fort de Marivavlx muny de canon et grosse garnison. »

(Tous quatre à La Fère.)

« Ruines de la belle abaye de Qvallevers près la ville de La Fère.

» La ville et magnifiqve chasteav de Coussy représentée av natvrel.

» La maison royalle et chasteav de Folembray avec le paizage contingent.

» Folembray (signé Ciartres).

» La ville de Lan.

» La petite et ancienne ville de Marle avec son chasteav comme elle se voit du côté du nord.

» La petite ville de Marle.

» L'ancien bourg et ville de Rozoy-en-Thiérache.

» Vervins, petite ville scituée sur vne langve de montaigne représentée en la partie de midy.

» Le chasteav de Passy-sur-Marne.

» Chasteav de Richecovrt.

» Chasteav de Tvgny.

» Viliers-Costret (gravé par Ciartres).

» Vievlx-Maisons. »

Cette série de gravures porte avec elle un caractère d'originalité et de naïveté qui les marque d'un cachet tout spécial. La perspective manque absolument ; les arbres affectent une forme qu'à l'avenir ils n'auront plus jamais ; les personnages sont aussi grands que les monuments ; la campagne est toujours pleine de gens de pied qui se fusillent, de cavaliers courant à bride abattue ; les murailles des villes font feu de tous leurs canons d'où il sort des trombes impossibles de fumée. C'est l'image d'une société qui a été profondément troublée par la guerre. Le feu est partout.

Le *Topographia Galliæ* avec les gravures oblongues et plus sérieuses de Péters ; le Tassin sur la géographie des gouvernements sous Louis XIV ; la chalcographie du Louvre avec les gravures officielles sur les opérations militaires et sièges pendant la minorité du même roi ; les nombreuses publications géographiques de la fin du dix-septième siècle, je les ai mis largement à contribution. Les *Antiquités de la monarchie française* par Montfaucon m'ont fourni de nombreuses gravures sur les statues de nos rois soissonnais de la première race, sur les monuments des Carlovingiens, sur l'époque des Capétiens. J'ai emprunté à l'admirable et intelligente collection Gaignières, malheureusement disséminée, les sceaux, les armures, les pierres tombales, les vélins du moyen-âge, les portraits d'après les vitraux.

C'est dans le *Monasticum gallicanum* de dom Germain que j'ai copié une partie des beaux plans à vol d'oiseau de nos grandes abbayes, Cerfroid, chef d'ordre des Mathurins, Saint-Crépin-le-Grand à Soissons, Saint-Jean de Laon, Saint-Martin, Saint-Vincent, Notre-Dame de Nogent-sous-Coucy, Saint-Médard de Soissons, Saint-Marcoul de Corbeny, Saint-Nicolas-aux-Bois, St-Pierre de Chezy, Saint-Ferréol d'Essommes, la Chartreuse du Val Saint-Pierre, de Prémontré. A l'envi l'une de l'autre, les abbayes multipliaient alors les vues cavalières qui les feront revivre quand la révolution les aura vendues et quand les bandes noires les auront détruites jusqu'aux fondations. Ces grandes et belles planches font maintenant l'honneur des collections publiques et particulières.

Les chroniques que ces abbayes dictaient en même temps à leurs moines ont été fertiles en précieux matériaux. C'est dans le *chronicon* de Nogent-sous-Coucy qu'il faut aller chercher les sceaux des abbés, les coupes de l'église disparue ; dans la chronique de Saint Quentin-en-l'Isle le dessin de la croix à deux branches que la Société de Laon a publiée ; dans les cartulaires modernes de Braine et de Longpont les sceaux et les croquis des tombes des seigneurs des environs qui ont enrichi ces abbayes de leurs dons.

Les voyages pittoresques ne sont pas d'hier. Les grands et remarquables dessins à la plume et rehaussés d'encre de Chine ou d'aquarelle que nous a laissés l'ingénieur de La Pointe, en sont la preuve. En 1680, Louis XIV vint pour la seconde ou la troisième fois en pélerinage à Liesse. Il s'était fait accompagner d'un dessinateur qui avait mission de prendre les vues de toutes les villes et châteaux où le roi s'arrêterait et coucherait. On devait probablement peindre et graver ces vues. De La Pointe nous a laissé une douzaine de croquis pris sur place pendant son voyage avec le roi : l'abbaye de St-Marcoul de Corbeny avec la vue d'ensemble du village, le château de Sissonne dont on n'a que ce souvenir, « le chasteav de Marchais appartenant » à Mademoiselle de Guise, comme il se voist du costé de » l'entrée estant dans une rue du village du même nom ; il est » scitué sur la gauche dudict village par où le roy passa, sor» tant de Sissonne pour aller à Notre-Dame de Liesse. » — « Le roy arrive à Nostre-Dame de Liesse où il couche en son » voyage de 1680. » Telle est la mention qui se trouve au bas d'une vue de la ville de Liesse dans les rues de laquelle pénètre tout le cortège royal qui défile par le chemin de Marchais, gens de pied et gens de cheval, carrosses, foule immense, une petite merveille de finesse et d'animation. En quittant Liesse, le roi passe par Laon dont de La Pointe nous donne deux vues, par Soissons qu'il dessine, par Villers-Cotterêts dont il croque « une veue sur les lieux au retour du roy » en 1680. » En ce moment, on me copie ces dessins charmants que je ne pouvais pas ne pas avoir. Le crayon exercé de M. Nourry, à qui Laon doit sa vue à vol d'oiseau, en rendra la finesse et l'esprit.

Le dix-huitième siècle n'a pas moins gravé sur les monuments et d'après les hommes.

C'est l'époque de l'ordre dans la propriété. On ne se doute pas que la violence révolutionnaire va l'arracher à ses maîtres qui font reproduire leurs châteaux par la gravure, qui font dresser leurs plans terriers dont certains extraits tiendront bien leur place dans mes portefeuilles de topographie. Les magnifiques cartes, presque des albums, qu'a fait dresser le comte d'Egmont, seigneur de Braine, nous fournissent le plan du château féodal de Pontarcy et de son parc maintenant défriché. Un plan de la seigneurie d'Anizy, dressé en 1763 par un des derniers évêques de Laon, restitue à l'histoire locale l'antique château bâti par l'évêque de Chastillon au beau milieu de sa ville d'Anizy et dont, après moins de soixante-dix ans de destruction, on n'avait pas même conservé le souvenir. Ainsi du vieux donjon de Saint-Gobain bâti par les Coucy pour défendre une des entrées de leurs domaines ; il existait encore en entier au siècle dernier, et on n'en a plus l'idée la plus fugitive. Je possède un magnifique dessin à la plume que je dois à l'obligeance de la Société de St-Gobain qui m'a permis de le copier, ainsi que les plans primitifs de la manufacture transportée, sous Louis XIV, du faubourg St-Antoine dans le manoir féodal des Enguerrands.

Un grand et beau plan colorié du château de Cramaille, dressé par Pierre Henry, arpenteur à Mareuil, nous montre ce qu'étaient, vers la fin du règne de Louis XIV, ces beaux manoirs de la Renaissance, alors encore complets. L'arpenteur a peuplé ses fossés et ses gués d'oiseaux aquatiques, sa basse-cour de bêtes et de gens, ses terres en friche de brebis et de bergers, ses prairies de vaches et de pâtres. C'est un tableau complet et animé, et non pas un plan raide et froid, et chaque chatelain avait alors dans ses archives des représentations semblables et aussi pittoresques de son domaine ; on en ferait des albums splendides.

C'est à la fin du dernier siècle que se répand et se vulgarise la mode des voyages pittoresques avec le livre de M. de La Borde. Le dessinateur Tavernier et le graveur Née, de 1784 à 1790, y ont entassé les vues sur les vues : Laon, Soissons, St-Quentin, Guise, La Ferté-Milon, Coucy, Pinon, Ambleny, etc., etc., n'ont pas épuisé leur verve qui s'est traduite en cent trente planches au moins où le dessin n'est peut-être pas très pur et la gravure très artiste, mais où nous retrouvons beaucoup de monuments détruits : la Chartreuse de Bourg-Fontaine, les jubés de St-Martin et de St-Vincent de Laon, par exemple, l'église St-Waast de Soissons, les portes militaires et les remparts de St-Quentin. Que sais-je encore !

Viennent le dix-neuvième siècle, la paix et la tranquillité qui enfantent l'étude ! La science a pris son essor ; l'archéologie nait et travaille avec ardeur. La lithographie et la gravure sur bois lui viennent puissamment en aide. La photographie complète le mouvement, et le soleil reproduit d'après nature les monuments avec bien plus de perfection, d'exactitude et de variété, plus de promptitude surtout que le plus habile et le plus fécond des dessinateurs. Les statistiques, les monographies, les albums, les publications archéologiques et pittoresques ne se comptent plus. MM. Gailhabaud et Baudry dans les monuments du XIV au XVIe siècles, l'éditeur Hauser, M. du Sommerard dans son livre illustré sur le musée de Cluny, M. de Caumont dans ses manuels et ses livres, M. Didron et ses *Annales archéologiques*, les dictionnaires si parfaits de M. Viollet-Leduc, les livres d'architecture civile et militaire, publique et privée, les bulletins des Sociétés archéologiques de Soissons et de Laon, les nombreux magasins d'illustrations se sont enrichis aux dépens de nos pays et chacun à leur point de vue. Pour ne parler que du *Voyage Pittoresque en Picardie*, édité par le baron Taylor, ce livre contient plus de cent pierres reproduisant nos différents monuments. Les dessinateurs et les lithographes les plus éminents de notre époque, les Victor Petit, les Cicéri, les Tirpenne et Monthelier, les Danjoy, les Sagot, les Haghe, les Dauzats, etc., etc., ont lutté, sur notre terrain, de patience et de talent.

Je n'ai voulu dédaigner ni l'illustration de circonstance sur les évènements du jour, inauguration de la statue de La Tour à St-Quentin, voyages de l'Empereur à Coucy, Chauny et Saint-Gobain, concours régional de St-Quentin, ni la caricature, ni l'imagerie populaire et de religion, ni même le *canard* ou gravure sur bois des exécutions capitales de grands malfaiteurs.

Je ne parle que pour mémoire du nombre considérable de calques que j'ai pris, des copies et fac-similes que j'ai tirés des pièces que je ne pouvais me procurer en original, des dessins que j'ai faits de monuments, de sceaux, de peintures murales et des pierres tombales de nos églises.

On comprend que je ne puisse indiquer toutes les sources

où j'ai puisé. Ce serait déjà un long catalogue. Il suffira, pour donner une idée du labeur et des frais à l'aide desquels a été réunie cette immense collection, d'indiquer quelques chiffres :

J'ai rassemblé dans trois portefeuilles in-folio près de cinq cents pièces sur Laon seulement. Sur cette ville, et dans les collections diverses, y compris la mienne, dont j'ai dressé les catalogues, je connais plus de six cents pièces.

Le plus volumineux de mes portefeuilles est celui qui est consacré à la ville de Coucy. Je connais sur cette localité plus de deux cents pièces dont cent cinquante vues au moins, gravées et lithographiées, sans parler des dessins inédits et des photographies.

Soissons, St-Quentin et leurs monuments, Braine surtout, sont traités dans les mêmes proportions.

J'ai catalogué douze cents portraits dont huit cents au moins m'appartiennent.

Enfin, le nombre de mes bulletins de dépouillement sur l'ensemble du département de l'Aisne ne se porte pas à moins de quatre mille.

L'ORDRE DE CLASSEMENT.

On comprend qu'il ait fallu chercher une méthode qui permît au premier besoin, au premier désir, au premier appel, de se reconnaître dans cette énorme masse de documents de tous les âges, de tous les ordres, de tous les formats, parmi lesquels rien n'était plus facile que de se perdre, et rien de plus difficile que de se retrouver. Les portefeuilles de dessins se regardent toujours, se consultent souvent. Il fallait les disposer de façon à être étudiés avec fruit et surtout sans perte de temps.

J'avais vu beaucoup de collections dont les unes n'étaient pas classées, dont les autres l'étaient sans méthode bien certaine. On ne pouvait y rien trouver sans de longues recherches, par exemple dans celles où l'on n'avait établi que deux grandes divisions : l'iconographie ou les portraits, et la topographie ou l'histoire expliquée et illustrée par les monuments. Là présidait l'ordre alphabétique qui m'a paru insuffisant.

J'ai donc adopté un autre plan. J'ai mis, dans mes vingt-quatre portefeuilles, l'ensemble de mes pièces en rapport exact avec l'ordre administratif tel qu'il existe aujourd'hui, en commençant par l'unité départementale qui se subdivise d'abord en arrondissements, ensuite en cantons, enfin en communes comprenant les villages et hameaux.

Le département avec ses hauts fonctionnaires, tels que préfets, généraux, etc., quand ils ont laissé des portraits ;

Les arrondissements, chacun avec ses fonctionnaires et députés ;

Les cantons avec un titre polychrome qui sert plus spécialement de dénomination et de concentration à tout ce qui touche les communes ;

La commune, ainsi divisée : le passé et le présent ; le passé représenté par les portraits des seigneurs, par les anciens plans, les monuments disparus, les faits historiques, et le présent par les monuments qui subsistent encore et les actualités. Après les vues pittoresques viennent les portraits des enfants du pays ou des hommes qui l'ont illustré à un titre quelconque.

De la sorte, sans recherche, et surtout sans peine, on trouve immédiatement ce que l'on veut consulter. D'un coup d'œil on a tout ce qui concerne une localité.

J'ai suivi un classement différent pour mes listes écrites et catalogues.

Procédant toujours dans l'ordre administratif et du composé au simple, j'ai établi plusieurs grandes catégories ou subdivisions :

1° La TOPOGRAPHIE PURE, c'est-à-dire les cartes géographiques des temps romains, des anciennes provinces, de la généralité de Soissons, des évêchés divers auxquels appartiennent les contrées qui forment maintenant le département de l'Aisne, les cartes de détails des gouvernements, des fractions de contrée, puis celles du département à partir de 1790, des arrondissements, des cantons, des canaux, des routes, des chemins de fer et de projets de chemins de fer, les cartes postale, géologique, etc. Cette collection, déjà très-nombreuse, présente beaucoup d'intérêt. Dans un temps rapproché, elle s'enrichira de copies de cartes manuscrites des seizième et dix-septième siècles que je ferai prendre à la Bibliothèque impériale ;

2° La TOPOGRAPHIE PITTORESQUE qui comprend les plans et vues de monuments ;

3° L'HISTOIRE, c'est-à-dire les dessins de monnaies frappées dans le pays, les sceaux d'églises, d'abbayes, d'administrations, de personnages importants, les cachets de particuliers, les armes des villes, corporations et familles, les gravures représentant des faits accomplis dans le pays ou par ses hommes, etc. ;

4° L'ICONOGRAPHIE ou la réunion des portraits. Les plus grands noms de la belle époque de la gravure française brillent là dans tout leur éclat. J'ai presque tous les évêques de Laon et de Soissons qui ont été gravés. Parmi ces portraits on remarque surtout celui de l'évêque de Laon, Rozet de Saint-Albin, bâtard du régent ; c'est le chef-d'œuvre du fameux Schmitt. Les familles puissantes d'Estrées, de Guise, des Potier de Gesvres, de Genlis, etc., sont représentées là par de splendides pièces d'une grande rareté ;

5° L'ŒUVRE DE NOS ARTISTES, les Dorigny de St-Quentin, les La Tour, les Le Nain de Laon, les Duflos de Coucy, la famille plus moderne et plus nombreuse de nos graveurs sur bois, Breval, Tauxier, etc. J'ai réuni soixante-quinze gravures d'après les pastels de La Tour. Parmi elles, il en est qui ont été ciselées en Angleterre ; d'autres, comme le fameux portrait de l'*Arlequin* qui est unique, ont été disputées et enlevées, au feu des enchères, aux amateurs les plus déterminés de ce maître. Ma collection des gravures de La Tour est en ce moment la plus complète de celles qui ont été formées jusqu'ici. Il en est de même de celle que j'ai réunie des gravures d'après nos Le Nain ; il ne me manque plus que de rares pièces que je poursuis avec persévérance. Avec les nombreuses gravures que je possède des deux Duflos père et fils, j'ai restitué au département et à la ville de Coucy l'œuvre de deux éminents artistes qui, trop tôt éloignés sans doute de leur pays de naissance, y étaient tout à fait inconnus et qui méritent cependant, par la fécondité et la souplesse de leur talent, d'être classés parmi les bons graveurs des deux derniers siècles.

Cette double classification, celle des portefeuilles et celle du catalogue, a été expérimentée depuis cinq ans bientôt et adoptée par des collectionneurs qui en ont apprécié la méthode et le bon usage et ont renoncé à leur méthode de classement. Elle admet sur l'heure, et dans l'ordre général, tout ce qui arrive de nouveau, tout ce qui est apporté par les investigations et les petits bonheurs de chaque jour, ce qui est dû à l'art ancien, comme ce qui est dû au crayon de nos artistes ou de nos amateurs vivants. Le grand comme le petit format, tout s'y classe, s'y reconnait et s'y trouve.

Aucune collection sur une contrée quelconque n'a encore, je le crois, je puis presque l'affirmer, atteint ces proportions. Elle se complète chaque jour et prend sans cesse plus d'importance.

Il n'y manque plus guères que les *desiderata*, ces pièces que l'on n'a pas et que l'on préfère à tout ce que l'on possède, ces pièces qui font le désespoir de l'amateur et le poussent aux folies de la convoitise et de la dépense. Il faudrait avoir le temps d'inventorier journellement les étalages de l'Institut et des quais, de feuilleter tous les vieux livres à images, d'ennuyer tous les marchands de gravures, de secouer le bric-à-brac d'illustrations qui tapissent les murs de Paris. Encore ne terminerait-on jamais son œuvre.

Telle qu'elle est, je puis en dire que c'est dès aujourd'hui un monument, *exegi monumentum*. Je le dis sans orgueil, ou plutôt avec orgueil, car il est dressé à l'honneur et pour l'amour du pays en vue duquel nous nous faisons tous un devoir de travailler et dont nous voulons ensemble faire connaître et mettre en relief les faces multiples et glorieuses.

DIXIÈME SÉANCE.

(2 Août 1859.)

Présidence de M. Duchange, Président.

M. Chamblain, Préfet de l'Aisne, assiste à la séance.

Ouvrages offerts : 1° Le Parlement de Paris, par M. Ch. Desmaze, membre correspondant; 2° A-t-on réservé le précieux Sang, broch. par M. l'abbé Corblet, aussi membre correspondant; 3° Mémoires de la Société d'Agriculture, des Sciences, Arts et Belles-Lettres du département de l'Aube; 4° Mémoires de la Société académique des Sciences, Arts et Belles-Lettres et Agriculture de St-Quentin; 5° un numéro de la Revue de l'Art chrétien.

M. le Président annonce qu'il vient de recevoir de M. le Ministre de l'instruction publique et des cultes l'avis qu'une somme de 300 fr. était accordée à la Société de Laon, à titre de subvention pour 1859.

M. Ed. Fleury donne quelques détails sur l'existence d'un manuscrit aussi inconnu que précieux, et où se trouvent plusieurs cartes indiquant avec précision l'état des forêts de nos contrées au milieu du XVIIe siècle :

Je vous ai donné, le mois dernier, un travail intitulé : *Introduction à un Catalogue raisonné des gravures, lithographies, dessins, etc., sur le département de l'Aisne;* je vous y disais l'immense quantité de matériaux dont sept ou huit ans de recherches m'ont procuré la possession ou la connaissance. Je vous disais aussi que chaque jour vient compléter ces richesses faites pour exciter l'étonnement.

Voici qu'elles viennent encore de s'accroître dans une spécialité qui jusqu'à ce jour n'était représentée dans les collections que par bien peu de documents : je veux parler des plans des belles forêts qui couvrent nos contrées et dont beaucoup ont disparu depuis deux cents ans. Il ne reste probablement aucun plan d'ensemble qui permette d'étudier sérieusement et de délimiter d'une manière sûre et définitive les grands emplacements boisés qui survivaient, il y a deux siècles encore, à nos forêts telles qu'elles se comportaient avant l'essartement par les moines et la civilisation nouvelle. Il existe quelques plans et cartes de détails datés du dernier siècle, notamment sur la forêt de Villers-Cotterêts ; mais ils seraient loin de suffire pour reconstruire cet ensemble qu'il importe cependant de connaître au point de vue de la géographie et même de l'histoire locale et générale.

Heureusement, cette lacune vient d'être comblée en partie. A l'exposition d'archéologie et des beaux-arts de Chartres, ouverte en mai 1858, on pouvait admirer un manuscrit splendidement écrit, splendidement illustré, et intitulé : *Plans des forêts, bois et buissons du département de la grande maîtrise des eaux et forests de l'Ile-de-France, Brie, Perche, Picardie et pays reconquis*. Ce manuscrit, de format atlantique, est composé de soixante-trois feuillets doubles du plus beau velin, fixés sur onglets, accompagné de miniatures et relié en maroquin rouge. « Les plans du présent volume, » lit-on dans une note du frontispice, « ont esté enluminés par Compardelle en l'an» née 1668, et les tables escrites par Damoiselet. »

Le numéro de juin 1859 de la *Revue des Sociétés Savantes*, qui nous signale l'existence de ce splendide atlas, nous apprend que les peintures dont il est orné présentent un choix ingénieux de scènes de mœurs villageoises, forestières, agricoles, entremêlées de détails pittoresques et traitées avec beaucoup de finesse, de charme et d'élégance. Ces vignettes, ajoute M. Paul Lacroix, auteur de l'article de la *Revue* auquel nous empruntons ces curieux détails, représentent les châteaux, les abbayes, les prieurés, les parcs et les principaux monuments qui se trouvaient compris dans le département de la grande maîtrise des eaux et forêts de l'Ile-de-France, de la Brie, du Perche, de la Picardie et des pays reconquis. M. Paul Lacroix a constaté, dit-il, que la plupart de ces dessins n'existent pas ailleurs et que quelques-uns viennent remplir une lacune regrettable de notre iconographie monumentale. *Le plan des forêts* compléterait donc utilement le célèbre recueil de Chastillon et le *Topographia Galliæ* de Mathieu Meilhan.

Dans un court voyage que j'ai fait à Paris ces jours derniers, je me suis informé au Ministère de l'instruction publique (section d'archéologie) si l'on avait quelques détails de plus sur cet intéressant manuscrit. M. de Villevieille, secrétaire du comité des sociétés savantes, a eu la complaisance de me communiquer le rapport lui-même d'où M. Paul Lacroix avait extrait les renseignements qui lui avaient servi pour écrire son article, et j'ai pu par ce rapport avoir une plus ample connaissance de ce qu'il m'importait de savoir.

Il a été rédigé par M. Roux, ancien professeur de rhétorique à Chartres. Il est très-détaillé et contient un sommaire très-complet sur chacun des plans de l'album. Voici ce qu'il présente d'intéressant pour nous :

« N° 41. *Plan de la forest de Guise. 23,640 arpents.* Cartouche : sanglier aux prises avec des limiers au poil hérissé. Innombrables vignettes.

« N° 42. *Maîtrise de Chaulny.* Des vachers jouant de la flûte, pendant que leurs vaches, couchées ou debout, paissent, remplissent le frontispice.

« N° 43. *Plan des buissons appelés Francs Bois du roy. 623 arpents.* Cartouche : vacher qu'un singe délivre, avec force grimaces, de certains ennemis pendant que son troupeau broute l'herbe. Cinq vignettes, etc.

« N° 44. *Maîtrise de Coucy.* Table au frontispice, deux renommées assises dos à dos embouchent la double trompette héroïque dont le pennon déploie les armoiries accoutumées du grand-maître des eaux et forêts. Têtes de chien tenant des branches de chêne.

« N° 45. *Forest basse de Coucy et le Montair. 3,391 arpents.* Cartouche : chevalier armé de toutes pièces, en la main gauche tenant son bouclier, et de la droite sa flamberge, va égorger un lion gueule béante, dressé devant lui, tandis qu'un capucin, les mains étendues d'effroi, semble prier pour lui. Quinze vignettes, villes, bourgs, parcs. Cette pièce par son style magistral surpasse toutes les autres.

« N° 46. *Forest haulte de Coucy. 2,660 arpents* y compris la laye. Cartouche : le même chevalier, l'épée haute sur le lion éventré à ses pieds, se dresse, tandis que le même moine, mais capuchon redressé, placé en arrière plan, du doigt montre le lion et tient la main gauche sur son cœur. Détails infinis, curieux ; vignettes nombreuses, outre un orang-outang étouffant par le bec un beau cygne. »

Dans la nomenclature et analyse des plans étudiés et décrits par M. Roux, nous n'en trouvons pas qui aient rapport aux forêts de Villers-Cotterêts et de Craonne.

Les mentions consacrées à celles de Guise et de Coucy dont les plans sont si riches en illustrations, nous font, on le voit, entrevoir des restitutions nombreuses à notre histoire locale ; des indications précieuses, une source de renseignements apparaissent inopinément dans l'inestimable manuscrit dont la *Revue des Sociétés Savantes* et le rapport de M. Roux viennent de nous signaler l'existence Mais leurs indications sont encore trop vagues et trop incomplètes. C'est le manuscrit qu'il faudrait voir, étudier et copier surtout.

Une conversation s'engage entre les membres présents sur cette communication.

M. le Préfet pense qu'il faudrait pouvoir examiner et étudier l'album si curieux dont on vient d'entretenir la Société. Si on pouvait obtenir de son propriétaire l'autorisation de copier les plans qui intéressent le département de l'Aisne, il est certain qu'on obtiendrait du Conseil général les fonds pour couvrir cette dépense.

M. Fleury pense pouvoir se mettre, par l'intermédiaire du

ministère de l'instruction publique et des cultes, en rapport avec le propriétaire, et lui demander l'autorisation d'étudier à fond son manuscrit et d'en copier ou faire copier ce qu'il renferme d'important pour le pays.

M. Melleville rappelle qu'il y a deux ans, il a lu à la Société un travail sur les forêts de la contrée au douzième siècle. A l'appui de ce travail qu'il aurait reproduit lors du Congrès de Laon si le temps n'avait pas manqué, il avait dressé une carte qui, d'après des chartes et des documents authentiques, prouvait qu'au XIIe siècle, le sol du département de l'Aisne, pour les neuf dixièmes, était couvert de forêts.

M. Ed. Fleury ne peut accepter sans un contrôle sérieux les assertions de M. Melleville. Jamais, selon lui, une pareille étendue de forêts n'a couvert à la fois, à aucune époque, le département de l'Aisne, pas même du temps de l'invasion romaine. Il est accepté par tous que l'armée qui vint combattre César fut en grande partie réunie dans les contrées qui forment le Soissonnais, le Laonnois, le pays de St-Quentin. De quoi auraient vécu ces immenses populations qui purent opposer à César, à son passage de l'Aisne, deux ou trois cent mille combattants, s'il n'y avait eu que des forêts? La civilisation mérovingienne n'était pas, que l'on sache, un état social qu'on puisse appeler sauvage. Les rois mérovingiens, succédant aux Romains, trouvèrent un sol cultivé et le conservèrent en culture. Les Carlovingiens, qui dominèrent nos contrées où se trouvait le centre de leur puissance, ne vécurent pas que de chasse et de glands.

A supposer que l'invasion normande, qui saccageait pour saccager, eût ruiné et dépeuplé le pays ravagé aussi par la guerre civile et les désastres des IXe et Xe siècles, le XIe est un siècle réparateur. La richesse publique et la population se refont. On essarte partout pour rendre à la culture le sol que les bois ont envahi. Le XIIe est un siècle de renaissance complète pour la religion, pour les arts, pour les sciences, et ce n'est pas en pleine renaissance que la forêt couvre les neuf dixièmes du sol d'une nation.

M. Melleville croit que la géologie vient ici en aide aux documents historiques. Elle sait à des signes certains reconnaître un sol qui a jadis porté des bois. Or, ces signes se retrouvent partout et sont incontestables

M. Chamblain pense comme M. Fleury qu'une proposition aussi affirmative ne peut être acceptée. Qu'on puisse aux caractères indiqués par la science reconnaître un sol qui fut boisé autrefois, que le sol du département de l'Aisne soit profondément marqué à ces caractères, cela ne prouve pas qu'à une époque délimitée, au XIIe siècle par exemple, la presque totalité de ce pays fût envahie par les forêts. Ces signes sont ceux d'un boisement qui eut des phases diverses, mais ne dut jamais être général à une seule époque.

M. Fleury veut bien admettre qu'au XIIe siècle il y ait eu beaucoup plus de bois qu'on en voit maintenant. On voit les moines défricher; mais que défrichent-ils? Des solitudes que les pieux fondateurs des abbayes nouvelles préféraient aux endroits trop voisins des centres de population.

M. Melleville est prié par la Société de donner les preuves à l'appui de son opinion.

M. MELLEVILLE donne lecture de la deuxième partie de son travail bibliographique sur le département de l'Aisne.

M. PIETTE lit plusieurs chapitres de son travail d'ensemble sur les voies romaines.

CHAUSSÉE DE CHATILLON-SUR-OISE AU CATEAU-CAMBRESIS,

Par Fieulaine, Etaves, Seboncourt et Vaux-en-Arrouaise.

Nous avons vu, en parcourant la voie romaine de Reims à Arras (Bulletin de 1858), que la hauteur qui couronne le village de Châtillon-sur-Oise conservait des traces antiques qu'on pouvait, avec quelques raisons, attribuer à un poste militaire, à un château *(Castellum)*, dont l'appellation s'est perpétuée dans le nom du village même.

Cette position qui sans doute ne manquait pas d'importance, était reliée avec la ville du Câteau-Cambresis par une chaussée dont le tracé, toujours visible, est emprunté sur plusieurs points par la viabilité moderne.

D. Grenier en fait mention, d'après un mémoire manuscrit qui lui aurait été envoyé le 17 décembre 1767 par l'abbé Piétavy, chanoine de St-Quentin, et suppose qu'elle se dirigeait de Châtillon vers Bavai, bien qu'elle soit appelée dans le pays *la voie de Cambray* (1).

Ce chemin se détachait de la chaussée de Reims à Arras, un peu au-dessus de la position romaine de Châtillon, au point où la voie fait un coude marqué par des grosses tuiles brisées ; il descend alors vers l'arbre de Sissy où il porte le nom de *Chemin de Marly* ou de *Chemin des Flamants* qu'il échange bientôt pour celui de *Chemin de la Tuerie*, quand il arrive sur les bords du petit ruisseau qui vient de Regny pour se jeter dans l'Oise au-dessous de Sissy. Il franchit ce ruisseau au pont du *Vivier-Leroi*, laissant à sa droite l'emplacement de la ferme de Bayenpont détruite depuis longtemps, et que des titres de l'an 1010 nomme *Banipons*.

Au-delà du ruisseau la route se bifurque; une branche s'appuyant à droite, passe au-dessus de Tenelles, au nord-ouest d'Origny et de Neuvillette, cotoye toujours le sommet des collines qui bordent l'Oise et se réunit au-dessus de Bernot au chemin de St-Quentin vers La Capelle. Quant à la branche principale, elle passe au sud de Regny, rejoint vis-à-vis de ce village la route de Ribemont à St-Quentin, à laquelle elle prête son tracé jusqu'à la *Désolation* où elle traverse la route moderne de Guise à St-Quentin. De là elle gagne en ligne directe le village de Fieulaine connu par les traces antiques que ren-

(1) *Introduction à l'histoire générale de la Picardie*, p. 461.

ferme son territoire ; les enclos qui avoisinent l'église cachent des puits dont la place est rendue sensible par les affaissements du sol ; on y trouve également des restes de construction en grès et une grande quantité de tessons de poteries; le cimetière en est rempli, chaque inhumation en met à jour un grand nombre. A diverses époques on a trouvé aussi dans le village de petites statuettes en terre cuite. Le 20 avril 1659, jour de la publication de la paix des Pyrénées, des joueurs de quilles, en établissant leur jeu, en trouvèrent une qui est devenue depuis fort célèbre sous le nom de Notre-Dame de la Paix. Elle est conservée dans l'église où elle attire chaque année un grand nombre de pélerins; ces débris justifient en quelque sorte l'étymologie du nom de Fieulaine qu'on trouve désigné sous la dénomination de *Figlina* (fabrique de poteries) dans les titres ecclésiastiques du XIIe siècle.

Fieulaine montre aussi une butte antique appelée vulgairement *la Bove* (1); elle est située au nord du village à peu de

(1) Au mois de mars 1842, j'ai fait ouvrir la butte de Fieulaine. Après trois heures de travail, les ouvriers découvrirent l'entrée d'un petit souterrain à plein-ceintre, de cinq mètres de long sur deux mètres cinquante centimètres de large et autant de hauteur : de chaque côté de ses parois longitudinales se trouvent deux cavaux dont la largeur est de un mètre vingt-cinq centimètres, la hauteur de deux mètres, et la profondeur de un mètre cinquante centimètres. Cette disposition donne à l'ensemble de la cripte l'aspect d'une double croix. Ce souterrain que j'ai trouvé complètement vide et qu'une inscription tracée à la pointe, sur une pierre tendre au bas de l'escalier, m'apprit avoir été visité en 1800 par M. Cottin, est pratiqué non dans la masse du tertre même, mais à un mètre cinquante centimètres environ au-dessous du terrain naturel; il est construit avec les matériaux qu'on trouve dans le pays, des pierres calcaires grossièrement taillées, d'une dimension petite, peu régulière, se rapprochant cependant plus généralement de la forme carrée. Le couloir ou escalier qui y donne accès contient dix-huit à vingt marches; sa largeur est de un mètre vingt-cinq centimètres, sa hauteur de deux mètres. Il est construit avec les mêmes matériaux que le caveau principal; mais il présente cette différence remarquable que sa voûte au lieu d'être à pleinceintre, offre tous les caractères de l'ogive avec des parties saillantes correspondant à chacun des degrés inférieurs. Les dispositions intérieures de la Bove de Fieulaine doivent faire supposer qu'elle a été destinée à une sépulture

distance de l'église ; sa hauteur est de quatre à cinq mètres ; elle semble correspondre avec la *Motte Guerlot* sur Fonsomme et la *Butte d'Epinoy* sur Etaves, près de laquelle la route va bientôt nous conduire.

Après Fieulaine, la route gagne Méraulieu, maison isolée qui marque la place d'une localité autrefois importante, dont les dîmes tant grosses que menues appartenaient dès 1146 à l'abbaye de Saint-Nicolas-sous-Ribemont ; elle passe ensuite à peu de distance et sur la droite d'Etaves, gros village qu'une tradition conservée dans le pays rapporte avoir été, au temps de Jules César, le lieu de station d'une légion de cavalerie romaine : son nom qui paraît provenir du mot latin *Stativa*, semble ajouter quelque poids à cette opinion et peut faire penser qu'Etaves fut en effet, dans les temps éloignés, un lieu retranché qui servit de séjour aux armées romaines. Le nom de *Stabula* (étable, écurie) sous lequel il se trouve quelquefois désigné dans les titres ecclésiastiques, vient encore à l'appui de la tradition locale qui veut que le pays ait été spécialement destiné au séjour d'une troupe à cheval. Des traces fort apparentes de fossés et divers mouvements de terrain qu'on remarque derrière les hayes, au sud-ouest du village, sont peut-être les restes d'anciens retranchements. Du côté nord du village, non loin de la route, s'élève aussi un petit monticule de quatre mètres environ de hauteur appelé la *Butte d'Epinoy*. On a essayé d'y faire des fouilles ; mais, après un sondage de deux à

que le mélange de l'ogive permet difficilement de faire remonter au-delà du XIIe siècle, et bien qu'elles semblent aussi contredire l'opinion que j'ai déjà émise à diverses reprises sur la destination générale de ces élévations de terrain, je n'hésite pas à la décrire avec l'exactitude la plus scrupuleuse, parce que à mes yeux, les constructions intérieures de la Bove de Fieulaine, les seules de ce genre qu'on ait rencontré dans les buttes du département, forment une exception qui ne détruit pas la règle. Je les ai indiquées surtout aussi, parce que rien ne m'a paru devoir être négligé de ce qui peut éclairer l'étude si peu avancée de ces monuments dans nos contrées. Je viens d'apprendre que la butte de Fieulaine a été renversée par son propriétaire et son souterrain comblé en 1858.

trois mètres, on a abandonné les recherches qui n'ont pas été reprises depuis. Les jardins qui avoisinent cette butte contiennent des tessons de poteries, des tuiles et d'autres marques évidentes de constructions antiques.

Depuis le plâteau situé entre Regny et Ribemont jusqu'aux approches de la Butte d'Epinoy, la chaussée est appelée *Chemin des Charbonniers*, peut-être parce qu'il était suivi par la plupart des marchands de charbon qui venaient s'approvisionner dans les bois de Bohain. On l'appelle aussi le *Chemin des Plaideurs*, parce qu'il conduisait à Ribemont, siège d'une justice présidiale qui s'étendait jusqu'à Bohain. Mais il est facile de voir, à l'inspection des lieux, qu'elle n'a point été faite pour unir ces deux villes et que seulement on en a profité pour établir entre ces deux localités une communication que rendait nécessaire la juridiction dont Ribemont était le siége et Bohain une dépendance; en effet, vis-à-vis d'Etaves, au point où la chaussée est traversée par le chemin d'Aisonville, la route de Bohain s'infléchit sur la gauche et gagne cette ville par le hameau de l'Ecalle, dépendance de Seboncourt, tandis que la chaussée continue sa marche directe vers le village même sous l'apparence d'un beau chemin vert relevé de près d'un mètre au-dessus du sol et qui a conservé le nom de *Chaussée Brunehault;* elle passe au pied du moulin à vent, entre dans Seboncourt par la *rue Bruneuse*, longe le portail de l'église, traverse la plaine au-delà du village et s'engage dans les bois, au lieudit le *Taillis Brunet*.

A partir de là, son tracé ne se présente plus qu'avec incertitude; si on poursuit le prolongement de sa direction rectiligne depuis Seboncourt, elle marcherait entre les bois de Riquorval et d'Hennechies, passerait au nord d'Andigny-lès-Fermes, à la Vallée-Mulâtre, à Ribeauville où on a trouvé de nombreuses antiquités romaines; elle entrerait dans le département du Nord par Mazinghien et se dirigerait sur Landrecies par Châtillon-sur-Sambre.

Bien que la carte du dépôt de la guerre indique entre Andigny-les-Fermes et Châtillon-sur-Sambre un vieux chemin qui semble donner quelques probabilités à cette direction, il est plus vraisemblable que la route marchait de Seboncourt vers Vaux-en-Arrouaise où elle rejoignait un grand chemin marqué encore dans Cassini et qui menait directement au Câteau par Saint-Souplet et Saint-Benin.

Elle rencontrait dans cette direction, un peu sur sa gauche, dans les bois de Busigny, le *Mont au Câtelet* qui présente tous les caractères d'une ancienne position militaire. C'est une élévation de forme elliptique qui peut avoir cent cinquante mètres dans sa plus grande longueur; elle est environnée de tous côtés par un fossé profond d'où se détache une longue levée en terre qui va se perdre dans les profondeurs du bois.

La surface du Mont au Câtelet est couverte de débris de construction et de vestiges antiques qui remontent à l'époque romaine; des affaissements considérables semblent y dénoter d'anciennes constructions souterraines. On y a trouvé à différentes époques des monnaies à l'effigie des empereurs et une petite statuette en cuivre doré de dix-huit centimètres de hauteur.

CHEMIN DE SAINT-QUENTIN A NOYON

Par Labbiette, Gauchy-Grugis, Clastre, Annois, Cugny et Villeselve.

On regarde généralement comme une des plus anciennes voiries de la contrée le vieux chemin de St-Quentin à Noyon, connu aujourd'hui sous les noms de *Chemin Clatrois*, *Chemin de Beauvoisis* ou *Chemin Vert*. Il sort de St-Quentin par le faubourg d'Isle et gagne Labbiette par la rive gauche de la Somme; mais dans les temps reculés, ce n'était pas là sa direction, il s'éloignait, suivant toute apparence, de la cité d'Auguste par sa partie sud-ouest et traversait directement le marais vers Labbiette. On sait qu'il existait de toute antiquité, sur ce point, à travers l'étang de bas, une chaussée qui, dès le milieu du xve siècle, n'était déjà plus connue que des pêcheurs. C'est par cette voie en grande partie rompue et couverte par les eaux, que le 26 juin 1468, Montigny, général de Maximilien d'Autriche, pénétra dans St-Quentin à la tête de quelques cavaliers et essaya, mais en vain, de s'en emparer par surprise (1). C'est par là aussi que dans la nuit du 22 au 23 août 1557, le duc de Nevers introduisit dans la ville assiégée par les Espagnols quelques centaines d'arquebusiers qui ne purent en retarder la prise que de quelques jours (2).

Aussitôt après le marais, la chaussée entrait dans le hameau de Labbiette, localité autrefois importante que des titres ecclésiastiques du XIIe siècle désignent sous la dénomination de La Vieuville (*Vetus Villa*) ; le nom qu'elle porte aujourd'hui ne lui fut donné qu'au XIVe siècle après que Gauthier, abbé d'Isle, en eut fait l'acquisition et y eut fait bâtir une maison de campagne.

On retrouve la chaussée au sortir du hameau se dirigeant au sud vers Gauchy et Grugis. Ce dernier village montre des traces romaines sur son territoire. On y a trouvé en 1782 six à sept cents médailles enfermées dans un vase en fer; elles appartenaient pour la plupart aux empereurs qui ont régné depuis Heliogabale jusqu'à Posthume (3).

Elle laisse à droite le village de Castres et les vestiges du camp ou château (*Castrum*) qui lui donna son nom, passe près de la ferme de Bourgies, traverse le chemin d'Albert à La Fère et arrive au village de Clastres près de la *Motte-Frenoy*, butte celtique d'une hauteur de 5 mètres 60 cent., sur 46 mètres de diamètre à sa base, qui domine toute la plaine et qui semble surveiller les deux routes dont elle occupe le point d'intersection.

Le vieux chemin gagne ensuite Annois, puis Cugny, pénètre dans le département de l'Oise à Villeselve et gagne Noyon par Guiscard, après avoir traversé l'emplacement de l'ancienne forêt de Beine qui couvrait au XIe siècle la plus grande partie du

(1) *Histoire particulière de la ville de St-Quentin*, par Q. de La Fons, t. III, p. 53.

(2) *Etudes Saint-Quentinoises*, par Ch. Gomart, t. I, p. 211.

(3) *Dictionnaire historique du département de l'Aisne*, t. I, p. 298.

pays compris entre l'Oise, la Somme et la Verse, et dont les bois de Commenchon, d'Autrecourt, de la Caye, de Frières et des Grandes-Beines sont les derniers vestiges.

CHAUSSÉE DE CUTZ VERS HAM

Par Quierzy, Stay, Caillouël, Crépigny.

La chaussée qui se dirigeait de Cutz vers la ville de Ham était un embranchement de la route directe de Soissons à Amiens ; elle s'en séparait sur le plateau du mont de Choizy, au-dessus de Cutz, lieu connu par les nombreuses antiquités romaines qu'on y découvre tous les jours. C'était un carrefour d'où rayonnaient plusieurs chaussées ; celle qui se dirigeait sur Ham, descendait vers le nord, entre le village de Cutz et le hameau de Gizancourt, formant ce qu'on appelle le *Chemin de la Montagne.*

« Elle est large, dit M. Graves, de huit à neuf mètres, fort » dégradée, mais encore en chaussée de quatre pieds sur di- » vers points ; on y rencontre quelques blocs et des lambeaux » de son ancienne construction ; on remarque aussi son em- » pierrement pavé, à gauche et au-dessus du chemin creux » qui arrive directement à Gizencourt ; elle n'est plus dis- » tincte au bas de la colline où le sable l'a sans doute recou- » verte ; on en a retrouvé les traces plus au nord, vers la » ferme de Frétoy ; elle allait de là entre Bretigny et Quierzy, » car en 1827, lors des fouilles pratiquées dans la vallée d'Oise » pour l'établissement du canal latéral, on rencontra sa » chaussée formée de matériaux énormes dont l'origine ro- » maine ne laisse aucun doute (1). »

Le chemin de Ham passe en effet entre ces deux localités célèbres, Bretigny et Quierzy, dont la première appartient au département de l'Oise et la seconde au département de l'Aisne. C'était la route que suivaient les souverains de la première et

(1) *Notice archéologique du département de l'Oise.*

de la seconde dynastie quand ils venaient séjourner au palais de Quierzy, ancienne villa romaine que les rois francs avaient disposée suivant leur goût pour la chasse et pour la vie champêtre.

Aujourd'hui, de toute la splendeur de la résidence mérovingienne il ne reste qu'une verdoyante solitude où rien ne rappelle les grandeurs passées. Cependant que de souvenirs se pressent quand on interroge ces lieux, quand on évoque la mémoire des grands évènements dont ils ont été les témoins! Nous les trouvons ainsi résumés dans une note de M. l'abbé Carlet, curé de Manicamp, insérée dans le *Bulletin de la Société des Antiquaires de Picardie* :

« Funérailles d'un grand prince, consécration de la puis-
» sance temporelle des papes, ordonnances et capitulaires,
» fêtes religieuses célébrées par le souverain en société avec
» le chef suprême de l'Eglise universelle, conseils de guerre,
» conciles ecclésiastiques, discussions théologiques, examen
» d'évêques, noces royales, sacre et couronnement, chasses
» princières, campement militaire, établissement ou au moins
» naissance de l'hérédité des fiefs, et pour qu'il ne reste à
» désirer aucune espèce d'intérêt, malheurs et désastres (1). »

Ce palais fameux éprouva en effet, sur la fin du IXe siècle, le sort commun à toutes les maisons royales de la contrée; les Normands le pillèrent et le dévastèrent. Dépouillé de ses commodités et de ses agréments, il fut abandonné par ses possesseurs à des châtelains qui en prirent le nom et y élevèrent une forteresse dont on voit encore les restes sur la rive droite de l'Oise. Quant à l'emplacement de la *villa regia*, tout a disparu et on s'expliquerait difficilement une destruction aussi complète si Fortunat, écrivain du Ve siècle, qui nous a donné quelques détails sur les monuments de son temps, ne nous apprenait que ces sortes d'habitation étaient loin d'avoir l'aspect militaire des châteaux du moyen-âge. Ils formaient de vastes bâtiments entourés de portiques d'architecture romaine,

(1) *Bulletin de la Société des Antiquaires de Picardie*, année 1859, p. 104.

ornés de sculptures élégantes ; mais tout était construit en bois. Autour du principal corps de logis, se trouvaient dispersés, par ordre, les logements des officiers du palais, soit barbares, soit romains d'origine, et ceux des chefs de bandes qui, suivant la coutume germanique, se mettaient avec leurs guerriers dans la truste du roi. D'autres constructions de moindre importance se groupaient aussi autour de la résidence royale, c'étaient des bâtiments d'exploitation agricole, des haras, des bergeries, des granges, puis des cabanes pour les gens de métiers et les serfs du domaine (1).

Il est probable cependant que les constructions du palais de Quierzy n'étaient pas toutes en bois, car elles furent établies sur l'emplacement d'une villa romaine, et on sait que les Mérovingiens laissèrent subsister ces établissements partout où ils les rencontrèrent et que souvent même ils les utilisèrent à leur profit. La position romaine se retrouve à Quierzy tout près du village à l'est, vers Manicamp, sur les bords de la prairie, au lieudit la *Caplette* (Capella). Là, sur une certaine étendue, le sol, légèrement renflé, montre de nombreux débris de la grande époque historique. Des fouilles faites le 5 octobre 1852, mirent à jour des vestiges de charbons, des débris osseux, des portions de vases en terre cuite noires et rouges, des tuiles épaisses et à rebords, enfin des cubes de mosaïque et des fragments d'une sorte de stuc poli et peint à fresque (2). On peut supposer avec quelque vraisemblance que le palais de Charlemagne comprenait ce lieudit dans son enceinte et qu'il s'étendait vers l'ouest sur l'emplacement du village actuel.

La chaussée traversait les larges prairies de la vallée d'Oise à l'ouest de Quierzy, sur plusieurs ponts dont on a retrouvé la place à diverses époques et particulièrement lors de la construction du canal latéral; elle arrivait ensuite au hameau de Stay, dépendance d'Appilly (département de l'Oise). Là son tracé pavé, ainsi que la base tronquée d'une borne milliaire

(1) *Compiègne et ses environs*, par L. Ewig, pag. 158.

(2) *Bulletins de la Société des Antiquaires de Picardie* 1850-51-52, p. 577.

ont été retrouvés en 1830 dans les fondations faites par M. Paffe pour l'établissement d'une sucrerie au lieudit la *Couture d'Stay*. On y a découvert, en même temps, un vaste tombeau duquel on retira une quantité d'objets curieux, notamment des restes d'armures, des agrafes, une sonnette en bronze, un sceau d'ivoire, une grande amphore, plusieurs vases de terre fine rouge et noire, quelques médailles; il y avait aussi un magnifique médaillon en grand bronze d'Antonin, ayant au revers un char traîné par quatre lions; il était contenu dans un cadre d'ivoire (1).

En suivant l'alignement des points déjà reconnus, et particulièrement celui du canal et du tronçon de Stay, la chaussée se dirige à l'est de Mondescourt et rentre dans le département de l'Aisne par Crépigny et Caillouël, noms significatifs qui indiquent évidemment son passage. En 1767, on a trouvé dans ce dernier village de nombreuses monnaies du bas-empire (2).

Elle gagne ensuite Guivry, laissant à peu de distance sur la droite la *Tombe Regnier*, monticule élevé dans les bois de l'ancienne abbaye de St-Eloy-Fontaine et couronné par une butte dont la régularité atteste évidemment la main des hommes. La vue s'étend de là sur un horizon de 20 à 25 kilomètres à son pourtour. D. Grenier dit que de son sommet on découvre parfaitement la ville de St-Quentin qui en est éloignée de sept lieues; il lui donne environ 180 pieds de circonférence, y compris un marche-pied en glacis qui s'allonge du côté de l'occident, de 50 pas, pour monter au sommet (3).

Les anciens titres ecclésiastiques désignent cette butte, dont la hauteur est d'environ huit mètres au-dessus de la montagne, sous le nom de *Tumulus Reinaldi*, circonstance qui a fait supposer à plusieurs savants qu'elle pourrait bien être le tombeau de Regnier, chef normand qui, selon les historiens Velly et Villaret, après avoir échoué devant Paris, fut défait par Charles-

(1) *Notice archéologique du département de l'Oise*, p. 73.

(2) Melleville. *Dictionnaire historique du département de l'Aisne* t. I, p. 124.

(3) *Introduction à l'histoire générale de la Picardie*, p. 181.

le-Chauve dans les environs de Quierzy. Les habitants du pays lui ont conservé le même nom ; ils l'appellent la *Tombergnier*, par corruption évidemment de tombe Regnier, et la regardent comme la sépulture d'un solitaire qui vécut et mourut sur la montagne où elle s'élève.

Malgré ces appréciations et les souvenirs de la tradition, nous n'en regardons pas moins ce monticule comme un point d'observation et de signaux des temps celtiques. Son voisinage d'une ancienne voirie, sa situation élevée et correspondante avec d'autres emplacements du même genre, sa forme si semblable à celle des buttes de Vouël et de Versigny ne nous laisse aucun doute à cet égard.

Après Guivry, la route entre dans le département de la Somme ; elle devait passer au hameau de Beine, dénomination qui rappelle le souvenir de la grande forêt de ce nom, à Colzy où on rencontre des tuiles brisées, à Golancourt et à Muillevillette dont le territoire montre aussi des antiquités romaines, et arrivait de là à Ham, nom celtique qui, d'après le Père Menestrier, Spelman et Bullet, signifie un groupe d'habitations (*Hamus*) et fait supposer à cette ville une origine des plus anciennes.

Il est probable que la route se prolongeait de quelques kilomètres au-delà de Ham jusqu'au village de Voyenne où elle rejoignait la grande voie de Bavay à Beauvais.

CHEMIN DE SOISSONS A NOYON

Par Pasly, Vezaponin, Blérancourt et Camelin.

La grande voie stratégique, construite par Agrippa pour relier l'Italie avec le nord de la Gaule et l'Angleterre, faisait, en passant par Vic-sur-Aisne, un coude très sensible entre Soissons et Noyon ; mais un chemin beaucoup plus raccourci et dont l'origine peut se rattacher à l'époque gauloise, unissait les deux villes de *Noviodunum* et de *Noviomagus*, et si les ingénieurs d'Agrippa n'en ont pas suivi le tracé pour l'établissement de la route de Milan à Boulogne, on doit supposer qu'ils en ont été détournés par les difficultés du trajet qui présente sur plusieurs points des vallées profondes et par conséquent des pentes rapides qui devaient rendre les travaux difficiles et la circulation dangereuse.

Ce chemin, qui diminue le trajet de dix à douze mille mètres, suit, en sortant de Soissons, la chaussée de Térouanne jusqu'à Pasly; il s'en détache au-dessus du village, descend à Vauxresis, passe au nord de Tencourt et de Tartiers et gagne le village de Vezaponin (*Vadum ad Pontem*), que quelques auteurs ont regardé comme l'emplacement de la capitale du pays Soissonnais, parce que Strabon nomme ces peuples *Vesones*.

Malgré la physionomie antique du nom de Vezaponin, il est impossible d'y placer la ville de *Noviodunum*. On ne peut tout au plus le regarder que comme une des douze bourgades qui, d'après César, appartenaient au Soissonnais. Encore, n'y rencontre-t-on aucun vestige qui puisse donner quelque valeur à cette supposition.

Après avoir franchi le rû d'Ozier et gravi le côté septentrional du vallon de Vezaponin à peu de distance du camp d'Epagny, le chemin traverse en diagonale le plateau formé par les collines séparatives des vallées de l'Oise et de l'Ailette; au centre de ces plaines élevées, il atteint une vieille voirie gauloise qui, venant de l'Ardenne, se dirige vers le département de l'Oise par Carlepont; après l'avoir suivi sur une longueur de 1,500 mètres, il s'en détache et se dirige vers Blérancourt; il passe au hameau de St-Pierre, laissant à gauche la vallée de Cavecy où, en 1858, on a trouvé des hachettes celtiques en pierres grossièrement ébauchées.

Le gros bourg de Blérancourt où il arrive ensuite, ne présente aucune trace de l'époque romaine. Les ruines du magnifique château bâti en 1610 par Bernard Pottier, duc de Gesvres, y attirent seules l'attention du voyageur. Il gagne de là le hameau de Fresne, ancien village dont il est question dans un diplôme du roi Eudes de l'an 893, et arrive ensuite à Camelin, localité désignée dans les plus vieux titres sous la dénomination de *Cameli*, nom qui figure encore sur la cloche de la paroisse avec la date de 1311. Avant d'entrer dans le village, le chemin de Soissons traverse une légère éminence couverte de débris qui s'étendent sur une assez grande surface de terrain, particulièrement au sud-est de l'église. Lors de la construction de la route de Coucy à Noyon, qu'on a superposée à l'ancien chemin depuis Blérancourt jusqu'à Cutz, les tranchées pratiquées sur cette élévation mirent à découvert de fortes tuiles romaines à rebords, des tessons de poteries rouges et grises, des restes de murailles et de tours, des ossements humains et de nombreuses traces de bois carbonisé.

La tradition n'a rien conservé sur cet emplacement connu dans le pays sous le nom de *Château Mégret*. Non loin de là, au nord du village, se trouve encore un autre lieudit qui présente quelque intérêt, c'est le *Camp Cerbin* (*Castrum Cerbini*), plateau peu élevé, circonscrit de tous côtés par des chemins creux et qu'on regarde comme un ancien poste militaire. La culture y retrouve de temps à autre des tombes en pierre, des grès et d'autres restes de construction. On voyait autrefois au milieu de cette enceinte une croix de pierre appelée la *Croix Zerol*; elle est aujourd'hui posée à l'angle extérieur sud-est du camp Cerbin. Ce monolithe est orné à ses angles de colonnettes engagées et sur ses fasces d'un large boudin brisé, accompagné de fleurons dans les angles. Son chapiteau est formé d'entrelacs, de croix et de haches en sautoir. C'est un monument qui appartient évidemment à l'époque romane. Il est très curieux et probablement unique, en son genre, dans nos contrées.

Camelin est le dernier village du département de l'Aisne. A l'extrémité de son territoire, notre chemin traverse un petit ruisseau qui forme la limite des deux départements, et arrive à Cutz où il rejoint la voie de Milan à Boulogne dont il s'est séparé à Pasly; ils entrent ensemble dans Noyon.

CHEMIN DE NOYON A VILLERS-COTTERÊTS

Par Attichy (Oise) et Vivières (Aisne).

Ce chemin, qu'on peut considérer comme un embranchement ou voie secondaire de la grande route de Milan à Boulogne passant par Soissons et Noyon, est connu dans le département de l'Oise, auquel il appartient en grande partie, sous le nom de *Chemin de Noyonval*.

Il se détache de la voie impériale en deçà de Cutz, à l'arbre de Blérancourt (1), vient passer aux Loges, à Touvent, à l'arbre de Bitry, pour arriver dans la vallée de l'Aisne à l'est d'Attichy, entre les collines de la Tourette et de l'Hermitage. Il est jalonné en quelque sorte par l'arbre de Bitry, celui de Toutvent, un gros buisson, deux autres arbres et l'épine de Quennevière. Il paraît relevé de quatre pieds et large de douze mètres au nord de la ferme de Toutvent. On en voit aussi des restes au sommet de la vallée qui descend vers l'Aisne. Des antiquités romaines ont été recueillies en plusieurs lieux de son trajet (2).

C'est par cette route qu'en 545, fut amené à Soissons le corps de saint Médard dont Noyon et Vermand se disputaient la sépulture. Afin de mettre un terme au débat, le roi Clotaire résolut d'élever au saint évêque un magnifique tombeau dans son domaine de Crouy et voulut y amener lui-même les restes du prélat. Baudry, évêque de Soissons, suivi de tous les leudes de son diocèse, vint au devant du cortège royal jusqu'au

(1) L'arbre de Blérancourt était un orme d'une dimension colossale et encore plein de vigueur malgré une existence de trois ou quatre siècles. Il était placé au point où le chemin de Blérancourt à Tracy-le-Mont coupe la chaussée romaine de Soissons à Noyon, au milieu d'une plaine immense où il servait de point de repère. La commune de Nampcelles l'a fait détruire en 1847, sans aucun autre motif que d'en vendre les débris.

(2) *Précis statistique du canton d'Attichy*, par M. Graves, p. 122.

village d'Attichy et reçut le cercueil qui remonta la rivière sur une barque pavoisée en deuil.

Le chemin, après avoir franchi l'Aisne devant Attichy, passe sur le *Mont des Torches*, entre Croutoy et Jaulzy, ensuite à l'ouest de la ferme de Say, à l'est de Hautefontaine, et coupe la route de Soissons à Senlis, sur la limite du département de l'Aisne. Il se dirige de là, à travers les plateaux et sur un alignement assez régulier, entre Mortefontaine et les fermes de Pouy et de Vauberon, passe à la ferme de l'Epine et pénètre dans Vivières, lieu jadis important qui avait un château-fort dès le IXe siècle, une abbaye de Prémontrés en 1126 et une maison opulente de l'ordre du Temple dans le XIIIe siècle. Il y avait aussi des marchés qui dataient de 1216 et des foires instituées par le roi en 1331 (1). Au moment de la révolution, il était encore le chef-lieu du quatrième doyenné de l'évêché de Soissons. Mais, dépouillé peu à peu de ses prérogatives, ce n'est plus aujourd'hui qu'une petite commune dépendante de la circonscription cantonale de Villers-Cotterêts où le chemin de Noyon arrive après avoir traversé la partie nord de la forêt et où il se soude avec la route de Soissons à Paris.

CHEMIN DE REIMS A PARIS

Par Fismes, Mareuil-en-Dôle, le hameau de Wallé, la ferme de Noée, celle de Triange, le village de Gandelu, etc.,

Et

DE REIMS A CRÉPY-EN-VALOIS

Par Fismes, Mareuil-en-Dôle, le hameau de Wallé, Oulchy-la-Ville, Neuilly-St-Front, La Ferté-Milon, Précy-au-Mont, Billemont et Boursonne.

D. Grenier parle d'une voie de communication qui devait se

(1) *Dictionnaire historique du département de l'Aisne*, par M. Melleville, p. 294.

diriger de Reims vers le Valois ; il pense qu'elle se détachait de la grande voie de Milan à Boulogne, dans le voisinage du pont d'Ancy, et qu'elle passait à Lesges où elle est nommée la *Chaussée* dans un titre de fondation de l'office de la Visitation de Notre-Dame de l'église de Soissons. Le savant bénédictin ne peut l'indiquer plus loin et la perd au-delà du village (1).

Il existe en effet dans la direction indiquée par D. Grenier, une ancienne chaussée désignée dans le pays sous le nom de *Vieux Chemin de Reims à Paris* ; mais bien que le pont d'Ancy ait été un lieu de passage fréquenté dès l'époque romaine, ce n'est point là que le chemin de Paris se détachait de la voie stratégique ; c'était un peu plus haut, à la station même de Fismes. Il traverse la rivière d'Ardre au sud-ouest de la ville, passe à la Tuilerie, au Mont-St-Martin et s'engage dans la garenne St-Thibault, à l'extrémité de laquelle il franchit le *Pont Chartan*, vieille construction jetée sur un ravin fort encaissé ; il traverse ensuite la forêt de Dôle (*Silva Dolensis*), passe au midi de la ferme de Montbeni où il a encore 20 mètres de large, descend dans le fond de Bruys, touche la ferme de Mottin, indiquée sous le nom de Montron sur la Carte du dépôt de la guerre, et arrive à Mareuil-en-Dôle. Depuis Mottin jusqu'à la ferme des Tournelles à l'entrée de Mareuil, le chemin ne figure pas sur la Carte militaire ; mais il existe néanmoins sur le terrain ainsi que sur les plans du cadastre.

De Mareuil-en-Dôle, il poursuit directement sa course vers l'ouest à travers les hauteurs, sans traverser aucun village.

Il passe à 1,800 mètres à droite des belles ruines du château de Fère, ancien chef-lieu d'une division romaine dont le nom s'est conservé jusqu'à nos jours sous la dénomination de Tardenois (*Tardenensis pagus*). On trouve dans le parc qui entoure encore le château, au lieudit le *Bois du Mensonge*, de nombreuses traces antiques, au milieu desquelles on a recueilli, en 1765, trente-deux médailles du bas-empire, une plaque d'or émaillée, des bagues, des lampes, des vases et plusieurs

(1) *Introduction à l'histoire générale de la Picardie*, p. 463.

pierres gravées d'une grande finesse de travail (1). Peut-être était-ce là qu'existait l'ancien chef-lieu du *Pagus* qui aura été déplacé, comme cela est arrivé à tant d'autres localités, à la suite d'évènements aujourd'hui inconnus.

Un peu plus loin, sur la droite du chemin, à une distance de deux kilomètres, se trouve le village d'Arcy-Ste-Restitue, célèbre par un pélerinage fameux qui y attire chaque année, au mois de mai, une foule considérable qui vient y chercher la guérison de l'épilepsie. Des voyageurs d'un autre ordre viennent aussi fréquemment dans ce village, attirés par son cimetière historique qui, d'après un calcul, exagéré sans doute, ne contiendrait pas moins de 25,000 tombes. Depuis un temps immémorial, il produit des armes, des poteries et des objets d'art d'un grand intérêt (2).

(1) Melleville. *Dictionnaire historique du département de l'Aisne*, t. I, p. 261.

(2) Les sépultures d'Arcy-Ste-Restitue occupent un tertre élevé de sept à huit mètres au-dessus du sol environnant et d'une étendue d'environ deux hectares. Mais cette surface, devenue insuffisante par la suite des temps, a forcé d'étendre les inhumations jusqu'à près de cinquante mètres autour du tertre. Les tombes sont disposées en lignes du midi au nord, les pieds tournés vers le levant. Des résidus de taillage de pierres mêlés au sable qui forme le tertre, indiquent qu'elles ne furent pas creusées à la carrière, mais sur le lieu même de la sépulture. Elles sont en général plus étroites aux pieds qu'à la tête; leur dimension moyenne est de 1 m. 949 mil. de longueur sur 487 millimètres de largeur et 379 millimètres de hauteur; l'épaisseur des côtés est de 54 millimètres et celle du fond de 195 millimètres. Dans quelques-unes on trouve ménagé dans l'intérieur une espèce de coussinet destiné à supporter la tête du cadavre. Leurs couvercles, quelquefois d'une seule pièce, sont le plus souvent composés de trois pierres fort épaisses et scellées à la chaux. A l'exception d'un très petit nombre sur lesquelles on a reconnu des ornements en forme de feuillage, elles sont toutes d'un travail fort simple et presque brut. Beaucoup sont placées sur des couches d'ossements qui semblent dénoter une sépulture antérieure.

Les objets d'art qu'on rencontre dans ces tombes sont de petits vases en terre noire placés soit à la tête, soit aux pieds des cadavres. Les uns sont d'un travail tantôt grossier, tantôt très délicat; on y trouve aussi des agrafes, des boucles de cuivre trempé et dur comme de l'acier, des armes du même métal, des épées dont quelques-unes paraissent argentées, des plaques de ceinturons damasquinées en argent ou ornées de verroteries; des anneaux, des

Au centre de cet ancien champ de sépultures, vers la partie la plus élevée, près de la muraille nord du cimetière actuel, on voit une pierre plate, dure, fine et unie, de deux mètres environ de longueur, sur un mètre seize centimètres de large et vingt-sept centimètres d'épaisseur; elle est posée horizontalement sur quatre autres pierres cylindriques qui donnent au monument une élévation de soixante-cinq centimètres au-dessus du sol.

Cette pierre, qui nous paraît fort ancienne, a porté de tout temps le nom de *Pierre sacrée* (1). Nous ne chercherons pas si elle est contemporaine des premières sépultures et à quel usage elle était alors réservée; elle sert aujourd'hui de reposoir lors de la procession de la châsse de Ste-Restitue, et le prêtre y chante alors un *De Profundis* pour les morts si nombreux qui reposent autour d'elle.

Le vieux chemin coupe ensuite la route vicinale n° 18, puis la route départementale n° 12, entre Cramaille et Saponay. On voit encore à cet endroit un ponceau de deux arches en grès fort ancien. La route conserve aussi sur ce point un vieux pavé sur une longueur de 50 mètres, sorte de construction qu'on appelait décrottoir et qui s'établissait dans les plus mauvais passages.

A 2,000 mètres en avant du hameau de Wallé, cette chaussée se partage en deux branches; l'une, sur laquelle nous reviendrons, se dirige par Oulchy-la-Ville sur La Ferté-Milon et Crépy-en-Valois; l'autre, que nous suivons toujours, marche directement au sud-ouest vers Paris; elle traverse le hameau

bagues, des pendants d'creilles et des grains de collier d'une pâte vitreuse, de couleurs et de formes très variées.

Le défaut absolu de médailles et d'inscription ne permet pas d'apprécier avec exactitude l'origine de ces antiquités qui appartiennent probablement à des sépultures franques placées sur un lieu d'inhumation beaucoup plus ancien. Le christianisme, sans doute, pour ne pas rompre brusquement avec d'anciennes habitudes, a déposé ses morts au milieu des sépultures antiques. Le cimetière actuel des habitants d'Arcy occupe le centre même du tertre.

(1) *Annuaire du département de l'Aisne*, année 1826, p. 52.

de Wallé, laisse au nord la butte de Chalmont ou Chaumont, *Calvus-Mons*, ainsi nommée sans doute à cause de sa surface aride et dénudée, suit la crête des côteaux de la rive droite de l'Ourcq, passe au-dessous des Creuttes, dépendance de Cugny, à la ferme de Noée, et vient traverser la rivière au pont Bernard qui donne passage en même temps à la voie romaine de Soissons à la Marne.

Le chemin se dirige ensuite vers La Croix, passe à la ferme de Triange, au sud de Latilly, au-dessous de Sommelans, sur la hauteur de l'Orme de Courchamps, au nord du village, court entre St-Gengoulph et Hautevesnes, un peu au-dessus du hameau de Vinly et arrive à Gandelu, lieu connu par l'importance de son ancienne seigneurerie et par le magnifique château que le connétable Anne de Montmorency y fit construire en 1530.

La route, dans le voisinage de Gandelu, est désignée sur la Carte du dépôt de la guerre sous le nom de *Chemin de Paris à Reims*, qualification qu'on lui donne également sur tous les points de son parcours ainsi que sur les plans du cadastre. On la nomme aussi quelquefois le *Chemin du Sacre*, parce que la tradition rapporte que, dès l'origine de la monarchie, les rois le suivaient lorsqu'ils allaient se faire sacrer à Reims.

Dans les premières années du XVIIIe siècle, on l'appelait le *Chemin des Postes*, ainsi que nous l'apprend un devis de 1716 pour les réparations qui y furent faites près de Gandelu par suite des grosses eaux de l'année précédente. Deux ans plus tard, en 1718, un devis pour la construction de deux radiers en charpente aux arches du pont du Rone, l'appelle *Route des Courriers pour les lettres de Paris* (1).

Après le moulin du Rone, au sud de Gandelu, elle entre dans le département de Seine-et-Marne, passe au-dessous de Coulombs, à Vendrest, au sud d'Orquerre, à Lizy-sur-Ourcq, au Gué à Tresmes, laisse Meaux à droite, marche au sud de

(1) Archives du département de l'Aisne.

Barcy, de Pringy, de Monthion, traverse Villeroy et rejoint la route de Paris à Villeparisis.

Le grand chemin de Reims à Crépy-en-Valois, auquel nous revenons maintenant, est commun avec celui de Reims à Paris, que nous venons de parcourir, jusqu'à 2,000 mètres en avant du hameau de Wallé; là, la bifurcation s'opère. Tandis que le chemin de Paris se dirige au sud de la butte de Chalmont, celui de Crépy marche au nord-ouest; il suit un instant le ruisseau du champ d'Ailly, coupe, à un kilomètre au nord d'Oulchy-le-Château, la route impériale n° 37, de Soissons à Château-Thierry, puis la route romaine de l'Aisne à la Marne, et arrive à Oulchy-la-Ville.

Les tuiles brisées et les débris de poteries parsemés autour du village et particulièrement du côté d'Oulchy-le-Château, ont fait supposer que ces deux localités n'en faisaient qu'une autrefois, ce qui est une erreur. Oulchy-la-Ville fut le lieu dominant dans les temps anciens. Il avait alors une certaine importance et formait la capitale de l'Ourxois, ancienne subdivision administrative des Romains, que les titres du moyen-âge désignent sous la dénomination d'*Urcensis Pagus*. Abimé par les guerres dans des temps inconnus, il fut réduit aux conditions d'un simple village, tandis qu'un château-fort, élevé dans son voisinage et devenu célèbre au xe siècle par la puissance de ses possesseurs, vit se former à l'abri de ses remparts une nouvelle bourgade.

Oulchy-la-Ville ne fut plus dès-lors qu'un fief relevant d'Oulchy-le-Château.

A sa sortie d'Oulchy-la-Ville, le chemin est pris en grande partie par la ligne vicinale n° 23 jusqu'au pont de Pringy où il franchit l'Ourcq. Des traces romaines se remarquent au lieudit les *Terres de Pringy* et laissent supposer que là fut autrefois un établissement important.

Il suit un instant le côté gauche de la rivière et passe à

1,000 mètres au nord de Neuilly-St-Front, grosse bourgade qui, du domaine royal, entra dans les mains de l'abbaye de St-Remy de Reims, puis dans celles des comtes de Champagne. Thibaut IV y fit bâtir un château-fort dont il ne reste aujourd'hui aucun vestige. Les habitants de Neuilly qui avaient d'abord consacré leur église à saint Remy, la placèrent plus tard sous le patronage de saint Front en mémoire, dit-on, des miracles qu'il opéra dans la contrée. La légende rapporte en effet que ce saint missionnaire vint prêcher la foi dans le pays dès le IIIe siècle, et qu'ayant voulu célébrer la messe sur un gros grès placé dans les bruyères de Neuilly, on vit une colombe lui apporter le pain et le vin qui lui manquaient pour offrir le saint sacrifice (1).

Cette grosse pierre n'était autre qu'un autel druidique que le saint, ne pouvant détruire, cherchait au moins à consacrer par la religion nouvelle. On la voit encore aujourd'hui à peu de distance de Neuilly ; elle est de forme cylindrique et d'environ quatre pieds et demi de diamètre ; sa face supérieure présente deux sillons d'inégale profondeur. Les nouveaux mariés ne manquent jamais de s'y rendre accompagnés de leurs proches et de leurs amis; ils s'agenouillent devant le grès et boivent du vin qui leur est versé dans chacun des sillons (2).

Dans son parcours, entre les bords de l'Ourcq et Marizy-St-Mard, la route est appelée le chemin du Piège, sans doute à cause d'un vallon très profond et très rétréci qui la dérobe à la vue du voyageur et qu'on n'aperçoit qu'au moment de le franchir. Il traverse Marizy-St-Mard, passe à 500 mètres au midi de Marizy-Ste-Geneviève, au hameau de Moloy (ancien fief du bois de Moloy) et arrive à La Ferté-Milon par le faubourg dont l'église était consacrée à saint Wast, ami et compagnon de voyage de saint Remy, dont le patronage, par une coïncidence singulière, semble, plus spécialement qu'aucun

(1) Melleville. *Dictionnaire historique du département de l'Aisne*, t. II, p. 69.
(2) *Statistique de l'Aisne*, par Brayer, p. 176.

autre, consacré aux localités situées sur les plus anciennes voiries de nos contrées (1).

De La Ferté-Milon, la route poursuit sa direction vers le nord-ouest; elle passe par Précy-au-Mont, Billemont, Boursonne, gagne les environs d'Ivors et de Gondreville et arrive à Crépy (Oise) par le chemin de St-Lazare. Cette route est presque effacée sur toute son étendue entre ces localités; cependant en la parcourant avec attention, on y remarque des restes qui n'ont pu appartenir qu'à une ancienne chaussée (2).

Carlier la signale dans son Histoire du Valois. Elle était connue au XIIIe siècle sous le nom de *Chemin d'Estrées*. On l'appelle aussi dans des anciens titres le *Chemin de Bapaume*, le *Chemin de Flandre* ou la *Voie Flandreuse*, parce qu'elle servait aux relations de la Flandre, de la Picardie et de l'Artois avec la Champagne et la Brie. Les registres des *Olim* font mention de dix-sept villes des Pays-Bas qui formaient une espèce de hanse et dont les marchands passaient tous les ans par Crépy pour se rendre aux foires de Champagne, *decem et septem villæ qui venerant quot annis ad nundinas Campaniæ*.

L'art. V de la charte de commune de Crépy prescrit de ne nuire en aucune sorte aux marchands étrangers qui séjournent ou qui passent dans la ville pour aller plus loin. Le roi Philippe-le-Bel, dans un parlement tenu en 1292, défendit de retenir, sous quelque prétexte que ce soit, les voitures des marchands des *dix-sept villes* qui passaient à Crépy en allant

(1) Une chaussée fort ancienne, qui n'était probablement qu'une des irradiations de celle de Crépy à Reims, se détachait de cette dernière à La Ferté-Milon, sur la place de l'église; elle est connue sur les plans du cadastre sous la désignation de *Chemin de Châlons* ou de *Chemin des Rouliers*. Elle passe entre les Loges et le Sépulcre, à Dammart, à Chevillon, sépare les territoires de Courchamps et de Hautevesnes, passe à la ferme de Licy, au-dessus de Clignon, au moulin de Brisé, à Givry, au pied de la ferme des Brosses aux Rochets, et de là à Vincelles St-Martin et Château-Thierry, où elle rejoint la chaussée de Soissons à Troyes.

(2) *Notice archéologique sur le département de l'Oise*, p 109.

ou en revenant des foires de Flandre, à moins d'un ordre exprès émané de sa main (1).

Philippe d'Alsace, comte de Flandre, qui possédait Crépy en 1184 et qui y percevait un droit de chaussée, fit réparer et embellir cette route en plusieurs endroits, particulièrement au-delà de Crépy, dans les prairies qu'on traverse pour aller de St-Arnoud au chemin Pontois et dans les marais de Robertval et de Noël-St-Martin où l'on retrouve les arches d'un pont en creusant à deux pieds de profondeur.

Cette chaussée, si importante encore au moyen-âge, s'éloignait de Crépy en passant au nord de Duvy, rejoignait à Raray la chaussée de Nampteuil, passait l'Oise au pont de Roanne et gagnait la Picardie par Estrées-Saint-Denis et Montdidier.

ONZIÈME SÉANCE.

(30 Août 1859.)

Présidence de M. Duchange, Président.

M. Callay, membre correspondant à Sissonne, fait hommage à la Société, pour ses collections, de la copie qu'il a faite d'un plan de Sissonne et de son château en 1784. Remerciements et classement aux archives.

M. Plonquet, membre correspondant à Epernay, fait offre à la Société d'un numéro du *Journal d'Epernay* contenant le récit

(1) Carlier. *Histoire du Valois*, p. — On trouve dans les *Mémoires de la Société des Antiquaires de Picardie*, t. XIII, p. 477, des détails fort curieux sur les droits perçus au péage de Crépy.

d'une excursion qu'il a faite dans la montagne de Reims pour en explorer les richesses naturelles et archéologiques.

Ouvrages offerts : Mémoires de la Société des Sciences morales, Lettres et Arts de Seine-et-Oise ; Bulletin de la Société des Antiquaires de Picardie.

M. MELLEVILLE dépose sur le bureau la carte qu'il a dressée de l'état forestier du département de l'Aisne au 12e siècle.

M. le Président donne lecture d'une circulaire que M. le Ministre de l'instruction publique vient d'adresser à la Société et qui traite d'un projet de rédaction d'un Dictionnaire géographique et historique de la France. M. le Président lit ensuite les instructions annexées à la circulaire.

Il est convenu que personne mieux que M. Melleville, parmi les membres présents à la séance, ne peut étudier avec fruit pour la Société la circulaire et les instruction envoyées par M. le Ministre. La Société charge donc M. Melleville, à qui elle les remet, du soin de lui présenter un rapport sur la part de collaboration à prendre par elle dans l'œuvre importante dont le projet lui est soumis.

Il est entendu aussi que M. le Président répondra au Ministre qu'à sa dernière séance de l'année et au moment où s'ouvrent ses vacances, la Société ne peut être saisie utilement du travail qu'elle ne perdra, d'ailleurs, pas de vue et dont elle est toute disposée à prendre sa part.

M. MEELEVILLE lit une réponse qu'il fait à un travail publié par M. de Saulcy, dans la *Revue Européenne*, sur la première campagne de César dans les Gaules et sur le passage de l'Aisne par ce général.

M. VALLÈS donne communication d'un travail de M. Laterrade, ingénieur ordinaire de l'arrondissement de St-Quentin, sur l'infection des eaux par l'industrie sucrière, les causes d'insalubrité de cette industrie et les moyens d'y remédier.

M. Éd. Fleury commence la lecture d'un travail sur les Peintures murales dans les églises de l'arrondissement de Laon.

L'étude que je vais avoir l'honneur de vous lire est un exposé très-succinct de tout un livre à faire sur une portion de l'art au moyen-âge ; ou mieux, c'est le catalogue raisonné d'un musée à reconnaître et à classer, d'un musée dont toutes les richesses ne sont point encore découvertes, mais qui va chaque jour s'enrichissant de nouvelles trouvailles conquises par l'intelligence d'une jeune génération de prêtres sur l'ignorance dédaigneuse du clergé du dix-septième siècle. Quand je vous aurai montré les nombreuses et intéressantes peintures que cinq siècles ont apposées sur les murailles de nos églises ; quand je vous aurai fait reconnaître la variété de pensée et d'exécution, de style et de sujets, qui distingue ces anciennes compositions à la fois religieuses et artistiques ; quand j'aurai devant vous écaillé le badigeon qui cache encore à nos regards les peintures de tant d'églises qu'on grattera bientôt pour leur demander leur dernier secret, vous ne m'accuserez pas d'avoir écrit le mot, en apparence ambitieux, de musée. Il ne restera plus qu'à désirer que cette grande et belle collection monumentale ne soit point appauvrie et décomplétée par l'entêtement des amateurs du badigeon et par des dégradations volontaires dont j'aurai à vous signaler un regrettable exemple, afin que de pareils actes ne se renouvellent plus.

L'archéologie a reconnu et signalé tout un système dans l'art religieux du moyen-âge. Ses architectes ne se sont pas contentés de l'honneur insigne d'élever dans l'espace ces admirables monuments qui dominaient de leur hauteur hardie nos cités, comme les édifices de l'antiquité n'ont jamais dominé les villes grecques et romaines ; ils ont eu l'heureuse pensée de les couvrir, à l'intérieur, de peintures qui se sont répandues sur les piliers qui supportaient les voûtes, sur les verrières à travers lesquelles il ne s'est plus glissé qu'une lumière doucement mystérieuse, sur les pavés convertis en tapis admirables et historiés de tout ce que l'imagination du dessinateur a inventé de plus riche en combinaisons linéaires, en fantaisies héraldiques, en monstres aimés du moyen-âge, et enfin sur les panneaux des murailles où se sont retracés les symboles aujourd'hui indéchiffrables, les légendes des saints patrons, les scènes saisissantes des deux Testaments.

C'est donc sur les murs de nos églises, tout aussi bien que dans les miniatures de nos manuscrits, qu'il faut aller chercher les origines de la peinture française, sur ces murs qui n'ont point été assez interrogés et où le pinceau d'artistes modestes dans leur talent, s'est exercé largement, librement, sous l'influence inspiratrice du génie religieux et d'un art qui, pour avoir voulu rester anonyme, n'en est pas moins considérable dans ses nombreuses manifestations, dans son habileté, dans sa largeur de faire quelquefois et toujours dans son originalité naïve.

Je le répète : six siècles ont inscrit sur les murs de nos églises les témoignages non-seulement de leur foi, mais de leur art à chacun, et il est facile de nommer et de reconnaître les douzième, treizième, quatorzième, quinzième, seizième et dix-septième siècles, à la seule inspection des diverses peintures qui font l'objet de cet aperçu.

Et pour les étudier, le voyage sera court. Il ne faudra point sortir de l'arrondissement de Laon; trois cantons seulement sont même à visiter : ceux de Laon, de Craonne et de Coucy.

Commençons notre revue par âges et par siècles.

Le douzième ou le commencement du treizième siècle a conservé pour nous des témoignages authentiques de sa pensée et de son faire, l'un à Bruyères, l'autre à Lierval, le troisième à Jumigny.

Toute l'église de Bruyères, près Laon, a été peinte, non pas seulement une fois, mais deux ou trois fois dans certaines parties de l'édifice. En restaurant, il y a quelques années, une chapelle romane en cul-de-four dont on voulait faire une sacristie, on mit à nu une *Circoncision*, œuvre du quatorzième siècle dont je parlerai à sa date, et sous le premier tableau apparut une seconde peinture dont la teinte assez vive et les arabesques pointaient par place à travers les personnages de la *Circoncision*. Il n'est pas nécessaire de prouver que ces arabesques sont plus vieilles que le tableau à personnages; elles sont d'ailleurs parfaitement dans le goût du temps auquel je les attribue.

L'église de Lierval, petite commune du canton de Craonne, est très intéressante à l'extérieur et à l'intérieur. C'est un monument dont on peut sans crainte attribuer une partie notable à l'époque romane d'imitation, c'est-à-dire au douzième siècle. Son absyde se compose de trois nefs en rotondes, deux petites et une grande, précédées d'un chœur et de transepts d'une excellente disposition. Le chœur, qui forme lanterne, se distingue par quatre pilastres affectant la forme chacun d'un groupe de fuseaux dont les nervures se rattachent à une charmante clé de voûte taillée en rosace de feuillages. Sur les chapiteaux des pilastres sont sculptés des feuilles d'eau, des entrelacs, à droite un groupe d'animaux fantastiques, des lions affrontés, la patte droite de devant sur une feuille, le tout profondément fouillé et d'un beau style.

Un charmant clocher carré, à deux étages, dans le goût de ceux d'Urcel et de Nouvion, est porté par les voûtes du sanctuaire. Les archivoltes des fenêtres en plein ceintre sont ornées de ces damiers qui font date dans nos contrées, et des têtes grimaçantes forment la frise extérieure des nefs. En un mot, cet ensemble architectural, bien conservé et solide, ce qui est rare, doit être attribué au milieu du douzième siècle, moment où le style roman n'était point encore complètement abandonné pour les tendances ogivales et s'y mariait souvent par transition.

C'est à la même époque que je rapporte des traces de peinture qui s'aperçoivent, dans le sanctuaire, sous des décorations murales dont je parlerai en leur temps. Les peintures primitives se composent d'un carrelage jaune à raie brune; je l'ai rencontré également à la cathédrale de Laon, à Jumigny et à Corbeny, et toujours sous des couches parfois triples de peintures beaucoup plus modernes.

La décoration polychrome du chœur qui, à Lierval, précède le sanctuaire, est aussi du même temps. L'arc triomphal ogival qui sépare la nef du chœur, les nervures et les tympans de la voûte, tout est peint, et il est probable que si les chapiteaux des piliers étaient nettoyés et débadigeonnés, M. le curé de Lierval, à qui l'on doit la découverte des peintures du sanctuaire, reconnaîtrait qu'ils ont été peints aussi comme toute l'église l'a été. Le blanc, le rouge-brique, le bleu ciel, le vert, le jaune décorent les nervures de la voûte, tantôt à teintes plates, tantôt en chevrons alternant de couleur, tantôt en filets de perles. Les tympans ou voussures sont tous ornés de rinceaux minces courant sur un fond blanc : feuilles vertes et fleurs brunes.

Ce n'est pas d'un heureux effet, au moins pour nous qui ne sommes point habitués à ces couleurs criardes, sans harmonie entre elles. Peut-être faut-il croire que la lumière éteinte et tamisée par les verrières à couleur sombre, telles que les aimait le douzième siècle, fondait dans un ensemble plus satisfaisant cette décoration que je regarde comme typique à Lierval et qu'on a dû appliquer, dans le même siècle, à toutes nos églises.

Pour en donner une idée très-exacte, j'ai dessiné l'arc triomphal et le chœur de Lierval, en notant avec des chiffres la couleur et le genre d'ornement appliqué sur chacun des éléments qui composent les nervures de la voûte et ses tympans.

Les peintures murales de Jumigny (canton de Craonne) ont une bien autre valeur. L'église de Jumigny est un de ces monuments dont la fin du douzième siècle a peuplé le Laonnois ; il les a faits à l'imitation plus ou moins grossière, plus ou moins complète, de la récente cathédrale de Laon, et l'ogive y est indécise. Chaque côté long de l'église est ouvert dans le haut de cinq fenêtres dont chacune correspond à une arcade ménagée entre deux piliers massifs et plats. Le portail a deux fenêtres. C'est dans les entre-deux des fenêtres des murs latéraux et du portail que les peintures ont été apposées. Elles consistent d'abord en une frise qui décore, ou plutôt, bientôt nous expliquerons la pensée qui nous a fait modifier le temps de ce verbe, qui décorait la partie supérieure de la muraille touchant à la voûte; en dessous est un panneau plus haut que large, séparé de la frise par une bordure d'encadrement; en troisième lieu un autre panneau à personnages, et enfin une archivolte ornementée qui règne autour de chaque arcade. La frise, le premier panneau et l'archivolte appartiennent à la fin du douzième siècle ou au treizième, tandis que le deuxième panneau est beaucoup plus jeune.

Voici ce qu'est la frise :

Elle comportait, entre les dix fenêtres des côtés, huit tableaux et trois dans le portail. Cet ensemble de peintures était, au moment où il fut découvert, singulièrement détérioré, car cinq tableaux seulement étaient apparents, trois sur la travée de droite et deux sur celle de gauche. Si plusieurs dessins encore apparents des latéraux étaient bien conservés et d'un excellent état, ceux du portail étaient, au contraire, à peine saisissables. L'humidité du mur de gauche au nord contre lequel s'appuie une épaisse terrasse, explique facilement sa plus complète détérioration. Chaque panneau comprend toujours deux personnages, hommes ou animaux. Ces personnages sont en lutte évidente. Leur hostilité est exprimée symboliquement, — ces siècles cachaient toujours un mystère dans l'expression écrite ou peinte de leur génie; — l'hostilité, dis-je, de ces personnages est exprimée symboliquement d'abord par leur attitude : ils sont toujours affrontés, l'un avance, l'autre recule, l'un menace, l'autre est effrayé; ensuite par leurs couleurs, l'un est peint en jaune, l'autre en rouge. C'est la lutte de l'esprit du bien et du mal, cette lutte que toutes les religions ont représentée sur leurs monuments et diversement personnifiée, cette lutte qui se traduit dans le christianisme par la légende des péchés capitaux et des vertus contraires.

Le premier panneau de la frise de Jumigny met en scène deux personnages que nous n'osons dire à figures et à formes humaines. Les deux têtes ont été détruites par le débadigeonnage. Le premier marche à grands pas sur le second. Au bas des reins il est pourvu d'un masque contre lequel est appuyé un sabre, ou carquois, ou flambeau, objet indéfinissable que tient un bras dont la couleur et les lignes ont à peu près disparu. Le second personnage, à la tête de profil, au corps de face, fait des deux mains un geste de crainte et de désespoir; la direction de ses pieds, tournés en sens contraire, est destinée, ce me semble, à peindre l'indécision et la crainte. Ce serait l'âme chrétienne menacée par l'esprit du mal. Elle hésite et tremble. Elle voudrait fuir et ne sait s'y déterminer.

Dans le second tableau, la *Luxure* est représentée par une belle femme nue, dont le corps se termine en queue de poisson. C'est ainsi que toutes les théogonies ont symbolisé la volupté. De la main droite, cette femme tient un poisson; de la gauche, elle montre sa gorge nue. C'est la tentation de la chair. Un animal fantastique, qui rappelle les grands colosses assyriens par sa coiffure, par le type de sa figure, par ses traits purement accentués, par sa longue barbe, par son air grave et doux, par ses ailes, par ses pieds de bœuf, ce serait le chrétien résistant à la séduction. L'œil regarde au ciel; la figure est calme; un des pieds se rejette en arrière.

La *Colère* serait le sujet du troisième panneau de droite. Un animal difforme, hideux, aux oreilles redressées et menaçantes, à l'œil grandi démésurément, à l'énorme bouche qui montre une double rangée de défenses, au pied levé, marche sur un autre animal plus fantastique encore qui recule de peur. Celui-là possède trois têtes, l'une d'oiseau sur un long cou, la seconde humaine à la place de la poitrine, la troisième sur le dos. Ce tricéphale s'appelle ORPI, ce nom est parfaitement conservé; l'autre s'appelait BALD.

Le quatrième panneau de droite est effacé, ainsi que le premier et le quatrième de gauche.

Le deuxième de gauche me paraît symboliser la *Gourmandise.* Au centre, un vase à deux anses. Un moine à cou et à tête d'oiseau pompe la liqueur du vase à l'aide d'un long bec, ou y vomit le résultat de son intempérance. Un personnage à tête et à oreilles d'âne, dont la poitrine et les bras sont d'un homme, dont le ventre est remplacé par la tête d'un monstre, et enfin qui se bifurque, à sa partie inférieure, en deux queues de poisson, tient une des anses du vase dont la seconde anse est dans la main du moine. On sait que le moyen-âge prenait toujours un moine comme type de la gloutonnerie. L'âne est, au contraire, un symbole admis de tempérance et de sobriété. Le proverbe : Faire un dieu de son ventre, doit avoir existé de tout temps ; c'est ce qu'indique probablement la tête monstrueuse mise à la place de l'abdomen du second personnage, satire vivante dont je ne comprends pas la continuation dans la double queue de poisson, à moins que l'on ne veuille penser que là le poisson exprime une idée de jeûne, le poisson étant une nourriture principalement de carême et de mortification. Ainsi certains solitaires ne mangeaient de chair que celle du poisson. Chaque animal tient d'une main un phylactère ou ruban dont les caractères légendaires ont complètement disparu.

L'*Orgueil* serait, à mon sens, parfaitement représenté par l'animal à la tête arrogante, à l'estomac gonflé, à la queue de coq relevée en panache, qui figure sur le troisième panneau du côté gauche, comme la Timidité l'est par la biche effrayée, dont les oreilles sont couchées en arrière, dont les yeux sont dilatés et arrondis par la peur, dont la queue se serre entre les jambes, dont les quatre pattes reculent à la fois.

Chacun de ces tableaux est entouré d'une guirlande de feuillages ou rinceaux dans le style de l'ornementation courante de la cathédrale de Laon, c'est-à-dire du douzième siècle. Cette époque est parlante, sans croire abuser de ce mot ; les caractères du mot ORPI ont leur date que précise la science diplomatique : c'est une onciale de fantaisie. Ces peintures sont probablement contemporaines du monument lui-même. Elles sont, à mon avis, l'œuvre d'un artiste qui assista à l'une des dernières croisades, rapporta en France le souvenir et l'influence, sans intermédiaire, sans transition, des arts de l'Asie, et introduisit dans une peinture chrétienne les symboles, les formes et peut-être la couleur soit des sculptures, soit des tableaux que les hasards de la guerre et du voyage lui avaient permis d'étudier, de comprendre et d'admirer. L'ancienneté de la peinture est prouvée par la régularité des faces humaines de la femme et de l'homme qui figurent dans le second panneau de droite. Les siècles suivants ne feront plus aussi bien; souvent en dessinant une figure ils tomberont même dans le grotesque. Les souvenirs d'Asie sont démontrés par la ressemblance frappante de l'homme fantastique du second panneau avec les grandes caryatides qui nous sont récemment arrivées d'Assyrie, par l'œil de face sur la figure de profil de l'animal à trois têtes dans le troisième panneau de droite.

C'est au même artiste, cela se prouve par l'unité de style dans l'agencement de l'entourage, c'est au même artiste que l'on doit évidemment les tableaux du second étage des peintures de Jumigny. Il n'en restait que deux sur huit. Cette fois, le peintre a dessiné des légendes de Saints. On ne reconnaît bien que l'histoire de saint Martin partageant son manteau avec un pauvre. Sur le second panneau, deux personnages nimbés, l'un assis, l'autre droit, tiennent chacun d'une main les bouts opposés d'un baton. Le Saint assis a la main gauche sur sa poitrine, et de la droite élevée en l'air le Saint qui est debout montre un vase en forme d'ampoule, ou peut-être un fruit; je n'ai pas le mot de l'énigme.

Le peintre n'a pas craint de donner à ses animaux et personnages symboliques de la frise, des types empruntés à l'art payen; mais à Constantinople, dans tout l'empire grec, il avait étudié des formes plus nobles, d'un mysticisme et d'un calme mieux en rapport avec la noblesse sublime de la religion chrétienne. C'est donc dans le style bysantin qu'il a traité ses figures de Saints, comme il avait traité de même celle du Christ à nimbe crucifère, qui, escorté de deux anges aux ailes ouvertes, présidait, dans les tympans intérieurs du portail, à la lutte des deux principes et siégeait en attitude de juge. Rien n'est plus pur et plus tranquille que la tête du Saint assis; rien n'est plus paternel que le visage de saint Martin. Le cheval est largement dessiné, campé vigoureusement. Les détails de harnachement sont très-curieux. Rien que la large épée avec laquelle saint Martin partage son manteau, prouve le douzième siècle, passé lequel ces armes larges et courtes disparaîtront bientôt.

L'archivolte des arcades est d'ornementation nombreuse et variée ; le trois-feuilles de la cathédrale de Laon y apparaît comme motif principal.

Telles sont, ou plutôt telles étaient les peintures murales de l'église de Jumigny : j'espère avoir été assez heureux pour faire apprécier tout ce qu'elles avaient d'inattendu et de curieux. A plusieurs reprises, pendant quatre voyages que j'ai faits à Jumigny, soit seul, soit accompagné de ceux de nos collègues que la découverte intéressait, j'avais vivement recommandé qu'on prît le plus grand soin de ces peintures ; j'avais ajouté qu'il y avait là un monument peut-être unique, précieux à plus d'un titre et dont la réapparition donnait une grande valeur archéologique à l'église insignifiante de Jumigny. Eh bien ! sachant ce que l'on allait faire, averti de ce que l'on allait détruire, on s'est haté de couvrir d'un nouveau badigeon ces peintures murales qui n'ont revécu que pour mourir de nouveau. Plus coupable qu'un curé du dix-septième siècle ignorant le prix de ce qu'il possédait, le curé de Jumigny a fait disparaître ce que les maçons avaient su retrouver sous la chaux ancienne. On a plâtré tout l'intérieur de l'édifice. Il n'y a pas de mots pour peindre cette ignorance entêtée, systématique et de parti pris, qui a été avertie et ne tient pas compte des avis. Le fait est hardi au moment où, d'un commun et louable accord, on s'entend pour rechercher et retrouver, pour consolider, restaurer et conserver les débris précieux d'âges dont l'initiative, la richesse et la fécondité d'imagination n'ont d'équivalents à aucune époque artistique.

Voilà le bagage de la fin du douzième siècle. Du treizième nous n'avons, dans le Laonnois, qu'une seule manifestation ; mais elle ne manque ni d'ampleur, ni d'importance. Il y a quelques années, on restaurait l'église de Bruyères ; en grattant le badigeon, on s'aperçut que la voûte de la coupole principale de l'absyde était peinte, et, sous la direction louable du curé, on ne marcha plus qu'avec précaution. Le Christ, de grandeur plus qu'humaine, occupe le centre de la scène; d'une main il tient le globe du monde, de l'autre il bénit à la grecque. Le style est du plus pur bysantin, raide, immobile, sans autre expression de physionomie qu'une grande douceur. Le Sauveur du monde est enveloppé d'un manteau très-chargé d'ornements. La figure du Christ est inscrite dans un immense lozange aux angles duquel les quatre évangiles sont symbolisés par les animaux mystérieux : le bœuf, l'aigle, le lion qui est effacé, et l'ange, tous quatre entourés d'une légende maintenant illisible ou très-incomplète. En avant de la scène, à droite est un ange ailé, à gauche une femme, une Sainte probablement, dont les traits et le corps sont vus de face. Le champ où se déploie cette scène est constellé de rosaces qui se détachent sur un fond lumineux. Sous cette peinture, une autre également à personnages avait été appliquée d'abord. Quelques parties détachées de la grande scène du Christ bénissant le monde laissent voir ici une jambe, là une main. La tête nimbée d'un personnage du même style et du même faire, apparut aussi. Il est à croire que l'artiste ou n'aura point été content de son travail, ou aura reçu l'ordre de le reprendre sous une autre forme; c'est ce qui expliquerait la présence simultanée de cette double peinture.

Ne craignez pas que l'art reste stationnaire chez nous comme chez les moines du mont Athos. C'en est fait de l'influence bysantine, de ses souvenirs empruntés aux peintures entrevues par les Croisés et étudiées par leurs artistes dans les basiliques et dans les couvents grecs. Chaque époque va se modifier en mieux selon les uns, selon les autres en mal. L'art de la peinture murale va s'assimiler tous les systèmes et tous les styles, s'empreindre de chaque école. A son temps il a été asiatique, puis grec. Vous le verrez bientôt naïf comme une enluminure de manuscrit, et plus tard savant comme la peinture italienne la plus travaillée, et toutes ces transformations, nous les constaterons sur les murailles toujours de nos églises du Laonnois.

Le quatorzième siècle apparaît fréquemment avec des peintures qui ne peuvent être assignées à aucune autre époque; car il a donné ses costumes caractéristiques et typiques à la fois aux juifs du temps de Jésus-Christ et aux barbares du nord qui investirent les Gaules pendant le troisième siècle. Ainsi à Bruyères, dans la chapelle de gauche de l'absyde où est peinte une *Circoncision*, d'une couleur très-sobre et d'un dessin assez élégant, le quatorzième siècle a fait du grand-prêtre un évêque chrétien, et, dans son anachronisme qui ne tient pas compte des modes nationales, il a revêtu la Vierge et les femmes juives de la robe à la grand-gore et à queue traînante de la trop fameuse Isabeau de Bavière.

Il en a été de même dans la chapelle Saint-Privat de Couvron, qu'on démolissait pendant l'été de 1853 et qui était couverte de peintures murales cachées sous une triple couche de badigeons successifs qui malheureusement ne se sont écaillés que quand il restait à peine quelques mètres de murs à abattre. C'est le martyre de saint Privat, évêque de Mende, mort en l'an 262, que le peintre avait là retracé. Sur un panneau, deux bourreaux, armés de torches, brûlent le sein et les reins au patient qui porte en tête une mître d'évêque, a les reins ceints d'un voile et prie les mains jointes sur la poitrine. Au-dessus, une inscription en lettres gothiques dont la majeure partie a disparu et dont quelques mots seuls se lisent : *Ardor* ou *Arder derrire*.

Sur l'autre compartiment, à gauche, se voit un vaste chaudron sur un brasier ardent. Le Saint, toujours mîtré et sa ceinture aux reins, est à genoux, les mains jointes encore, le corps de face, la tête de profil et fortement inclinée en arrière. Deux bourreaux encore, armés de grandes cuillers, lui font avaler une gorgée du métal ou liquide qui bout dans le vase. A droite et sous un dais, un personnage, un chef, *li preux*, fait de la main un geste de commandement, et on lit sur une légende : *Coment li preux li fit entoner oile* (huile) *et plomb.*

Le costume des bourreaux appartient à la fin du quatorzième siècle. Il se compose de justaucorps à manches étroites et mi-partie, de chausses mi-partie, de grands gants, de souliers et bottes à la poulaine. Les collections de costumes historiques français nous montrent ainsi vêtus les varlets ou damoiseaux du temps de Charles VI ou Charles VII, ou encore certains soldats de pied de la fin du quatorzième siècle. D'ailleurs le type des caractères des légendes fait foi.

Je place aussi, vers la fin du quatorzième siècle ou dans les premiers temps du quinzième, un débri de peinture murale qui, dans la chapelle dédiée à la vierge de l'église de Corbeny (transept gauche), apparaît sous un tableau plus moderne dont je parlerai tout à l'heure. Sur le mur qui fait face à l'autel et à la hauteur de la porte ogivale donnant de la nef entrée dans la chapelle, on voit un martyr à peu près nu attaché à un arbre; des arcs bandés vers lui et qui sont tout ce qui reste des bourreaux font reconnaître saint Sébastien. La raideur du corps, sa longueur exagérée, sa parenté avec les types bysantins sont caractéristiques de l'époque que j'assigne. Ces types, que certains artistes n'ont point oubliés encore, vont bientôt tout-à-fait disparaître.

Les chapelles hybrides à l'aide desquelles on a, pendant le quatorzième siècle, élargi les latéraux de l'église cathédrale de Laon en lui donnant ainsi de doubles bas-côtés que le seizième siècle ferma de ces petits portiques renaissance jurant avec le style sévère du moment, mais qui n'en sont pas moins de gracieux chefs-d'œuvre d'invention et de décoration; les chapelles, dis-je, des bas-côtés surtout du chœur nous offriront plus d'un spécimen de l'art du décorateur de murailles. Pénétrons d'abord dans la troisième de droite après la sacristie. L'œil y reconnaît facilement trois âges au moins de peintures murales: la première apposée sur la pierre nue et qui consiste simplement en un carrelage jaune à raies brunes; la seconde qui montre des panneaux à personnages, et la troisième, celle qui a le moins duré, quoique la plus jeune, offrant çà et là des traces vigoureuses d'un bandeau de fleurs de lys et de fleurons qui surmonte des compartiments polychromes. La première et la dernière sont peu intéressantes et ne nous arrêteront pas longtemps.

La seconde peinture, si détériorée qu'elle soit, mérite plus d'attention. Au levant sur le mur de refend et au midi dans la double arcature trilobée qui se trouve sous la grande fenêtre ogivale, on voit trois panneaux à personnages, délimités par de larges raies brunes et que complète une bordure inférieure à rinceaux minces et très élégants. Le champ de ces trois panneaux est damassé comme le sont les fonds de beaucoup des miniatures du temps; une petite rose brune quatre-feuilles forme le sujet courant, si l'on veut le semis sur lequel se détachent des personnages qui malheureusement sont peu reconnaissables. Toutes les têtes sont effacées; on le regrette à voir le dessin précieux et remarquable des vêtements de deux femmes et d'un prêtre dont le costume rappelle par ses belles dispositions, par la sobriété et l'élégance de ses plis, celui des abbés, prêtres et évêques sur nos belles tombes des treizième et quatorzième siècles.

C'est un ecclésiastique, haut placé dans le diocèse de Laon, qui me signala les peintures de Couvron et les fit conserver pour que je pusse les étudier avant leur complète disparition. Ce sont deux ecclésiastiques qui m'informèrent à la fois, de Craonne et de Corbeny, de la découverte de la frise de Jumigny. Ce sont deux ecclésiastiques qui vont maintenant, inspirés par le bruit de ces trouvailles, gratter leurs églises et faire réapparaître les scènes peintes dont je vais vous parler.

Dans l'église de Pargnan (canton de Craonne), est une chapelle percée au nord et à l'est de deux fenêtres autour desquelles, en débadigeonnant avec soin, M. le curé a trouvé des peintures murales qui ne manquent ni de mérite, ni d'originalité, et permettront peut-être de chercher et de retrouver toute une école d'artistes sur place.

Dans le tableau à droite de la fenêtre au nord, une Sainte nimbée, une martyre, ce que prouve sa palme verte, apparaît debout, les yeux baissés vers une femme agenouillée devant elle. La Sainte est coiffée d'un voile blanc qui lui tombe sur les épaules et lui couvre la poitrine comme une guimpe de religieuse. Elle est vêtue d'une robe blanche retenue à la taille par une ceinture bleue. De ses épaules tombe à larges plis un manteau brun doublé de bleu ; elle en ramène de la main gauche un pan sur le devant de sa robe. La femme agenouillée a la tête nue et la poitrine très-découverte, selon la mode de la fin du quatorzième siècle. La scène se passe dans un palais. A droite, une fenêtre laisse apercevoir un paysage : un arbre derrière lequel une église à deux tours. A gauche aussi, une fenêtre ouverte avec une perspective de campagne et des tours crénelées. La Sainte se détache sur des murailles richement décorées et marche sur un dallage à compartiments de marbre blanc et brun.

Le panneau à gauche de la fenêtre du nord est le plus intéressant. Il représente une scène d'exorcisme. Au centre, un évêque, mîtré et nimbé, de la main gauche tenant un goupillon, et de la droite, dont deux doigts sont levés, faisant le geste de la malédiction, conjure deux diables qui semblent avoir enfanté ceux de Callot et dont l'un s'enfuit en retournant la tête avec colère, tandis que l'autre s'envole en déployant ses grandes aîles de chauve-souris et en brandissant une fourche à dents recourbées. Un accolyte se tient derrière l'évêque ; d'une main il soutient la crosse et de l'autre porte l'eau-bénitier. Sur le côté de la scène, un portail d'église ou de palais. Ce tableau est peint à quatre teintes seulement et ces teintes sont plates ; c'était aussi la même sobriété de palette à Couvron et le même mode de procéder. Les contours et les lignes sont indiqués à l'aide de tons plus foncés.

Le fond du tableau est gris argenté. Le nimbe et la mître de l'évêque sont jaunes entourés de brun, les cheveux et le manteau du prélat rougeâtres et relevés par des lignes de contour brun foncé. Rougeâtre est aussi le grand diable, tandis que le second est peint de jaune et de brun sur les contours. L'accolyte ressort sur le fond clair par de simples lignes brunes ; sa crosse, sa chevelure, sa couronne, son bénitier sont peints de jaune foncé relevé en rouge. Les deux contre-forts sont gris clair entouré de brun. Les larmiers et les côtés ombrés sont jaune foncé. Des barbacanes, l'une est jaune, l'autre bleue, comme les tourillons qui surmontent la porte sont bleus aussi, à deux teintes de clair et d'ombre.

Le dessus de la scène est surmonté d'une corniche dont l'ornementation se compose de bandes à teintes brun clair et brun foncé pour l'ombre, et d'un champ gris ; cela rappelle l'ornementation et les arabesques de Jumigny. Le quinzième siècle a copié le douzième : les deux villages de Pargnan et de Jumigny sont voisins de très-près; deux kilomètres à peine les séparent. Comme à Jumigny aussi, ce tableau est bordé contre la fenêtre d'une colonne peinte en rouge. Sous les pieds des personnages, il est délimité par une bordure à rosaces jaunes sur un champ gris terminé par une bande rouge foncé.

Le tableau à la Sainte n'est ni du même âge, ni du même style que celui de l'exorcisme. Dans le premier, la couleur est plus travaillée, déjà plus savante; les jeux de lumière et d'ombre y sont mieux observés; le dessin en est plus prétentieux, tandis que celui du panneau où les démons s'enfuient est naïf, plat, primitif et, quant à la couleur, traité comme les miniatures du quinzième siècle. Sous le tableau à la Sainte était une première peinture dans le genre de celle qu'on voit à gauche de la fenêtre. Quelques écailles se soulèvent et laissent apercevoir les teintes d'un tableau plus ancien.

Toute la chapelle de l'église de Pargnan a été décorée de tableaux dans le style et la couleur de la scène de l'exorcisme; c'est ce que démontre un commencement de panneau qui, lors de ma première visite, avait été retrouvé devant moi sur la façade du levant, à droite de la fenêtre qui domine l'autel.

M. le curé de Pargnan m'avait promis de débadigeonner ce pan de mur; lorsque je visitai de nouveau son église quelques semaines plus tard, il avait déjà tenu parole, et la peinture antique revivait complète dans tout son dessin, sinon dans toute sa couleur.

C'est la grande scène du Jugement dernier qui se retrace sur les premiers compartiments de la voûte qui touche à la fenêtre. Au centre est assis le Christ dont les pieds s'appuient sur un demi-cercle, arc-en-ciel ou globe terrestre. Il est dessiné dans le type qu'affectionnaient les peintres du douzième siècle. Sa tête est ceinte du nimbe crucifère. Le visage, autour duquel flottent une longue chevelure et une barbe puissante, a l'impassibilité des christs bysantins. Le buste, les bras levés en l'air et les jambes sont nus. Autour du cou s'attachent à une agrafe d'argent les deux bouts d'un grand manteau rouge doublé de jaune qui tombe derrière le corps et dont les pans sont ramenés à grands plis sur les genoux.

A droite et à gauche, quatre anges, qui planent les ailes ouvertes, sonnent de la trompette vers les quatre points cardinaux. A droite un Saint vêtu de peau de bête, à gauche une Sainte sont agenouillés et prient les mains jointes et les yeux tournés en suppliants vers le souverain juge. Sous les pieds des anges et des Saints, on voit les morts sortir de leurs tombeaux. D'autres fantômes étaient peints sur le haut du mur où s'ouvre l'ogive de la fenêtre ; mais si la voûte a bien conservé sa peinture, celle du mur est complètement détériorée et ne laisse presque rien à deviner. L'artiste, qui a donné au Christ l'aspect archaïque et inflexible des vieux âges, s'est inspiré d'un sentiment plus humain dans les figures de sa Sainte agenouillée et des âmes qui s'élancent de terre revêtues de leurs linceuls. Il y a là plusieurs têtes vraiment remarquables par la finesse de leurs traits et l'ardeur de supplication qui les anime.

C'est toujours le même système et la même habitude du pinceau. Peu de tons, le chair, le rouge, le brun et le jaune posés à teintes plates et relevés en vigueur sur les contours et pour simuler les plis.

Une bordure à rinceaux, brun sur blanc, séparait la scène du Jugement dernier de deux autres tableaux peints plus bas aussi sur le mur, sans nul doute par le même artiste des deux côtés de la fenêtre et descendant jusqu'à l'autel. A gauche, l'Annonciation ; la Sainte Vierge et l'ange portent des rouleaux à inscriptions maintenant illisibles. A droite, Jésus-Christ ou un ange peut-être présentant la croix à deux personnages agenouillés. Peut-être la Rédemption ; peut-être les donateurs de ces peintures qui sont très-dégradées.

Il ne manque pas, à Pargnan, d'une certaine élévation de pensée, de style surtout, qui force l'attention. Nous allons aussi retrouver, dans les peintures murales récemment mises à jour dans l'église de Corbeny, certaines qualités de main qui prouvent l'étude et le progrès.

Transportons-nous dans la chapelle de la Vierge où tout à l'heure nous avons retrouvé les restes d'un saint Sébastien martyrisé à coups de flèches. Sur le mur de clôture au nord, des deux côtés et à la hauteur de la fenêtre qui éclaire cette chapelle, sont retracées deux scènes de la vie de la mère de Dieu, l'Annonciation et la visite rendue par la Sainte Vierge à sainte Elizabeth, sa cousine.

Premier tableau. L'intérieur d'un appartement. La Vierge est à genoux devant un prie-dieu. Manteau bleu ; robe de dessous brune ; grand voile blanc tombant sur les épaules. Le lit brun à colonnes sert de repoussoir à la Vierge L'ange est nimbé. Sa chevelure tombe en boucles sur un grand col blanc. Les traits des visages ont disparu.

Deuxième tableau. Un fond de paysage ; deux grands arbres au premier plan et à gauche une façade de maison flamande. Au deuxième plan, des arbres enveloppent une colline couronnée d'une forteresse. Sainte Elizabeth s'avance avec empressement au devant de sa parente Marie. Elizabeth est presque vêtue en religieuse : grand béguin blanc recouvrant la poitrine, surtout à grandes manches brunes, jupe bleue. Son attitude est pleine de bienveillance et de respect. La Vierge est tête nue, coiffée de sa chevelure qui flotte ; son manteau est bleu, largement drapé, et sa robe verdâtre. Par derrière, on voit deux suivantes, l'une en cheveux nattés, l'autre la tête couverte d'une espèce de berret rond. L'encadrement en haut se perd dans un champ parsemé de trois-feuilles ; en bas une bordure de fleurons bruns relie ces deux tableaux à un Arbre de Jessé dont nous allons parler tout à l'heure. Par ci, par là, quelques fleurs de lys brunes apparaissent au-dessus de la bordure.

Sur le panneau de la même chapelle, à l'est, aux deux côtés de la fenêtre qui surmonte l'autel, des peintures existaient aussi. A gauche, une femme à genoux et en extase : c'est sans doute la Vierge qui adore l'enfant Jésus qu'elle a mis récemment au monde Cette scène est encore couverte de sa couche de badigeon. C'est à droite de cet autel que, il y a six ans environ, se montrèrent inopinément les premières indications de peintures murales ; une partie de visage féminin se dessina vaguement. C'était sans doute une autre scène encore de l'histoire de la Sainte Vierge. Le conseil de fabrique se hâta de recouvrir ce trou fait dans l'ancien badigeon, de peur que la pureté de la décoration à la chaux ne fût souillée et pour arrêter aussi des velléités d'études plus complètes. Il faut dire, pour excuser ce que nous n'osons pas appeler partout du vandalisme, que les populations, qui n'assistent pas sans curiosité d'abord à ces découvertes, se lassent bientôt de voir des lambeaux souvent informes, souvent assez sales, de peintures dont elles ne peuvent comprendre l'intérêt, intérêt qu'elles contestent et nient même. Elles les accepteraient si la restauration en était possible.

Comme je l'ai dit plus haut, la bordure des panneaux du nord se raccorde parfaitement avec celle qui encadre un Arbre de Jessé peint par-dessus le saint Sébastien et sur le mur de soutènement à l'ouest de la chapelle. Depuis le pied de ce mur jusqu'à la rencontre de l'arcade ogivale, tout le panneau est peint. La représentation de l'Arbre de Jessé commence au-dessus de la porte par où l'on entre dans la chapelle de la Vierge. Au centre, Jessé est étendu dormant au pied de l'arbre symbolique ; peut-être cet arbre lui sort-il du ventre, ce qu'on ne peut pas bien distinguer, tant la peinture est détériorée par places. A sa droite et à sa gauche, au-dessus de lui, partout dans les branches qui se bifurquent à l'infini et se développent symétriquement, les rois, ancêtres de la Vierge, s'agitent et semblent monter vers le ciel. Des légendes qu'ils ont tous sous leurs pieds indiquaient leurs noms à défaut d'attributs distinctifs qu'aucun d'eux ne porte; mais ces noms sont effacés et illisibles.

Là, on peut, sans crainte de se tromper, affirmer le quinzième siècle surtout fort avancé. Parmi les rois et les prophètes, les uns portent le costume traditionnel ou de Louis XI ou de Charles VIII. Les uns ont l'originale casquette à double pointe en avant, d'autres la toque à plume qui domina jusque sous François Ier, d'autres des couronnes royales. Dans cette peinture, on sent déjà l'influence d'un art moderne. Les attitudes sont variées et animées. Malheureusement, la couleur a été attaquée et dénaturée d'abord par l'humidité qui rongea toutes nos églises, et plus tard par la chaux des badigeons. Tout est en mauvais état, craque et tombe.

Dans la savante dissertation qu'il publia, en 1857, sur les Arbres de Jessé à propos d'un albâtre de Longpont, dans le tome 11e du Bulletin de la Société archéologique de Soissons, M. l'abbé Poquet cite de nombreux exemples de ce symbole dans nos églises : à Bonneil, à Oigny, à Bucy, à Vigneux, à Longpont, à St-Quentin. Corbeny nous en offre donc un exemple de plus.

Peut-être faut-il voir aussi les débris d'un Arbre de Jessé dans d'informes restes de peintures murales que M. l'abbé Poquet a retrouvées dans la chapelle de droite de l'église de Berry-au-Bac avant la restauration si complète et si intelligente qu'on lui doit de cette église qu'il a presque su refaire en entier, en si peu de temps et quand tout autre que lui eût dû désespérer de trouver des ressources suffisantes pour entreprendre et mener à bien une telle entreprise.

Je ne quitterai pas l'église de Corbeny sans rappeler que des traces de peintures murales y sont partout signalées, dans la chapelle St-Marcoul au-dessus de l'autel, dans la nef à côté de la chaire.

C'est évidemment à la même époque, fin du quinzième siècle ou commencement du seizième, qu'il faut attribuer trois panneaux peints en détrempe sur les entre-nervures des voûtes du sanctuaire de l'église de Lierval où il nous faut revenir. Ces peintures, c'est encore un prêtre, le curé de la paroisse, qui les a dévêtues de leur badigeon. Il n'a pas terminé son œuvre encore.

Le groupe des nervures qui montent des chapiteaux vers la clé de voûte, est colorié comme l'arc triomphal dont j'ai parlé plus haut. Le Saint-Esprit est peint sur la clé de voûte et préside aux scènes que je vais décrire.

Tympan sud. C'est le mystère de la Trinité. Le Père-Eternel, tête nimbée, visage barbu, le corps revêtu d'une tunique verte et d'un manteau brun, présente à l'adoration du monde son fils expirant et attaché à la croix. Au-dessus de la croix, le Saint-Esprit plane sous la forme d'une colombe. Comme à Pargnan, la figure du Père-Eternel, qui est très-belle, rappelle le dessin et le faire traditionnels du douzième siècle.

Panneau de l'ouest. Assis sur un banc ouvragé, Jésus-Christ, nimbé, couronné, les cheveux longs comme la barbe, d'une main bénit à la grecque, et de la gauche tient le globe du monde surmonté d'une croix. Il a les pieds nus. Il est vêtu d'une robe verte, d'un manteau bleu ramené sur les genoux. Vis à vis de lui, la Sainte-Vierge, couronnée, l'adore les mains jointes; sa robe est brune, son manteau d'un brun plus foncé, doublé de bleu avec bordure d'or. Au-dessus, des anges adorateurs, les ailes étendues. Sous les pieds du Christ et de sa mère, on voit des rouleaux dont les légendes sont effacées. Je déchiffre seulement en caractères gothiques : « *Marie plène de g....* » Dans l'étroit espace que forment les nervures de la voûte en descendant sur un chapiteau du pilier de droite, se voit une Sainte à genoux et les mains jointes devant un prie-dieu sur lequel un livre est ouvert ; robe jaune et grand manteau brun doublé de bleu. Le Saint ou la Sainte qui faisait pendant de l'autre côté a disparu sous les ravages de l'humidité qui a envahi le côté nord.

Panneau du nord. La Descente de croix. La Vierge tient le Christ entre ses bras. La croix n'a pas d'appendice supérieur.

Trois autres entre-colonnements ne sont point encore débadigeonnés.

Sur les piliers principaux des groupes de colonnettes qui supportent les voûtes du sanctuaire sont peints des personnages qu'il est impossible de reconnaître. A gauche, un homme revêtu d'un grand manteau. Sur sa poitrine on distingue le pommeau d'une épée. Un rouleau ne présente plus que ces mots en gothique : « *Le roi quy fut....* » Sur le pilier qui avoisine le sanctuaire, saint Pierre tenant une grande clé. A droite, sur le pilier faisant face à celui de saint Pierre, une Sainte avec un rouleau où on lit : « *No. Seigneur*, » et sur le second pilier du groupe un prêtre tenant un calice surmonté d'un oiseau fantastique, un cygne peut-être. Sur le côté une légende où l'on ne distingue que ces mots : « *Dessubz priez....* »

C'est encore au quinzième siècle qu'il faut attribuer l'étage inférieur des peintures de Jumigny. Elles représentent des Saints et des Saintes dessinés dans des arcades dont l'extrémité supérieure se découpe en accolades caractéristiques ; de plus, et selon la mode de ce siècle, à gauche et à droite des personnages, se déroulent de longues bandes à légendes indéchiffrables, mais dont les caractères sont ceux de la gothique carrée du quinzième siècle. A droite dans l'église, le premier panneau représente un Saint, probablement un prêtre, vêtu d'une chasuble pointue par le bas. De la main droite il tient un phylactère ou rouleau dont les lettres percent à peine le badigeon. Sur le deuxième panneau, une femme dont la robe est d'un beau bleu céleste ; ce personnage est très-détérioré. Au troisième, cinq personnages groupés serré ; en avant, l'un, qui paraît une femme, tient une lanterne et un bâton ; un autre déroule une bande sur laquelle n'apparait pas d'écriture. Un seul des panneaux de gauche, c'est-à-dire au nord, est déchiffrable ; on y voit un Saint habillé de vêtements sacerdotaux et tenant un livre. Comme dans toutes les églises de nos campagnes, les parois du nord sont dévorées par l'humidité et les végétations. Du reste, les peintures de cet étage inférieur de l'église de Jumigny n'étaient que peu intéressantes en comparaison de celles de la frise et du second étage.

Je ne veux pas oublier que, dans cette même église de Jumigny, surtout sous les panneaux de cet étage inférieur, apparaissaient les traces de grandes compositions qu'à leur couleur on reconnaissait pour appartenir à l'époque de la frise. Les piliers étaient décorés aussi. Les croix de consécration y figuraient encore. Dans une chapelle, seigneuriale probablement, on distinguait des blasons peints sans doute au dix-septième siècle.

Sous le badigeon de l'église de Vassogne, village qui avoisine celui de Jumigny, les mêmes Saints qu'à l'étage inférieur de Jumigny, furent trouvés, mais pour être rebadigeonnés par le même curé qui desservait les deux églises. C'est le même style et le même âge que j'ai constatés sur les dessins de l'église de Maizy, dont le curé est plus intelligemment conservateur. On m'a signalé aussi des traces de couleur dans la charmante église de Chaudardes qui mérite une monographie, dans celle de Craonne où M. le doyen m'en montra des indications précises, dans celle de Berry-au-Bac, au-dessus de la chapelle consacrée à la Vierge, presque partout enfin.

Pourquoi tant d'églises peintes dans le canton de Craonne et justement aux environs de deux grandes et célèbres abbayes, Cuissy et Vauxclerc? Pargnan, Jumigny, Vassogne, Maizy, Chaudardes, Lierval, se groupent autour de Cuissy; Craonne et Corbeny avoisinent Vauxclerc, sans parler des églises dont le badigeon n'a point encore été interrogé et sondé. J'ai fait remarquer qu'à Pargnan le peintre en détrempe avait appliqué sur les murailles le procédé du peintre enlumineur de manuscrits, c'est-à-dire qu'il a apposé sa couleur à plat et l'a entourée, pour délimiter ses contours, d'un trait plus foncé qui faisait saillir son dessin en relief. Ce voisinage immédiat du monastère de Cuissy et cette ressemblance de moyens employés me portent à croire que l'auteur de ces nombreuses peintures murales n'est autre qu'un moine de Cuissy, et un moine familier avec l'enluminure des manuscrits. On sait que les couvents recelèrent souvent des artistes de mérite; les peintres primitifs et religieux de l'Italie furent presque tous des moines. En France, les enlumineurs de miniatures sur parchemin vécurent d'abord dans les cloîtres et peignirent pour les bibliothèques de leurs ordres ces beaux livres qu'on s'arrache maintenant et qu'on paie à prix d'or. C'est ainsi qu'on voit Luc de Roucy, premier abbé de Cuissy, occuper ses moines à copier et transcrire des manuscrits dont la liste est conservée à la bibliothèque de Laon. Dès l'instant que les peintures murales de Pargnan ressemblent aux peintures des livres pour le procédé, pour la manière et pour le style, il n'y avait plus entre elles que la différence de grandeur des espaces à couvrir, et si quelque moine de Cuissy pouvait et savait encore colorier une feuille de velin, à bien plus forte raison pouvait-il et devait-il arriver, car la difficulté cette fois était moindre, à orner aussi de couleur une paroi de muraille. C'est une supposition très-vraisemblable, qui n'offre rien de trop hasardé et que je donne d'ailleurs pour ce qu'elle vaut.

La cathédrale de Laon montre aussi, dans une chapelle du collatéral droit du chœur, la tête d'un Saint nimbé, dessiné et peint comme les Saints à rouleaux de Jumigny, et, dans une autre chapelle du même côté, une Annonciation que je crois du même temps, peut-être un peu plus jeune.

Le quinzième siècle nous a encore dotés, à Coucy-la-Ville, d'une peinture murale intéressante à un double point de vue, comme monument de la peinture et de la musique du temps. Le principal sujet de cette composition murale de grandes dimensions est la tentation de saint Antoine que le peintre n'a pas habillé de son costume traditionnel d'ermite, mais d'une robe de franciscain. Les épisodes de la tentation ne laissent cependant point de doute sur le nom du Saint, et le vocable de la chapelle connue sous le nom de saint Antoine, autorise à affirmer que le principal personnage de la scène peinte à Coucy-la-Ville est bien le pieux cénobite des déserts de l'Afrique. Il serait trop long de décrire tous les détails compliqués de ce tableau où la Jérusalem céleste est figurée sous l'apparence d'une citadelle formidable, pourvue de bastions, de fossés, de ponts-levis, d'une première muraille avancée dont la défense est confiée à une nuée de démons dont les têtes grimaçantes, dont les langues fendues en trident, apparaissent aux barbacanes, aux machicoulis, sur les échauguettes de la forteresse.

Voilà qui est plus important. De la clé de voute de la chapelle s'échappent des nervures dont les entre-deux, partagés en un certain nombre de panneaux, renferment une multitude d'anges, aux ailes étendues, à la robe flottante, tous ayant entre les mains des instruments de musique variés: flûtes, syrinx, cornemuses, trompettes simples ou à coulisses, celles-là nommées hacquebutte ou sacquebutte, tympanons multiples, violes, rotes, etc. Le plus curieux de ces instruments, que je n'ai vu décrire ou dessiner dans aucun traité spécial sur la musique de l'antiquité ou du moyen-âge, est une espèce d'harmonica composé de plusieurs verres plus ou moins remplis d'eau, et dont certains instrumentistes en plein-vent jouaient encore il y a une vingtaine d'années L'artiste mouillait ses doigts et en frottait l'extrémité supérieure et saillante du verre, lentement d'abord, plus rapidement ensuite. Le verre entrait en vibration, et le son se continuait sous le choc du doigt ou d'un petit baton emmanché d'un liège et dont l'instrumentiste usait en façon de plectrum. Tous les verres, disposés en une série de tons et de demi-tons, rendaient une harmonie bizarre, inattendue et surtout énervante tant elle était métallique et vibrante, mais non sans quelque charme. Ce monument précieux pose parfaitement l'état de la musique et de ses instruments au moment où fut peinte la fresque de Coucy-la-Ville.

Du seizième siècle, il apparaît trois manifestations peintes : à Neuville (canton de Craonne), à Bruyères et dans la cathédrale de Laon.

A Neuville, ce n'est point de la peinture murale à personnages, mais de la décoration pure. Dans le transept de droite, les derniers seigneurs de cette commune, les Proizy, avaient leur sculpture de famille. S'il faut en croire de nombreux restes de sculpture, fragments de statues, ornements, armoiries sculptées et peintes, certains de ces tombeaux devaient être magnifiques. Les restes de l'un d'eux méritent une mention toute particulière. La muraille a été creusée en forme de niche ou temple. L'art, pourtant si prodigue et si fin de la Renaissance, n'a nulle part rien de plus fin, de plus précieux, de plus fini que les ciselures et reliefs de ce petit monument qui demanderait une étude toute spéciale. Il va sans dire que la Révolution a porté bêtement les mains sur ce gracieux chef-d'œuvre d'un art dont les manifestations sont si rares dans nos contrées qui n'ont presque rien conservé de la Renaissance. La représentation du mort n'y est plus; les chiffres sculptés, les fleurons, les rosaces, les chapiteaux ont été fracassés, et cependant ce qui reste est charmant encore.

Les voûtes et les murailles de cette chapelle mortuaire étaient peintes. Ce qui veut être vu, ce sont les rinceaux dont sont décorés les montants intérieurs d'une petite fenêtre ogivale qui seule versait un peu de lumière dans ce sombre réduit. C'est un petit morceau délicieux de ton et d'arrangement. Nous regretterions de ne pas lui donner une courte mention dans cet inventaire des richesses monumentales de nos églises ignorées de la campagne.

En nettoyant, il y a quelques années, l'église de Bruyères, on découvrit, sur les deux pieds-droits qui portent la voûte de la chapelle à droite de l'absyde, des peintures très-bien traitées et d'une bonne couleur. Autant qu'on peut en juger par le peu qui en subsiste, ce sont des scènes de combat que le peintre a représentées. A gauche de la chapelle, on voit un guerrier blessé qui expire, la tête renversée sur un tertre de verdure. Au-dessus, une légende incomplète et presqu'entièrement indéchiffrable. On lit cependant: *Comment Symon*.... Plus haut que la légende, on voit voler dans l'air un démon aux larges ailes, aux formes fantastiques. Le mot *Symon* et la présence du diable qui s'envole permettent de penser que l'artiste a voulu là représenter la triste fin du fameux hérétique samaritain et magicien Simon qui se faisait, aux premiers temps du christianisme, passer pour prophète, prêcha en Orient et à

Rome, et voulut lutter de miracles contre saint Pierre. Ce thaumaturge avait affirmé qu'il monterait au ciel en présence de Néron. Il s'élevait déjà de terre, lorsqu'il fut arrêté dans son vol par la force des prières du prince des apôtres, et l'imposteur fut précipité sur un rocher où il se brisa les jambes et bientôt expira.

Plus haut encore, dans l'arc de la voûte, on découvre une forme humaine assez facile à reconnaître. Une autre scène de massacre est peinte encore sur la paroi droite de la chapelle; un guerrier, les deux mains levées et armées comme d'une massue, s'apprête à assommer son ennemi vaincu.

Sur le pied-droit d'une chapelle du collatéral droit de la cathédrale de Laon, on voit quelques beaux débris d'une peinture du même style et d'une bonne couleur; c'est la même école. On devine plutôt qu'on ne reconnaît un évêque à son manteau écarlate et à sa crosse. La peinture paraît solide; on n'a pas continué l'œuvre de découverte.

A part ces deux dernières scènes, il ne faut, je le répète, demander à celles que nous avons décrites ni éclat, ni science du coloris. Sans parler de la sauvagerie des procédés propres à des temps presque barbares et qui cherchaient un art, il faut tenir compte des dommages causés par l'application des enduits à la chaux. Il est possible d'affirmer que la peinture murale, sœur et contemporaine de l'enluminure des manuscrits, a procédé comme celle-ci, c'est-à-dire en se servant de tons éclatants dont la richesse un peu tapageuse a été voilée par le temps d'abord, par l'humidité des pierres ensuite, et enfin singulièrement diminuée par l'agent chimique et puissant qui se cachait dans le badigeon. Il ne faut donc point s'illusionner; ce serait se préparer des mécomptes. Dans la recherche des peintures murales, il faut faire fonds sur l'intention et sur la pensée, non sur la couleur, rarement sur le dessin.

Cependant la cathédrale de Laon possède encore aujourd'hui une peinture murale aussi remarquable de dessin que de coloris. Ce monument d'un art très-savant et très-beau se trouve dans une des chapelles du bas-côté gauche du chœur; c'est la quatrième en partant du transept, et elle fait face à la grille latérale qui ferme le chœur et le sépare en deux parties à peu près égales.

Il y a quelques années, le badigeon des murs de cette chapelle s'écailla et laissa voir des traces de couleur brune, des fragments de fleurons et de fleurs de lys. Je fis sauter d'assez grandes parties de ce badigeon qui n'adhérait point à la paroi, et la peinture apparut sur plusieurs points. C'était un semis de grandes et belles fleurs de lys fleuries ou florencées, d'une petite branche à feuillage alterné et surmontée de trois petites fleurettes à quatre pétales : fleurs de lys jaunes, feuillages verts et fleurettes blanches, le fond brun-rouge d'une nuance très chaude et très vive. Toute la chapelle, sur les pieds-droits, sur les murs, sur le faisceau des colonnettes rondes et à dos de carpe qui montent à la voûte, était peinte ainsi, à l'exception d'une portion de muraille à l'est contre laquelle était jadis appuyé un autel dont les boiseries empêchèrent l'artiste de compléter sa décoration. Sur cette partie sont encore visibles des traces de très-vieilles peintures où se déchiffrent avec peine quelques ornements et le monogramme du Christ. Avec son fond de couleur foncée si riche et son semis de fleurs de lys d'or et de feuillages, cette chapelle était un type véritable et complet de l'art de la peinture murale ou moment où il allait expirer. C'était d'un effet aussi grand que satisfaisant pour l'œil. Je dois dire que les nervures de la double arcature qui décore le fond de la chapelle, se détachaient en ver œillet sur l'ensemble.

C'est dans cette arcature jumelle, ogivale et trilobée, qui fait saillie sur la muraille au nord, que devait se découvrir la partie vraiment intéressante de cette belle décoration. Pendant les premières recherches, quelques parties de deux figures avaient été mises à jour ; c'étaient celles du Christ et de la Sainte-Vierge. Ces deux peintures paraissaient avoir du mérite, de la finesse, et provenir d'un art bien autrement savant et plus moderne que celui dont j'avais jusqu'alors constaté les diverses manifestations.

Me contentant alors de ce que j'avais pu étudier dans cette chapelle, je m'arrêtai, remettant à plus tard une recherche plus complète. Ces jours derniers, pressé par le besoin de mettre la dernière main à cette étude, je retournai à la chapelle de la Cathédrale et j'entrepris l'œuvre assez longue et surtout assez délicate du débadigeonnage des deux tableaux. Après dix à douze heures de travail, les deux figures étaient remises complètement à jour. Dans deux cadres ou médaillons d'or ornés de grosses perles, le Christ et sa divine mère, comme je l'ai dit plus haut, sont peints à mi-corps.

A gauche, le Christ. Cheveux bouclés, barbe pleine. De la main droite il bénit le monde dont il porte, dans la gauche, le globe surmonté d'une croix d'orfèvrerie. Il est vêtu d'une tunique bleu-lilacé, et par dessus il porte un manteau rouge à teinte vineuse, comme on en retrouve dans certains tableaux de l'école vénitienne. Les bouts de ce manteau sont rattachés sur la poitrine par une boucle d'or ciselée. La tête, entourée d'un irradiation de lumière, intense autour de la chevelure et dont la vivacité s'éteint en s'éloignant, se détache sur un fond vert très-foncé presque noir. L'expression de la physionomie est sévère, presque dure, les traits purement dessinés.

La figure de la Sainte-Vierge, au contraire, est marquée au coin d'une angélique douceur. Les yeux baissés, la tête couverte d'un grand voile bleu qui fait manteau, Marie est vêtue d'une robe rouge tournant au pourpre, très-montante. Sous le voile paraissent les coins d'une coiffure de linge blanc. Le cou est entouré d'une guimpe jaune. Malgré les déchirures volontairement violentes, produites par un outil acéré qui a détruit un des deux yeux et balafré la face, les traits si purs, si calmes, la carnation transparente et charmante de la figure conservent tout leur effet. Les mains du Christ et de la Vierge sont remarquables par la longueur exagérée des doigts, type de noblesse de race. Les doigts de la main gauche de la Vierge, ramenés sur son voile, sont mal pliés, comme cassés; il y a là une faute grave de dessin.

Ces deux remarquables médaillons se détachent vivement sur le fond rouge foncé, parsemé de fleurs-de-lys et de fleurons.

Ce qui n'est pas moins remarquable que le talent du peintre, c'est que les figures, comme tout l'ensemble d'ailleurs de la décoration de cette chapelle, sont peintes à l'huile. C'est le seul exemple, je crois, jusqu'à présent dans nos contrées de l'emploi de la couleur à l'huile dans les tableaux que la peinture de piété a déposés sur les murailles de nos églises. Tout ce que j'ai vu procédait constamment de l'emploi connu du procédé banal à la détrempe de couleurs délayées dans l'eau de chaux.

J'ai parlé de talent : un tableau sur toile ne serait pas plus fini. Les cheveux du Christ sont parfaitement détaillés.

C'est l'huile qui nous a conservé ce charmant morceau, unique chez nous comme genre, style, perfection et procédé matériel.

A part quelques écailles qui intéressent seulement le fond du cadre et les vêtements, le portrait du Christ est aussi complet, d'une coloration aussi vive que s'il sortait du pinceau de l'artiste. La tête de la Vierge a été malheureusement endommagée, je l'ai dit, par des coups comme de couteau ; mais la peinture adhère encore parfaitement à la muraille. Le bas du médaillon est en mauvais état. La tête du Christ a perdu ses glacis, mais y a gagné une pâleur bien en situation, tandis que la figure de la Vierge est encore, je le répète, d'un coloris rosé et charmant.

Le bas du mur a été quitté par toute sa couleur ; elle a été poussée par l'humidité qui a été si longtemps entretenue, autour de la cathédrale entière, par les gravois et décombres de toute sorte qu'une longue négligence y avait si fâcheusement laissé accumuler jusque dans ces dernières années.

Il reste encore de larges espaces de badigeon à enlever dans la chapelle. Telle qu'elle est, la restauration en serait très facile et peu coûteuse.

J'attribue cette peinture au commencement du dix-septième siècle, et je ne serais point étonné, à son style et mieux encore à sa couleur, qu'elle appartînt à un peintre italien attiré dans nos contrées par la libéralité de nos grands établissements religieux, cathédrales et abbayes. L'agencement du cadre rappelle exactement tout ce qui se dessinait et se gravait dans les illustrations des livres pendant le premier quart du dix-septième siècle. L'irradiation lumineuse qui rayonne autour des deux têtes est aussi, à mon avis, une imitation de ces auréoles à traits d'or dont les artistes du temps des derniers Valois nimbaient toujours les têtes de ces Saints dont ils peignirent des myriades sur des panneaux de cuivre ou de bois. Attribuée à une époque plus ancienne, cette peinture murale eût, par le talent et le faire, dépassé tout ce que l'on connaît ; la reporter à un temps plus voisin de nous n'est pas acceptable, quand on sait que ce sont les curés du temps de Louis XIV qui ont fait tomber tous les vitraux de couleur et gratté ou badigeonné la plupart des peintures murales de leurs églises, un peu par dédain d'un art dont ils ne comprenaient plus les tendances, beaucoup parce que les verrières de couleur et les fresques des siècles précédents étaient les unes éventrées, les autres outrageusement écaillées. Je le répète : ce n'est pas à eux qu'il faut en vouloir, malgré le mal qu'ils ont commis. La destruction moderne est bien autrement inintelligente et coupable.

Pour ne rien oublier de ce qui intéresse l'histoire de la peinture murale religieuse, je veux faire connaître un de ses grands destructeurs dans nos contrées. Le cardinal de Rochechouart, l'avant-dernier évêque de Laon, dans une lettre-circulaire dont je ne me rappelle plus la date, mais dont on retrouverait un exemplaire dans les archives de l'église de Chamouille (canton de Craonne), où nous l'avons vu, ordonne à tous ses curés de badigeonner les peintures murales dont l'affreux état afflige les yeux des fidèles.

Je ne parle que pour mémoire et pour mener mon sujet jusqu'au bout, des peintures de la nef de l'église de Paars qui représentent les évangélistes et des Saints en pied et aussi grands que nature ; elles sont évidemment du commencement du dix-huitième siècle dont elles retracent la décadence comme dessin, les tendances comme couleur, le manque de foi, tout ce qui a déconsidéré cette école. L'église de Paars appartient au canton de Braine, à l'arrondissement de Soissons, et sort donc pour l'instant de mon cadre que je restreins à l'arrondissement de Laon. J'appelle cependant l'attention des archéologues sur une Passion, du quatorzième siècle, peinte dans le transsept de droite de cette église. C'est un morceau capital de cette époque et sur lequel je reviendrai.

La mode et le besoin de la peinture murale ont fait leur temps. On ne couvre donc plus de couleur les grands panneaux de nos églises où la peinture sur toile prend de jour en jour une place plus considérable.

Je signale maintenant, sur le tympan extérieur du portail de la petite église de Goudelancourt-lès-Berrieux, une représentation peinte, si je me rappelle bien le sujet, de saint Martin partageant son manteau avec un pauvre ; ce tableau me semble appartenir à l'avant-dernier siècle. Beaucoup d'églises eurent, à l'extérieur, le dessus de leurs portes orné de peintures. Les porches de bois les conservèrent plus ou moins bien contre les outrages de notre climat humide et froid. Le portail de Jumigny en avait ; celui de Pancy en conserve des traces. Si je ne me trompe, j'en ai constaté à Chaudardes aussi. On en retrouverait, pour sûr, des indices sur les portails de beaucoup d'autres de nos églises, sans que je veuille parler du droit de litre qui, jusqu'à la révolution, autorisa les possesseurs de titres féodaux et les seigneurs à peindre leurs armoiries sur les murs et les piliers extérieurs de nos églises, quand mourait un chef de leur famille.

La peinture murale n'entre pas que dans la décoration de nos monuments religieux. Bien souvent elle remplaça les somptueuses et trop coûteuses tapisseries sur les murs des appartements des manoirs et châteaux. Coucy nous en offre plusieurs exemples ; la tour du roi, le donjon, la tour actuellement du musée nous montrent : l'une, des écussons armoriés et des couronnes que je crois avoir été peints par les premiers ducs d'Orléans; la dernière, des chimères dessinées sur le manteau de ces vastes cheminées qui dévoreraient une corde de bois.

J'ai décrit (1) ces curieuses peintures à blasons qui décorent l'intérieur de l'intéressante maison de la rue du Cloître à Laon, qu'on croit être l'ancien grenier du Chapitre de la cathédrale. Depuis, un nos collègues, M. Hidé, m'a dit avoir aussi trouvé des traces de peinture à la détrempe sur les murailles de plusieurs vieilles maisons de notre vieille cité. Nos riches bourgeois imitaient les seigneurs et prétendaient aussi au droit incontesté, que donne la fortune, d'embellir et d'égayer leurs demeures où leur luxe dépassait souvent celui des nobles.

Tel est l'ensemble des découvertes faites, depuis quelques années seulement, dans l'arrondissement de Laon. Sans nul doute, il s'en fera encore d'importantes que prépare l'attention accordée par notre époque à l'étude du passé. En écrivant cette étude, je n'ai voulu poser qu'un jalon, conserver les souvenirs et empêcher qu'ils se perdent sans profit pour les hommes studieux qui nous suivront. Ce que les églises des autres arrondissements possèdent de peintures murales fournirait la matière de tout un livre que j'écrirai peut-être et dont les matériaux se préparent lentement, mais sans cesser de s'accumuler.

M. Melleville lit une réponse à un travail publié par M. de Saulcy, dans la *Revue Européenne* du 15 juin 1859, sur la première campagne de César dans les Gaules et sur le passage de l'Aisne par ce général.

Le travail publié par M. de Saulcy a pour but d'établir que, lors de la première campagne des Romains contre les Belges, César partant de Reims ou de ses environs, aurait traversé l'Aisne à Pontarcy, campé sur la colline de Comin, et que la

(1) Voir le VIIIe volume du *Bulletin de la Société académique de Laon*, page 154.

fameuse Bibrax de ses Commentaires ne serait autre que l'emplacement actuel du camp de St-Thomas.

Ce système n'est pas nouveau et il a déjà été réfuté avec succès. Mais on doit croire que les objections qui lui ont été faites ne sont pas venues à la connaissance de M. de Saulcy, puisqu'il garde sur elles un silence aussi profond que sur les autres travaux auxquels ces intéressantes questions d'archéologie militaire ancienne ont jusqu'ici donné naissance. Il importe pourtant qu'elles soient connues, aussi bien dans l'intérêt de la discussion que pour mettre le public savant devant lequel ces débats sont portés de nouveau, en garde contre des théories spécieuses qui pourraient l'égarer. Il n'a pas fallu moins que ces considérations pour me déterminer à publier le présent travail, où j'ai le malheur de me trouver en complet désaccord avec un écrivain aussi distingué que l'est M. de Saulcy (1).

Le système de M. de Saulcy repose tout entier sur une interprétation particulière de cette phrase des Commentaires de César : *flumen Axonam quod est in extremis Remorum finibus, exercitum transducere maturavit.*

Il croit en effet pouvoir la traduire ainsi : « César fit passer » l'Aisne à son armée au point où cette rivière *coule* à l'extrême » frontière du pays des Rèmes, » et il en tire cette conclusion, fort contestable comme on va le voir, que cette extrême frontière était du côté du Soissonnais.

Avant tout, je dois faire remarquer qu'une autre phrase des mêmes Commentaires contredit formellement cette interprétation, car elle dit : « le lendemain de la retraite des Belges, » César conduisit son armée *vers les frontières du Soissonnais*,» (2) expressions qui prouvent sans réplique, selon moi, qu'il n'avait nullement pris cette direction en quittant Reims.

Mais les frontières du Rémois proprement dit se sont-elles

(1) Ce travail est écrit depuis longtemps. Il n'a pas tenu à l'auteur qu'il ait été publié dès l'année dernière (octobre 1860).

(1) *Postridie ejus diei, Cesar....... in fines Suessionum, qui proximi Remis erant exercitum duxit* (lib. II).

jamais étendues jusqu'à l'Aisne en aval de Berry-au-Bac? On a de fortes raisons pour en douter. Il est certain en effet, et les plus anciens monuments historiques sont là pour l'attester, que tous les villages situés sur la rive gauche de cette rivière entre Berry-au-Bac et Pontarcy, d'une part, jusqu'à Révillon, Ventelay et Bouvancourt, de l'autre, ont constamment fait partie du Laonnois, de telle sorte que l'Aisne quittait le territoire Rémois en amont de Berry-au-Bac pour entrer, non dans le Soissonnais, mais bien dans le Laonnois, ce qui ne permet pas, ce me semble, de chercher l'extrême frontière du Rémois où coulait l'Aisne, en aucun point placé en aval de Berry-au-Bac.

D'un autre côté, il n'est pas moins certain que la rivière d'Aisne n'a jamais servi de frontière à aucun des *pagi* situés sur son parcours : elle les traversait, elle ne les limitait nulle part, excepté en un seul point, entre Berry-au-Bac et Evergnicourt où, sur une étendue d'environ quinze kilomètres, elle a de tout temps formé la séparation du pagus Laonnois d'avec le pagus Rémois. Ce fait une fois connu, la phrase de César devient aussi claire que précise : il fit traverser l'Aisne à son armée sur le seul point où cette rivière formait la limite extrême du Rémois, c'est-à-dire en amont et non en aval de Berry-au-Bac, du côté du Laonnois et non du côté du Soissonnais.

Ici je m'attends à une objection. On me dira peut-être : le Rémois ne s'arrêtait point de ce côté à la rivière d'Aisne, car on sait que le Laonnois en faisait partie.

Assurément, le Laonnois dépendait du Rémois; mais c'était à la manière du Soissonnais. Il avait les mêmes usages, les mêmes lois, la même administration civile et militaire que le Rémois; mais comme le Soissonnais, son territoire en était entièrement distinct et indépendant. Sans doute la *cité* de Reims s'étendait sur les deux rives de l'Aisne; mais le pagus Rémois n'en occupait que la rive gauche, tandis que le Laonnois s'étendait sur la rive droite. César a donc pu dire, sans tomber dans une contradiction, que la rivière d'Aisne formait la limite extrême du Rémois, et que néanmoins Bibrax, bien que située au-delà de cette frontière, était un oppide des Rèmes.

De ces explications il est, ce me semble, permis de conclure qu'en quittant Reims ou ses environs, César ne se dirigea pas vers le Soissonnais, comme le pense M. de Saulcy, mais bien vers le Laonnois, en traversant l'Aisne sur le seul point où cette rivière servait de frontière au Rémois, c'est à dire sur un point quelconque situé *en amont* de Berry-au-Bac et non dans aucune des localités placées *en aval* de ce village (1).

Je passe à l'emplacement du camp de César.

On sait assez que ce camp était assis sur une colline, ce qui permit au général romain d'évaluer l'étendue du campement des Belges par les feux et la fumée de leur bivouac. Mais de ce fait parfaitement établi, il ne s'en suit pas forcément que César dût occuper le plateau d'une colline *isolée* autour de laquelle une chaîne d'autres collines devait s'étendre en demi-cercle. Il lui suffisait d'être placé sur un point quelconque de ces longues collines dont les chaînes, bizarrement découpées, courent parallellement à la rivière d'Aisne, pourvu toutefois que ce point fût assez élevé pour qu'on pût de là découvrir tout le pays environnant.

M. de Saulcy est d'ailleurs frappé, et avec raison, des difficultés que l'on éprouve à retrouver sur la rive droite de l'Aisne une localité dont la situation géographique réponde parfaitement aux détails que le général romain nous a laissés sur l'assiette de son camp. Ces détails topographiques se retrouvent-ils à Comin? C'est ce qu'il faut examiner.

Que dit César? « La *colline* sur laquelle le camp était assis, » peu élevée au-dessus de la plaine, s'étendait assez en largeur » pour offrir en *avant* la place nécessaire au rangement en ba- » taille d'une armée, présentait une pente rapide sur ses deux » flancs (*ex ertrûque parte lateris*), et son front, légèrement re- » levé, se reliait par une pente douce avec la plaine. »

Ce qui frappe particulièrement dans cette description, c'est

(1) Dom Grenier (Collect. t. 167, f° 68), ne met pas en doute que le passage de l'Aisne par les Romains ne se soit effectué à Berry-au-Bac.

que le narrateur parle seulement de trois côtés de cette colline, deux côtés s'abaissant en pente assez rapide; car le mot *dejectus*, opposé à *fastigiatus leniter in fronte*, doit avoir cette signification: le troisième descendant au contraire en pente douce vers la plaine. Le silence qu'il garde sur le quatrième coté, semble appuyer de nouveau l'opinion que son camp n'occupait pas une colline isolée, mais au contraire un point quelconque des plateaux qui s'étendent au nord de la rivière d'Aisne, et dont il s'était isolé par le moyen d'une large coupure transversale composée d'un fossé et de retranchements en terre.

On ne peut, au surplus, appliquer aucun de ces détails à la colline de Comin, puisque ses flancs sont partout escarpés et qu'on cherche en vain, sur un point quelconque de sa déclivité, cette pente douce dont parle César.

C'est ici l'occasion de m'arrêter à un passage des Commentaires auquel personne ne semble avoir jusqu'ici fait attention, bien qu'il ait une certaine importance dans ces débats. Le général romain nous dit que, chaque jour, il livrait des combats de cavalerie afin d'éprouver la valeur de l'ennemi.

Cette observation fait naturellement naître la pensée qu'il devait y avoir entre les deux camps une surface plane favorable aux évolutions de la cavalerie, placée en quelque sorte de plain pied avec le camp de César, pour permettre à la cavalerie romaine d'en sortir et d'y rentrer avec facilité, disposée même de telle façon que celle-ci ne fût point exposée à y être entourée par la multitude des ennemis. Or, cet emplacement ne pouvait être situé sur les deux flancs ni sur le front de la colline, puisque, d'une part, ces flancs étaient à peu près abruptes et que, de l'autre, le front se terminait à un marais. C'était donc du côté dont César ne parle pas, c'est-à-dire en arrière de son camp et sur le plateau dont il était seulement séparé par la coupure dont je viens de parler, que devait s'étendre cet emplacement favorable. Or, y a-t-il quelque chose de semblable à Comin? Assurément non, et l'on ne s'explique pas comment la cavalerie romaine aurait fait pour descendre et monter les flancs escarpés de cette colline, ni en quel lieu elle aurait pu livrer ces combats, puisque l'espace qui, dans cette hypothèse, séparait les deux armées, étant une vallée inégale, accidentée et coupée par des ruisseaux encaissés, les mouvemens d'une troupe à cheval y seraient tout à fait impossibles.

Examinons maintenant les raisons sur lesquelles s'appuie M. de Saulcy pour fixer l'emplacement du camp de César sur le plateau de Comin. Il y en a deux principales, savoir : que le passage de l'Aisne par les Romains doit s'être effectué à Pontarcy, attendu qu'on y voit les vestiges d'un pont gaulois, et que la colline de Comin se trouve dans les condition topographiques indiquées par César.

A l'égard de Pontarcy, il est incontestable que ce village a de tout temps appartenu au Soissonnais. Faire passer l'Aisne en ce point à César, c'est donc mettre gratuitement ce général en contradiction avec ses propres paroles; car viendrait-il nous dire qu'après la fuite des Belges il conduisit son armée *vers les frontières* du Soissonnais, si déjà il avait pénétré dans cette province, et si ses troupes, en s'établissant solidement à Pontarcy, s'y étaient créé une forte position militaire?

Quant à l'étymologie du nom de Pontarcy, je ne puis en vérité lui accorder aucune importance. Ce nom dérive-t-il de *Pons Arcis* plutôt que de *Pons Arsus*, pont brûlé? C'est ce qu'il est impossible d'affirmer. Mais si j'avais un choix à faire entre ces deux étymologies, celle de *Pons Arsus* me paraîtrait la plus naturelle, parce qu'elle se rapproche davantage de *Pons Arseius*, nom sous lequel ce village est constamment désigné dans les chartes du moyen-âge. Et en cela, je serais d'accord avec l'abbé Lebeuf qui ne veut pas que le mot Arcy vienne du latin *Arx*, *Arcis*, signifiant forteresse, mais d'*ardere*, brûler, parce que, selon lui, les villages de ce nom ont été construits dans des lieux couverts de bois qu'on fut obligé d'incendier pour pouvoir y élever des habitations. Il est au moins certain que de trois villages ainsi nommés dans le département de l'Aisne, il y en a deux, Viel-Arçy et Arcy-Ste-Restitue, qui ne présentent aucun vestige d'anciennes fortifications.

Celles de Pontarcy et la culée d'un pont qu'on remarque dans la rivière près de ce village, portent-elles en réalité les caractères de haute antiquité que M. de Saulcy a cru y voir? Beaucoup de personnes en doutent. Elles soutiennent que tous les ouvrages défensifs de Pontarcy ne remontent pas au-delà du 12e siècle, ayant vraisemblablement été construits par l'un des seigneurs de Braine auxquels ce village appartenait alors. Quant à la culée en question, elles prétendent y voir un ouvrage plus moderne encore. Ces divergences d'opinion, quelles que soient d'ailleurs les raisons sur lesquelles elles s'appuient, prouvent au moins que ces débris sont tout-à-fait insuffisants pour servir de base à un système archéologique.

Les objections que l'on peut faire contre l'assiette du camp de César sur la colline de Comin ne sont pas, selon moi, moins décisives. Je constate d'abord, comme l'a d'ailleurs si loyalement reconnu M. de Saulcy lui-même, que la tradition locale n'a conservé aucun souvenir de ce campement et qu'on ne trouve, sur le plateau de Comin, absolument aucune trace d'anciennes fortifications. Mais M. de Saulcy va trop loin, ce me semble, quand il ajoute (p. 296) : « que César n'en avait » pas besoin, et qu'un retranchement n'aurait jamais valu la » défense naturelle que lui fournissait les roches du sommet. »

Le texte de César est on ne peut plus formel. Ce général dit positivement qu'il fit faire à son camp un rempart de douze pieds de haut, *avec un fossé* de dix-huit pieds de profondeur. Il faut donc absolument retrouver ces retranchements, ou du moins en montrer des traces, car en voyant la belle conservation et l'intégrité du camp de St-Thomas si voisin de Comin, il m'est impossible d'admettre que des travaux défensifs de telles dimensions soient effacés au point de ne plus montrer aucun vestige reconnaissable.

Ce rempart élevé et surtout ce fossé profond sont, à mon avis, la plus forte preuve que le camp romain n'occupait pas une colline isolée. Les plateaux de ces contrées sont, en effet, partout constitués par des bancs épais de roches calcaires qui forment généralement autour d'eux des escarpements naturels.

Dans cet état de choses, un simple épaulement en terre construit à la lisière de la colline occupée, comme il en existe un à St-Thomas, aurait suffi pour en défendre solidement l'accès, et il eût été complètement inutile, sinon tout à fait impossible, de creuser transversalement un fossé profond sur la déclivité de cette colline. Si, au contraire, le général romain était campé sur la pointe d'un plateau étendu, on comprend de suite la nécessité pour lui de construire ces défenses, non sur la lisière de la colline, mais transversalement sur le plateau même, afin d'en isoler la partie occupée et de se garantir d'une attaque venant du côté de ce plateau. Dans toute autre circonstance, ces fortifications, de dimensions exceptionnelles, n'auraient eu aucune raison d'être, et à Comin en particulier elles eussent été inutiles, à moins de supposer que le camp romain n'occupait qu'une partie du sommet de la colline, et avait dû être séparé du reste du plateau par une coupure transversale, conjecture que rien n'est venu confirmer jusqu'ici.

L'étendue du plateau de Comin s'oppose aussi formellement à l'idée que César y aurait assis son camp. En effet, elle n'a pas moins de 90 hectares, c'est-à-dire une surface trois fois plus considérable que celle nécessaire au campement d'une armée telle que celle placée sous les ordres de ce général. On n'oubliera pas d'ailleurs que, ce plateau offrant un périmètre de plus de 4,000 mètres, deux légions eussent été tout à fait insuffisantes pour le garder, surtout n'étant pas couvertes par des retranchements. Enfin, il n'est pas inutile de faire remarquer que le niveau du plateau de Comin est inférieur de quinze à vingt mètres à celui des collines voisines où devaient camper les Belges, selon M. de Saulcy, et cette circonstance, en permettant à ces derniers de voir tout ce qui se passait dans le camp des Romains et d'épier leurs moindres mouvements, eût placé ceux-ci dans une position des plus gênantes, sinon des plus dangereuses.

Quant au marais qui s'étendait au pied de la colline sur laquelle César était campé, M. de Saulcy croit le retrouver au fond de la vallée, entre Comin et Geny. D'autres personnes ne veulent y voir que des prairies sèches, par conséquent faciles à franchir en toute saison. Mais j'admets pour un instant que ces prairies étaient autrefois un marais, ce qui, après tout, n'a rien d'invraisemblable, et je demande pourquoi les Belges auraient attaqué la position de César de ce côté, où il s'était solidement établi entre ce même marais et des retranchemens, plutôt que de la tourner et de la prendre à revers, où elle ne présentait d'autres difficultés à l'attaque que l'escarpement de la colline. Il me paraît évident que quand César rangeait ses troupes en bataille en dehors de son camp, en laissant celui-ci à la garde de ses deux légions les moins solides, c'est qu'il considérait ce camp comme inattaquable par les autres côtés que celui où il se postait, confiance qu'il n'aurait pu avoir évidemment à Comin, puisque son armée, couvrant à peine le dixième du périmètre de la colline, en aurait laissé les neuf autres dixièmes exposés presque sans défense aux entreprises de l'ennemi.

Enfin, il y a contre l'idée de placer le camp de César à Comin deux faits qu'il ne faut pas perdre de vue. D'abord, cette phrase des Commentaires déjà citée, à savoir : qu'après la retraite des Belges, le général romain conduisit son armée vers les frontières du Soissonnais, ce qui implique la pensée qu'il en était assez éloigné, tandis que Comin est situé sur cette frontière même ; ensuite, cette autre phrase qui nous apprend que pour arriver en un jour devant Noviodunum, César eut besoin de faire faire à ses troupes une étape plus longue qu'à l'ordinaire (*et magno itinere confecto*), car alors Noviodunum ne pourrait plus être Soissons, comme on s'accorde généralement à le reconnaître, puisque entre cette ville et Comin la distance est seulement de vingt-trois kilomètres ou cinq lieues et demie, c'est-à-dire moins forte que les étapes ordinaires des Romains qui, d'après M. de Saulcy lui-même, étaient de six à sept lieues par jour.

A l'égard des gués d'Œuilly où M. de Saulcy croit voir le théâtre de la tentative des Belges pour passer l'Aisne, je ne m'arrêterai pas à ce fait qu'il n'existe aux environs aucun lieudit rappelant le souvenir d'une grande bataille et d'un grand massacre ; mais je demanderai s'il est bien constaté que ces gués soient anciens ; on a de fortes raisons pour en douter. D'abord, il est certain que le lit de l'Aisne a varié et qu'il varie tous les jours. Il n'est pas moins vrai ensuite que cette rivière a de tout temps été navigable à partir de Pontavert, situé à quatorze kilomètres en amont d'Œuilly, ce qui exclut l'idée qu'elle fut autrefois guéable au-dessous de la première de ces deux localités ; et cette conjecture se fortifie par le témoignage d'un écrivain du siècle dernier (1) qui nous assure que, de son temps, l'Aisne n'était pas guéable en aval de Berry-au-Bac, situé à 8,000 mètres plus haut encore que Pontavert.

Admettant néanmoins que les gués d'Œuilly ont existé de tout temps, je voudrais connaître les raisons qui auraient déterminé les Belges à tenter le passage de l'Aisne en ce point plutôt qu'ailleurs. S'ils étaient arrivés du nord par la chaussée de Bavai, comme le pense M. de Saulcy, ils auraient nécessairement cotoyé la rivière d'Aisne depuis les environs de Neufchâtel jusqu'à Comin, c'est-à-dire sur une étendue de près de quarante kilomètres. Or, dans ce long parcours, il existait et il existe encore d'autres gués que ceux d'Œuilly (2). On y voyait même plusieurs ponts, car il est tout à fait vraisemblable qu'il y en avait un à Pontavert, qui doit sans doute son nom à une construction de ce genre, et où d'ailleurs passait la grande chaussée gauloise de Reims à Amiens par Laon et St-Quentin, et un autre à Maizy, où le chemin de Barbarie venant de la montagne de Reims, traversait l'Aisne à son tour. Pourquoi donc, pouvant passer cette rivière en tant de points différents, d'une manière si commode et loin de leurs ennemis, les Belges n'auraient-ils tenté de le faire que sous les yeux des

(1) D. Lelong, *Histoire du diocèse de Laon*, p. 9, note. 1783.

(2) On connaît depuis des siècles le gué de Berry-au-Bac, rendu trop célèbre par l'invasion des troupes alliées en 1814. On m'a dernièrement affirmé dans le pays qu'il existe encore un gué vis à vis la ferme de la Rouelle, et un autre à Maizy en face de l'église ; mais j'ignore si ces gués sont anciens. Je ne parle pas du gué St-Pierre situé près de Variscourt, connu de toute antiquité.

Romains ? Et puis, comment Titurius, posté à Pontarcy, à six ou huit kilomètres au-dessous d'Œuilly, aurait-il disputé ce passage ? Comment même s'en serait-il aperçu du fond de la vallée, plutôt que César moins éloigné des Belges et campé sur une colline qui dominait de plus de cent mètres le théâtre de cette tentative; car on sait que ce général en fut informé par son lieutenant, preuve évidente qu'il en était au contraire moins près que lui et dans un lieu qui ne lui permettait pas de rien distinguer avec certitude. Toutes ces objections sont, selon moi, autant de difficultés qui ne permettent pas de considérer les gués d'Œuilly comme étant ceux où les Belges tentèrent le passage de l'Aisne.

Examinons maintenant la marche des Belges et l'emplacement de Bibrax d'après M. de Saulcy.

Selon cet écrivain, la réunion des troupes belges se serait effectuée autour de Bavai, d'où elles se seraient portées du nord au sud au-devant de César, par le moyen d'une antique chaussée qui aurait existé dans cette direction.

D'abord, y avait-il entre Bavai et Reims, du temps des Gaulois, une voie de communication *praticable à une armée* ? Le fait paraît d'autant plus contestable que la surface des pays traversés par cette voie était alors entièrement recouverte par la forêt des Ardennes et par celle de la Thiérache, que les écrivains anciens sont unanimes à nous représenter comme absolument impraticables autrefois (1). Les Romains avaient jusqu'ici passé pour être les premiers qui percèrent une grande chaussée à travers ces solitudes boisées, et c'était aussi l'opinion des Bénédictins au siècle dernier. (2) Mais je veux bien concéder l'existence de cette grande chaussée gauloise, à la condition toutefois que l'on résoudra les difficultés suivantes :

Les Belges savaient César à Reims ou aux environs, et cependant la plupart d'entre eux, c'est à dire ceux venant du

(1) Il est indubitable que la forêt d'Ardenne était impénétrable du temps de César, puisque Induciomare y cacha tous ceux de sa nation qui ne pouvaient porter les armes. (César, lib. V, cap. 4.)

(2) Mss. de dom Grenier.

pays de Caux, du Soissonnais, du Beauvoisis, de l'Amienois, du Vermandois et autres, au lieu de se porter directement au-devant de lui pour le repousser, se dirigent au contraire vers le nord, ouvrant par cette manœuvre inqualifiable leurs territoires à l'invasion, épuisant leurs vivres, perdant un temps précieux et se fatiguant par des marches inutiles.

Les Soissonnais, plus particulièrement menacés par la marche de César sur leur pays, s'en éloignent de vingt-cinq lieues en présence d'un danger aussi imminent, et livrent ainsi à l'ennemi leurs foyers, leurs femmes et leurs enfants pour la défense desquels ils avaient pris les armes.

De son côté, César était parfaitement instruit de la direction que les Belges suivaient dans leur marche ; il les savait même déjà parvenus à une petite distance de lui. Puisqu'ils venaient du nord par la chaussée de Bavai, selon M. de Saulcy, pour se porter au-devant d'eux, il devait forcément se diriger vers le nord ; mais au lieu d'agir ainsi, il s'avance imprudemment à l'ouest, s'éloignant de Reims, sa base d'opérations, jusqu'à la perdre de vue, découvrant le cours supérieur de l'Aisne où se trouvaient les ponts et les gués, s'exposant par cette fausse manœuvre à voir ses derrières coupés, ses alliés compromis, ses vivres et ses secours interceptés, et donnant le spectacle étrange d'une armée qui prétend marcher à la rencontre de l'ennemi en lui tournant le dos.

On ne voit donc aucune raison qui ait motivé le choix de Bavai pour servir de rendez-vous aux Belges. Il s'en détachait, nous dit-on, une chaussée qui descendait directement du nord au sud sur la capitale du Rémois. Mais en vérité, les habitants du pays de Caux, du Soissonnais et du Beauvoisis n'avaient pas besoin de faire trente et trente-cinq lieues au nord pour y rencontrer une route qui les conduisît dans le Rémois. Il y en avait une qui menait directement de Beauvais à Reims par Soissons, une autre qui y conduisait en ligne droite du Vermandois par Laon. Et cette prétendue route gauloise de Bavai à Reims eût-elle été véritablement praticable à une armée ? Il est permis d'en douter quand on considère qu'elle eût traversé des pays très-montueux, coupés par plusieurs cours d'eau et partout recouverts d'épaisses forêts où la marche d'une armée n'eût pas été seulement difficile, mais où l'impossibilité de se déployer l'eût exposée à être arrêtée et même détruite par un ennemi bien inférieur en nombre (1).

Toutes ces difficultés disparaissent si l'on admet que le rassemblement des Belges s'est effectué dans les plaines du Vermandois. Cet emplacement n'était pas seulement situé sur l'antique chaussée qui reliait la Flandre au sud-est de la France et conduisait directement à Reims, il occupait encore exactement le centre des pays confédérés, deux circonstances qui durent évidemment déterminer les Belges à le choisir de préférence à tout autre pour le rassemblement de leurs nombreux contingents.

Si l'on ouvre, en effet, une carte de ces contrées, on s'apperçoit aussitôt que les pays confédérés mentionnés par César formaient une sorte de demi-cercle qui s'étendait du S.-O. au N.-E. autour de Reims. Le centre de ce demi-cercle est si exactement dans les plaines du Vermandois que ce point partage les contingents belges en nomres parfaitement égaux. Ainsi, les contrées situées au S.-O. de ce point devaientfournir, selon César, 137,000 hommes armés; celles situées au N.-E., 128,000 hommes, et le Vermandois, avec les deux cantons situés en arrière, le surplus, c'est-à-dire 45,000 hommes. Ce fait est assurément fort remarquable, et il appuie singulièrement, selon moi, l'opinion qui place en cet endroit le rassemblement des Belges.

Enfin, je rappellerai qu'une large chaussée gauloise, dont l'existence n'a rien d'hypothétique puisqu'on la voit encore (2),

(1) Il existe bien une ancienne chaussée conduisant directement de Reims à Bavai; mais l'origine romaine de cette chaussée ne saurait être contestée, *à Pirgo romano juxta Dizy*, dit une charte de 1139 pour l'abbaye de Cuissy, etc. Voyez d'ailleurs la notice de M. Piette sur les voies romaines qui traversent le département de l'Aisne, chaussée de Reims à Bavai.

(2) Il est souvent question de cette chaussée dans les actes du moyen-âge. Dans un Ms. du 11e siècle cité par D. Grenier (t. 176, fo 128), il est dit · *Juxta fluenta Somene ubi via publica transit ab Ambianensium civitate*

se dirigeait directement de ce point sur Reims en passant par Laon ; qu'elle parcourait un pays à peine accidenté et coupé par une seule rivière et qu'elle ne traversait aucune forêt dans son parcours, toutes circonstances particulièrement favorables à la marche d'une armée nombreuse comme l'était celle des Belges (1).

Je passe maintenant à l'emplacement de Bibrax. En indiquant le camp de St-Thomas comme occupant cet emplacement, M. de Saulcy ne me paraît pas plus heureux que précédemment. Il oublie d'abord, en cette circonstance, que tout en commençant son mémoire, il a posé à la solution du problème ces deux conditions expresses, savoir : que Bibrax doit être cherchée au moins à huit milles ou treize kilomètres au nord de l'Aisne (p. 382), et qu'une distance semblable doit également séparer cette place-forte du camp de César (p. 284).

Or, en ouvrant la carte de l'état-major, je trouve d'abord que la distance qui sépare l'Aisne de St-Thomas est de 10,500 mètres, ce qui fait une différence en moins de deux kilomètres et demi avec celle exigée par M. de Saulcy lui-même ; ensuite, qu'il y a entre la pointe septentrionale du plateau de Comin et le camp de St-Thomas, non treize kilomètres seulement, mais bien 15,800 mètres en ligne droite et à vol d'oiseau, ce qui donne par les détours des chemins, seule manière permise de compter les distances, dix-sept à dix-huit

veniens contra Laudunum Clavatum. Dans une charte de 1177, on lit : *antiqua via contigua terris Mecume*. Méchambre est une ferme dépendante de Renansart où passe en effet la chaussée en question. On lit encore dans un titre de 1246 : *ad pirgum Sancti Quintini et Lauduni* passant entre Monceau et Remies. C'est toujours la même chaussée gauloise.

(1) Trois autres chaussées gauloises conduisaient encore des plaines du Vermandois au pied de la montagne de Laon. L'une venait de Guise par Crécy-sur-Serre, l'autre de La Fère par Crépy et Cerny, la troisième de Chauny par St-Gobain, qui originairement se nommait *la Chaussée*.

Nul doute pour moi que les Gaulois arrivèrent à la fois par ces différentes chaussées, car un seul chemin n'aurait pu suffire, sans encombrement et sans une perte de temps considérable, au transport d'une telle multitude.

kilomètres, chiffre fort différent de celui posé par M. de Saulcy.

Et puis, il faudrait s'expliquer catégoriquement sur cet emplacement de Bibrax et choisir entre St-Thomas et Berrieux, car on nous parle à la fois de ces deux localités. S'il était à Berrieux, il ne pouvait être aussi à St-Thomas, et réciproquement, puisque ce sont deux villages différents, séparés par un intervalle de plus de 2,000 mètres, et entre lesquels s'interpose un autre village, celui de Goudelancourt.

Voyons d'abord Berrieux. C'est un tout petit village assis au pied d'un côteau à l'entrée d'une vaste plaine. Je ne m'arrêterai pas à sa distance de l'Aisne, qui n'est que de huit kilomètres et demi au lieu de treize exigés par M. de Saulcy; mais je demanderai qu'on veuille bien me donner quelque preuve de sa haute antiquité, m'y faire voir quelques vestiges de ces solides remparts qui bravèrent l'attaque impétueuse de l'armée belge. Quoi qu'on puisse dire, il me paraîtra toujours impossible qu'une place de l'importance de Bibrax, la seconde ville peut-être de la cité des Rèmes, comme semble le faire pressentir le récit de César, ait complètement disparu à la fois de la mémoire des hommes et de la surface du sol. Or, les annales de la contrée sont absolument muettes sur Berrieux, et quant à trouver des vestiges antiques dans ce village, on peut affirmer qu'il n'y en a absolument aucun.

Il y a son nom, nous dit-on, car il existe une analogie frappante entre Bibrax et *Bébrieux*, nom ancien de ce village, à ce que l'on assure. Reste à savoir si cette assertion est fondée. Elle est due à un écrivain du siècle dernier qui, voulant aussi placer Bibrax à Berrieux, a avancé, à défaut d'autres raisons et sans daigner en donner des preuves, que le nom de ce village se disait autrefois Bébrieux. Qu'on interroge les gens du pays, tous diront qu'ils n'ont jamais entendu parler de Bébrieux. Qu'on lise les vieux titres où il est question de ce village et qui remontent jusqu'au 11e siècle, et l'on y trouvera la preuve que cette assertion ne repose sur aucun fondement, car le nom de Berrieux y est constamment écrit en français *Berru* ou *Berriu*, et en latin *Berriacus* (1), ce qui est à cent lieues de Bébrieux comme de Bibrax (2).

A cette occasion, qu'il me soit permis d'exprimer un vœu. Ne serait-il pas bientôt temps d'abandonner ces prétendues preuves uniquement fondées sur d'équivoques ressemblances de noms ? Elles ont fait commettre assez d'erreurs pour qu'on leur refuse désormais une importance qu'elles ne peuvent avoir. Elles sont d'ailleurs en désaccord complet avec un fait aujourd'hui démontré, à savoir : qu'après l'invasion romaine, la plupart des chefs-lieux de cités et de *Pagi* ont changé leurs anciens noms propres contre un autre tiré de celui du pagus ou de la cité. C'est ainsi que Durocortor est devenu Reims; Noviodunum, Soissons ; Lutèce, Paris; Samarobrive, Amiens, etc. Et d'ailleurs, si la ressemblance des noms avait quelque valeur, je ne vois pas pourquoi on repousserait les prétentions à être Bibrax émises par Beaurieux, Bray, Bièvre, Bruyères et autres qui, à ce point de vue, y ont tout autant de droit que Berrieux.

St-Thomas remplit-il mieux les conditions exigées pour être l'emplacement de cette mystérieuse cité ? Assurément non. Si sa distance au plateau de Comin est trop forte de quatre à cinq kilomètres, si cette distance à la rivière d'Aisne est plus faible de 2,500 mètres que celle exigée par le programme de M. de Saulcy, son nom ne rappelle en rien celui de Bibrax, et l'on peut affirmer qu'il n'a jamais varié. En effet, dans l'acte de fondation du prieuré établi à St-Thomas en l'année 1081 par Elinand, évêque de Laon, ce prélat dit qu'il donne à l'abbaye

(1) *Berriacus* dans une charte de 1081, Bairu dans une autre de 1125, Berru dans une de 1190, Berriu dans deux autres de 1194 et 1238, etc.

(2) Je demande instamment que l'on produise les titres *authentiques* où Berrieux est nommé *Bébrieux*. Malgré l'étendue de mes recherches sur le pays, je n'en connais aucun, ce qui me donne le droit de suspecter l'opinion des premiers écrivains qui ont avancé le fait sans l'étayer de preuves.

Qui ne sait d'ailleurs que le mot *rieux*, en latin *rivus*, est synonyme de vue ou aspect. De là le nom de plusieurs de nos villages, comme Beaurieux (*Bellus Rivus*), Grandrieux (*Magnus Rivus*), etc.

de St-Vincent de cette ville, le village connu *de toute antiquité* sous le nom de St-Thomas (1).

Qu'était-ce d'ailleurs que Bibrax ? Une ville assurément considérable, car il me paraît évident qui si c'eût été un simple camp retranché comme celui de St-Thomas, les Rémois n'auraient pas attaché à sa conservation une importance assez grande pour déterminer le premier de leurs concitoyens à en prendre la défense. Or, en cette circonstance, je fais appel aux géologues comme aux archéologues et je leur demande s'il n'est pas vrai que le sol du camp de St-Thomas est resté vierge dans toutes ses parties, et qu'on n'y trouve ni traces d'habitations, ni aucun de ces débris que laissent constamment après elles toutes les agglomérations d'hommes. Dès lors la question est tranchée : cet emplacement a pu être occupé temporairement par des troupes, même à différentes fois ; mais on peut affirmer qu'il n'a pas été habité d'une manière continue par une population urbaine (2).

(1) *Ego Elinandus..... dedi ecclesie sancti Vincentii locum ab antiquo Sancti Thome appellatum*, etc. D. Rob, Wiart, *Histoire de St-Vincent*, p. 174.

(2) Je me permettrai en passant de prémunir M. de Saulcy contre une erreur dans laquelle il paraît près de tomber, quand il dit (p. 297) : « Le plateau de St-Thomas est à proximité d'une voie antique connue sous le nom de *chemin de Barbarie.* »

Cet ancien chemin, que tout porte en effet à considérer comme gaulois, passe au contraire fort loin de St-Thomas, puisque le point où il s'en approchait le plus était à Maizy où il traversait l'Aisne pour se diriger, non, comme on l'a dit par erreur, sur Pontarcy, mais directement sur Laon en passant par Jumigny, Cerny, Chamouille et Bruyères. Or, la distance de Maizy à St-Thomas est de dix-sept kilomètres en ligne droite.

Il a été trouvé à Maizy, il y a peu d'années, une borne milliaire qui se trouvait enchâssée dans le mur de l'église bâtie sur le bord même de cette ancienne chaussée. Cette borne porte l'inscription suivante :

PIO. AUG.
TANNO. MAX.
TRIB. POT. XII. E
IMP. II. COS. III
P.P.P.R. — M.

Le commencement de l'inscription manque et la fin est mutilée, la pierre étant cassée dans sa partie inférieure.

N'oublions pas d'ailleurs que Bibrax était entourée de solides murailles, car César le dit, du moins implicitement. Nous racontant le siège de cette ville par les Belges, il nous apprend en effet que ces derniers jetèrent dans la place une telle quantité de traits et de pierres qu'il devint absolument impossible à ses défenseurs de se tenir *sur les murs* (*ut in muro consistendi potestas esset nulli*).

Le fait ne peut donc être contesté. Non-seulement Bibrax était renfermée dans des murailles, mais encore ces murailles offraient assez de solidité et d'élévation pour se défendre en quelque sorte d'elles-mêmes contre les efforts violens d'une armée nombreuse et irritée; en un mot, c'était une place forte de premier ordre pour le temps. Ces détails peuvent-ils s'appliquer à St-Thomas? Assurément non, car on n'y retrouve aucun vestige d'une enceinte *murée*, et il suffit d'une simple inspection des lieux pour se convaincre qu'il n'y en a jamais eu.

Telles sont les principales raisons qui s'opposent à faire traverser l'Aisne par César à Pontarcy, à asseoir son camp sur la colline de Comin et à chercher l'emplacement de Bibrax à Berrieux ou à St-Thomas. Si elles ne portent pas dans tous les esprits la conviction dont je suis moi-même pénétré, elles auront du moins ce résultat, je l'espère, de jeter quelque lumière nouvelle sur des questions qu'il serait si intéressant de résoudre enfin; car, à mon avis, le mémoire de M. de Saulcy les a laissées entières.

M. S. Prioux, correspondant, adresse à la Société une notice intitulée *Monuments populaires de Notre-Dame de Liesse*, et qui a trait à de très-anciennes médailles de plomb trouvées dans la Seine il y a quelques années.

La tradition nous a transmis de siècle en siècle la légende historique de Notre-Dame de Liesse, qui a été reçue depuis le moyen-âge (1134) jusqu'à nos jours par des historiens recommandables, des auteurs estimés et de graves théologiens. De plus, elle a été en quelque sorte consacrée par les évêques diocésains chargés de prononcer sur les traditions religieuses de leur diocèse. A la vérité, nous ne connaissons point de textes authentiques contemporains de l'origine de cette tradition ; mais nous n'en connaissons pas non plus qui lui soient contraires, et rien n'autorise, par conséquent, à rejeter cette légende dont la valeur morale et poétique est incontestable.

Melchior Bandini, auteur des *Annales de l'ordre de Saint-Jean de Jérusalem* (plus tard ordre de Malte), chevalier et vice-chancelier de l'ordre, est le premier qui, vers 1446, s'est occupé de Notre Dame de Liesse. Il en fait remonter l'origine à l'année 1134, époque de la fondation de la chapelle, sous l'épiscopat de l'évêque Barthélemy de Laon. Rapportant la légende de l'image miraculeuse, les circonstances qui l'accompagnent, et le récit d'un grand nombre de miracles que Dieu a opérés et opère encore tous les jours par l'intercession de la sainte Vierge, dans la chapelle de Liesse, en faveur de ceux qui y venaient, dit-il, pieusement implorer son secours, il ajoute que cette chapelle est aussi célèbre en France que celle de Lorette en Italie. Les historiens venus après lui n'ont guère fait que le copier et le commenter : notre intention n'est pas de les citer, mais de rappeler seulement, en peu de mots, la légende, pour servir d'explication aux monuments inédits que nous voulons publier (1).

Trois frères de la noble famille d'Eppes, au diocèse de Laon, ayant fait, comme chevaliers de l'ordre de Saint-Jean de Jérusalem, le pélerinage de Terre sainte (1131), furent pris par les Sarrasins et emmenés captifs en Egypte. Voulant leur faire embrasser l'islamisme, le soudan, après avoir vainement employé tous les moyens de séduction, leur envoya sa propre fille *Ismérie*, qui fut chargée de les visiter dans leur prison. Mais loin de renier leur foi, les trois chevaliers la firent bientôt

(1) Voir pour cette légende, *Histoire de Notre-Dame de Liesse*, par Villette, grand archidiacre de Laon, Paris, 1708, in-12. Le discours préliminaire de la légende est un travail solide et mérite de fixer l'attention du lecteur.

partager à la fille du soudan, qui demanda, pour se convertir, à voir la figure de la Mère de Dieu, dont on lui parlait avec une si vive piété. Le lendemain, à leur réveil, les trois frères trouvèrent dans la prison une image de Notre-Dame qui leur était apparue dans leur sommeil, et ils furent transportés, peu après, en compagnie de leur néophyte, aux environs de Laon, près d'une fontaine, sur la terre de Marchais dont les chevaliers étaient seigneurs. Telle est l'origine du pélerinage de Liesse, et si nous en croyons une charte du cartulaire de Cuissy, à cette époque, un chanoine de Laon portait déjà le nom de ce lieu (1139), Guy de *Liance*, fils de Roger de Pierrepont et de Montaigu. Ce Guy avait fait le pélerinage de Terre sainte en même temps sans doute que les chevaliers d'Eppes; il fut nommé doyen de l'église de Laon en 1137, puis évêque de Châlons en 1143 (1).

Liesse, autrefois *Liance*, *Lience*, *Lætitia*, *Lætiæ*, *Latiensis*, *Fanum virginis Latientium*, *Lyencia*, etc., etc. (2), est un village ou bourg à douze kilomètres à l'est de Laon, situé dans une plaine marécageuse traversée par un ruisseau, *la Souche*, qui prend sa source près de Sissonne et se jette dans la Serre, à Crécy. Ce village consiste principalement en une rue formée par des hôtelleries et par des boutiques de petits objets de bijouterie et de dévotion. On y fait en outre un grand com-

(1) *Dictionnaire historique du département de l'Aisne*, tome 1er, p. 362, par M. Melleville, gr. in-8°, 2 vol. Laon, 1857.

(2) Les actes de Charles VI, roi de France, nomment ce lieu *Ecclesiam nostræ Dominæ de Liente*. Ces actes sont rapportés par un moine de Saint-Denis qui vivait sous ce prince. Nos anciennes tables géographiques, dit Ad. de Valois, l'appellent *Liance* ou *Lience*; maintenant on dit Liesse, que l'on fait venir de *Lœtitia*; mais il y a apparence que l'on a dit par corruption et par erreur Liesse pour Lience. Le peuple entendait le mot *Liesse*, et Notre-Dame de *Liesse* faisait un sens; au lieu qu'il ne savait ce que c'était que *Lience*. Voy. Hadr. Val. *Notit. Gall.*, p. 276, et le *Dict. univers.* de Trévoux, 1771, qui porte : *Liesse*, de *Lie*, vieux mot français qui signifie *joyeux* et qui est encore en usage en cette façon de parler, *faire chère lie*. L'un et l'autre viennent de *Lœtus*, d'où les Italiens ont fait *lieto*. Voyez André Duchesne dans ses Annotations sur Alain Chartier, p. 866.

merce de jouets d'enfants, dits bimbeloterie et camelotte. L'église que nous voyons aujourd'hui n'est point celle qui fut fondée au douzième siècle, en même temps que le pélerinage, mais bien celle rebâtie vers la fin du quatorzième siècle. Le pape Clément VII donna une bulle, le 28 mai 1384, au sujet de la consécration de cette nouvelle église. « On doit induire de cette bulle, dit Villette (1), que la chapelle de Liesse fut alors réédifiée, sans doute parce que l'ancienne était trop petite pour recevoir le grand nombre de pélerins dont l'affluence augmentait tous les jours; l'on fut obligé d'en construire une plus grande. »

Cette église, rebâtie en grande partie par les largesses du frère de Charles VI, Louis, duc d'Orléans, et de Valentine de Milan, sa femme, est fort remarquable dans son ensemble. Elle est surtout curieuse par son portail et par le jubé en marbre que lui firent élever les membres de la maison de Lorraine. La sacristie, qui est une des plus belles et une des parties les plus commodes de cette église, à cause des immenses trésors qu'elle eut à recueillir (2), est due à la bienfaisance de Louis XIII. Le souvenir de la libéralité des rois et des princes est encore marqué dans cette église par leurs armes, qui subsistent dans toutes les parties du monument.

Dans le sanctuaire, fermé d'une balustrade, l'autel est orné de quatre colonnes en marbre; l'image ou la statue miraculeuse de la Vierge se trouve placée sur le tabernacle. Cette statue, qui représente une vierge nègre, a été brûlée au moment de la révolution de 93; on lui en a substitué une autre assez mauvaise, qui a été remplacée par une nouvelle en 1857.

Une foule d'auteurs, tels que André Duchesne, Belleforest, Delarue, etc., ont remarqué que Liesse était l'ancien pélerinage des rois de France. Pour appuyer cette opinion, nous pourrions citer les pieuses visites qu'y firent Charles VI, en 1414,

(1) Villette, *Hist. de N.-D. de L.*, p. 28.

(2) Voir le *Trésor de Notre-Dame de Liesse*, publié par M. Ed. Fleury, dans le *Bulletin de la Société académique de Laon*, tom. IV, p. 77-101.

Louis XI, en 1475; François Ier, en 1527 et 1538; Charles IX, Louis XIII et la reine Anne d'Autriche; Louis XIV et la reine Marie-Thérèse d'Autriche; la duchesse de Berry et le duc d'Angoulême. En 1856, l'empereur Napoléon III et l'impératrice Eugénie ont fait don à l'église de Liesse d'une somme de cinq mille francs, pour remercier Dieu de la naissance du prince impérial. Cette somme fut employée à l'acquisition d'un bourdon qui porte le nom d'EUGÉNIE.

Ainsi que nous le disons plus haut, il se fait à Liesse, depuis l'établissement du pélerinage, un grand commerce d'objets populaires, tels que bouteilles en verre blanc et transparent renfermant les instruments de la Passion de Notre-Seigneur, bouquets artificiels, bijouterie et médailles, etc., etc. Au nombre des monuments populaires qui font l'objet de cet article et qui attestent l'ancienneté de ce commerce, le premier, de la grandeur de l'original, ainsi que les autres, est une médaille en plomb, de l'an 1412, qui représente, d'un côté, la Vierge, couronnée et nimbée, assise dans un fauteuil ou chaire gothique, tenant sur elle l'enfant Jésus; autour de la médaille est écrit en lettres gothiques : NOTRE-DAME DE LIENCE.

Au revers : MCCCCXII, entre deux doubles traits.

La seconde médaille représente, comme la première, l'image de Notre-Dame de Liesse, nimbée et couronnée; le fauteuil, quoique du même style que le précédent, offre néanmoins quelques variantes dans les détails. Le revers, au lieu du millésime, porte un arbre autour duquel une banderole se déroule avec le mot en gothique LIENCE.

La troisième diffère des deux précédentes par la structure du fauteuil, qui est plus simple, et la manière dont l'enfant Jésus repose sur un seul genou, soutenu par le bras gauche de la Vierge, non nimbée et qui, de la main droite, tient une fleur ou un bulbe fleuri. La légende est écrite Liance par un A; le revers porte également un arbre, différent du précédent, avec une banderole qui se déroule en sens inverse, sur laquelle on lit LIENCE (cette fois par un E), terminé par une petite croix.

PÉLERINAGE DE LIESSE.

seigne.

La quatrième, plus endommagée par le temps, est, à la face, à peu près semblable à la précédente, tandis que le revers diffère et porte dans le champ un lis entrelacé d'un S entre un I et un E, de formes gothiques, ce qui compose une sorte de rébus ou monogramme : LIS I-E-S (LIESSE).

La cinquième présente la même face que les deux précédentes; de plus, la Vierge semble porter un globe surmonté d'une croix. Autour de cette médaille, se lit la légende NOTRE-DAME DE LIANCE.

Revers : un lis fleuri autour duquel s'entrelace la lettre S sur un semis d'étoiles à six raies.

Lorsque M. A. Forgeais publia cette médaille pour la première fois, dans sa *Notice sur les plombs historiés trouvés dans la Seine*, il crut remarquer une analogie entre le chiffre tracé sur le revers et celui de l'ordre des Servites ; mais depuis que nous avons réuni plusieurs autres pièces de même nature et de même origine, il suffit de les comparer pour voir que ce monogramme n'est que le dernier terme d'une série de modifications d'un titre primitif. Quoique ce rébus, *lis-s*, fasse Liesse, on a conservé sur la face l'orthographe ancienne, Liance, comme par respect pour le passé.

Nous ajouterons à ces médailles un sixième monument en plomb qui représente un portique de style gothique, inspiré peut-être par celui de l'église de Liesse, sous lequel se trouve la Vierge nimbée et couronnée, avec l'enfant Jésus, tenant d'une main la boule du monde, surmontée de la croix. Le tympan de ce portique, terminé en pointe par une fleur de lys, porte au centre l'écusson de France, et au-dessus la couronne royale. Ce plomb ou fibule était destiné au pélerin qui le portait, soit à son chapeau, soit à son habit, comme on peut le voir au revers du plomb, par la trace de l'attache.

Ces sortes d'objets, qui s'appelaient aussi *enseignes*, s'attachaient à la *bérette* dans tout le moyen-âge. On sait que Louis XI en portait une à son bonnet qui représentait une petite Vierge.

Nous devons ces curieux monuments à l'obligeance de

M. Arthur Forgeais qui a recueilli avec beaucoup de sacrifices et avec une rare intelligence, dans les travaux de canalisation et les draguages de la Seine, faits de 1848 à 1860, une riche et unique collection de plombs historiés du moyen-âge, bien digne de figurer avec honneur dans l'un de nos musées.

LISTE

DES MEMBRES DE LA SOCIÉTÉ ACADÉMIQUE DE LAON.

(Année 1860.)

Bureau.

Président,	MM. DUCHANGE (✻).
Vice-Président,	VALLÈS (✻), ingénieur en chef des ponts et chaussées.
Secrétaire-général,	ROUIT, directeur de l'Ecole normale primaire.
Secrétaire-archiviste,	ED. FLEURY (✻), rédr du *Journal de l'Aisne*.
Trésorier,	VINCHON, juge de paix.
Bibliothécaire,	A. PIETTE, contrôleur des contributions directes

Membres honoraires.

Mgr DE GARSIGNIES (✻), évêque de Soissons et Laon.

MM. OD. BARROT (O. ✻), ancien membre du Conseil général.

BAUCHART (Quentin) (✻), conseiller d'Etat, membre du Conseil général.

BOITELLE (O. ✻), ancien préfet du département.

BRETAGNE, directeur des contributions directes à Auxerre.

CAUMONT (de) (✻), président de la Société française pour la conservation des monuments historiques.

CHAMBLAIN (O. ✻), préfet du département.

CORBIN (✻), ancien préfet du département.

GRELLET (✻), ancien président du Tribunal civil.

MM. NIEUWERKERKE (comte de) (O. ✻), membre du Conseil général, directeur des Musées impériaux.
WIMPFEN (Félix de) (C. ✻), général de division.

Membres titulaires.

MM. BARBIER, agent-voyer en chef.
BATON (abbé), curé de St-Martin.
BELLOM (✻), ingénieur ordinaire des ponts et chaussées.
BRUYANT, agent-voyer de l'arrondissement de Laon.
COURVAL (vte de), membre du Conseil général.
DEMILLY, chef de bureau à la Préfecture.
D'ERSU (fils), maire de Chamouille.
C. GOMART (✻), propriétaire à Saint-Quentin.
FILLETTE, économe des hospices.
HIDÉ, propriétaire.
LEFÈVRE, notaire.
MATTON, archiviste.
MELLEVILLE, propriétaire.
OYON, rédacteur de l'*Observateur de l'Aisne.*
PARIZOT (abbé), chapelain de l'hôpital.
THILLOIS, bibliothécaire de la ville.
VILLESTIVAUD (de) (✻), directeur des domaines.

Membres correspondants.

MM. BARTHÉLEMY (Anatole de), sous-préfet de Belfort.
BARTHÉLEMY (Edouard de), auditeur au Conseil d'Etat.
BAROND, secrétaire de la Société d'émulation d'Abbeville.
BREVAL, graveur sur bois, à Paris.
BONNAIRE (abbé), curé de La Selve.
BOUVENNE, artiste graveur à Paris.
GALLAY, instituteur communal à Nizy-le-Comte.
CORBLET (abbé), président de la Société des Antiquaires de Picardie.
DEBROTONNE (fils), propriétaire à Marle.
DÉGIEUX, membre du Conseil-général à La Fère.
DELAHÈGUE, instituteur à Nouvion-le-Vineux.
DELBARE, propriétaire à Château-Thierry.

MM. De la Tour-du-Pin-Chambly (comte de), à Bosmont.
Demarcy, procureur impérial à Compiègne.
Desmaze (O. ✻), juge d'instruction à Paris.
Destrez, juge au tribunal civil de Beauvais.
Grégoire, propriétaire à Coucy-le-Château.
Gourmain (abbé), curé de Rouvroy.
Guillon, juge à Angoulême.
Laisné (O. ✻), membre du Conseil général.
Lefèvre (✻), commandant du génie.
Lehault, propriétaire à Marle.
Leroux, docteur en médecine à Corbeny.
Martin, membre du Conseil général à Rozoy-sur-Serre.
Mouret, médecin à Marle.
Palant (abbé), curé de Cilly.
Papillon, L., à Vervins.
Piette, E., à Vervins.
Plonquet, docteur-médecin à Aï.
Poquet (abbé), doyen de Berry-au-Bac.
Prioux, à Paris.
Toulmon (E. de), propriétaire à Paris.
Tugny (de) membre du Conseil général de l'Aisne.
Vidal de Verneix (✻) propriétaire à Montluçon.

TABLE DES MATIÈRES.

CPSIA information can be obtained
at www.ICGtesting.com
Printed in the USA
LVHW100608210323
742065LV00002B/200

9 783382 702137